Hilde Möller

... den Himmel mit Händen fassen

Impressum

Bibliografische Information der Deutschen Nationalbibliothek: Die Deutsche Nationalbibliothek verzeichnet diese Publikation in der Deutschen Nationalbibliografie; detaillierte bibliografische Daten sind im Internet über dnb.dnb.de abrufbar.

Cover: Irene Repp http://daylinart.webnode.com/
Bildnachweis: © rogkoff - fotolia.com
Herstellung und Verlag: BoD – Books on Demand, Norderstedt

ISBN: 978-3752834222

Hilde Möller

... den Himmel mit Händen fassen

.... Ich möchte leben.
Schau, das Leben ist so bunt.
Es sind so viele schöne Bälle drin.
Und viele Lippen warten, lachen, glühn
und tuen ihre Freude kund.
Sieh nur die Straße, wie sie steigt:
so breit und hell, als warte sie auf mich.
Und ferne, irgendwo, da schluchzt und geigt
die Sehnsucht, die sich zieht durch mich und dich.
Der Wind rauscht rufend durch den Wald,
er sagt mir, dass das Leben singt.
Die Luft ist leise, zart und kalt,
die ferne Pappel winkt und winkt.
Ich möchte leben.
Ich möchte lachen und Lasten heben
und möchte kämpfen und lieben und hassen
und möchte den Himmel mit Händen fassen

Selma Meerbaum-Eisinger

1

Leise drang die Melodie der Keduscha in meinen Traum. Seit ich allein lebe, habe ich den CD-Player mit dem Wecker verbunden, damit ich vor dem Schlafengehen die Musik auflegen konnte, mit der ich den nächsten Tag beginnen wollte. Gestern Abend war es dieses jüdische Gebet gewesen.

Wie immer tauchte ich rasch und unmittelbar aus Schlaf und Traum auf. Auch heute oder ... vielleicht gerade heute, obgleich der Wecker sehr zeitig geläutet hat. 4 Uhr, Freitag, der 24. Februar.

In zwei Monaten werde ich 60, schoss es mir durch den Kopf, als ich wie jeden Morgen noch vor dem Duschen und Anziehen barfuß in die Küche lief, um die Kaffeemaschine anzustellen. Im Flur standen Koffer und Reisetasche. Ich musste mich beeilen, für den Flug nach Israel sollte ich drei Stunden vor Abflug der Maschine am Flughafen sein.

Als ich den Wagen aus der Garage lenkte und durch die dunklen Straßen des kleinen Dorfes fuhr, fing ich an zu singen. Ich spürte nicht die Kälte des Wintermorgens, nur dieses beschwingte Gefühl der Vorfreude auf meine Reise, das mir fast den Atem benahm.

Das Licht der Scheinwerfer erfasste kleine Ausschnitte der Landschaft – die Stämme des Fichtenwaldes beidseits der Straße, das schiefergedeckte Dach des alten Klosters, die gewundene Landstraße und am Waldrand Schneematsch.

Ich dachte daran, wie es früher mit dem Verreisen war. Nie gab es eigene Reisen. Ich begleitete höchstens Ulrich bei einer seiner Geschäftsfahrten. Und dann noch die Urlaube mit unseren beiden Kindern Rebecca und David. Heute lebte Rebecca in Madrid als Lehrerin an der deutschen Schule, David war Entwicklungshelfer auf den Philippinen. Und Ulrich? Vor acht Jahren die Scheidung. Unsere Ehe hatte sich leer gelebt, doch bis wir beide das für uns erkannten und annehmen konnten, hatten wir jahrelang in krampfhafter Bemühung versucht, die Mittelmäßigkeit unseres Zusammenlebens als normal anzusehen.

Später dann empfand ich die Scheidung noch lange als persönliches Versagen. Ich war in dieser Verbindung fast erstickt und hatte voller Schrecken gespürt, dass Sinnlichkeit und Illusionen abgestorben waren, dass die Liebe erloschen und nur die Narben der Erinnerung übrig geblieben waren. Und trotzdem war ich, eingezwängt in Konvention und Erziehung, irgendwo überzeugt davon, dass man nach zwanzig Jahren nicht mehr auseinandergeht. Bis der Moment kam, wo das Zusammenleben unmöglich geworden war, und wir endlich ehrlich zueinander sein konnten.

Nach der Scheidung war ich in meinen Beruf als Fotografin zurückgekehrt. Ich stürzte mich damals voller Begeisterung in die Erfahrung dieses neuen Lebens und dachte voll Trauer an die verlorenen Träume meiner Vergangenheit.

Noch nie zuvor war ich selbstständig gewesen, die Abhängigkeit von den Eltern hatte ich mit der von Ulrich eingetauscht. Dazu hatte mich meine Mutter schließlich erzogen, und ich hatte lange nicht gewagt, diese Erziehung in Frage zu stellen.

Kurz nach Weihnachten war Mutter gestorben. Bin ich dadurch erwachsener geworden? War ich frei geworden von ihrem Anspruch auf das Kind, das ich einmal war und das noch immer irgendwo in mir auf ihre Anerkennung hoffte? Vater war vor sechs Jahren verstorben, und Mutter hatte sich danach ihr eigenes Leben eingerichtet.

Ich hatte geglaubt, ihr Dasein schon lange nicht mehr zu vermissen. Bis Kristina, meine ältere Schwester, mich anrief und sagte: Mutter ist tot.

Es war diese Endgültigkeit, die mich erschreckte. Nun gab es niemanden mehr, der schützte und behütete. Ihr Tod hatte ein schwarzes Loch gerissen, in dem das Kind kauerte und sich vor dem Gefühl der Verlassenheit versteckte. Aber es war noch mehr. Ich – Sophie, die Erwachsene, akzeptierte natürlich den Sinn des Sterbens nach einem langen Leben. Aber etwas Endgültiges war verloren gegangen, die Immer-Beziehung. Mutter war doch von Anbeginn an da gewesen! Es gab kein Vorher. Und jetzt? Jetzt gab es ein unumkehrbares Nachher, in dem sich nichts nachholen ließ, schon gar nicht versäumte Liebe.

Seltsam war der Brief von Kristina, den ich erst vor wenigen Tagen erhielt. Sie lebte die letzten Jahre mit Mutter zusammen.

Im Nachlass hatte sie einen dicken, fest verschlossenen Umschlag gefunden. Er war an mich adressiert. Im Umschlag fand ich ein Schulheft, mehrfach mit einem Band umwickelt. Immer wieder hatte ich dieses Päckchen in die Hand genommen. Hatte es hin und her gedreht. Weggelegt und wieder hervorgeholt. Und mich doch nicht getraut, das Band zu lösen. Wovor hatte ich Angst? Was wollte Mutter von mir? Drängende Fragen und doch öffnete ich das Heft nicht. Vielleicht wollte ich mich im Augenblick nicht mit anderen Erfahrungen und Erinnerungen belasten.

Dann hatte ich das dünne Buch doch ganz unten in den Koffer gelegt ...

Nichts hielt mich hier. Zum ersten Mal in meinem Leben fühlte ich mich ungebunden. Ich habe Zeit und ich habe einen Traum. Ich will Israel kennenlernen.

Als ich durch die kalte Februarnacht zum Flughafen fuhr, fragte ich mich wieder einmal, wie schon so oft zuvor, woher dieses fast unverständliche Gefühl einer Bindung an Judentum und Israel kam. War es der dumpfe Hass des Vaters auf alles Jüdische, gegen den sich schon das Kind auflehnte? Oder war es die Mauer des Schweigens, an der alle Fragen abprallten, die ich erst Jahre nach dem Krieg stellte? Fragen nach Judenverfolgung, Konzentrationslagern und der Verantwortung dafür?

Und doch war es gerade dieses Schweigen der Eltern, das mein Interesse wachhielt. Erst las ich die Geschichten aus dem Alten Testament, das Schicksal Abrahams, der seinen Sohn Isaac opfern sollte. Moses einsam auf dem Berg Nebo, von dem aus er das Gelobte Land sehen konnte, ohne es betreten zu dürfen, Gott erlaubte es ihm nicht. Oder die Geschichten über die Arche Noah.

Alles viel spannender für meine Kinderphantasie als die Gleichnisse und Bibeltexte unseres Religionsunterrichts.

Als ich älter wurde, folgten die Dichter und Schriftsteller, deren Bücher auf großen Scheiterhaufen 1933 vom Pöbel verbrannt worden waren. Hatte Franz Werfel schon Jahre zuvor mit seiner Novelle die wirren Entschuldigungen und Ausflüchte der Nachkriegszeit vorweggenommen, als er ihr den Titel gab. „Nicht der Mörder, der Ermordete ist schuldig?"

Feuchtwangers „Jüdin von Toledo" – so eine Frau wollte ich sein!

Bis ich wieder zum Alten Testament zurückkehrte, zum Buch Hiob: *„Zum Trauergesang wurde mein Harfenspiel, mein Flötenspiel zum Klagelied und mein Singen zum Weinen."*

Diesem Weinen auf die Spur kommen, um endlich nicht mehr nach verschwiegener Schuld fragen zu müssen?

Auf dem Frankfurter Flughafen wurde ich nach der deutschen Passkontrolle in einen von Israelis kontrollierten Seitenbau geführt. Überall Soldaten mit Maschinengewehren. Junge Frauen und Männer bei den Kontrollen. Ein Kreuzfeuer von Fragen prasselte auf die Reisenden nieder.

„Grund Ihrer Reise?"

Fast hätte ich erwidert: „ Sehnsucht nach Israel."

„Wohin reisen Sie in Israel?"

Ich habe kein bestimmtes Ziel, ich fange bei Tel Aviv an und höre bei Eilat auf, hätte ich antworten mögen.

„Wo werden Sie wohnen?"

Das weiß ich nicht.

„Haben Sie Freunde in Israel?"

Nein, noch nicht! Aber hoffentlich kann ich in einem Monat anders antworten.

„Wer hat Sie an den Flughafen gebracht?"

Niemand, es ist ganz allein meine Reise.

„Haben Sie Ihre Koffer selbst gepackt?"

Aber natürlich. Und ich war sehr bemüht, die Vergangenheit völlig draußen zu lassen. Völlig? Mir fiel das Heft meiner Mutter ein, aber das war jetzt nicht wichtig.

„Haben Sie von irgendjemandem für diese Reise Geschenke entgegengenommen?"

Nur von mir selbst. Ich habe mich neu eingekleidet. Ein verfrühtes Geburtstagsgeschenk von mir an mich.

Geduldig beantwortete ich die Fragen, wenn auch nicht mit den Worten, die mir durch den Kopf gingen. Und versuchte aufkommende Panik im hässlich-kahlen Warteraum zu unterdrücken, der wiederum streng von bewaffneten Soldaten bewacht war. Auch das schien Israel zu sein. Vielleicht war es gut, dass ich schon zu Anfang der Fahrt die Wirklichkeit kennenlernte. Ich suchte mir meinen Fensterplatz im Nichtraucherteil des Flugzeugs. Hoffentlich bekam ich keine aufdringliche Nachbarschaft. Der Flieger war nicht voll besetzt, und der Herr, der sich in meine Reihe zwängte, konnte den Platz zwischen uns freilassen. Er sah gut aus mit seinem weißen Haar und dem weißen gepflegten Vollbart.

Warum er wohl nach Israel fliegt, dachte ich flüchtig, aber im Grunde interessierte es mich wenig.

Ich vergrub mich in meinen Sitz. Ertrug den erstickenden Moment, als die Maschine steil an Höhe gewann und mich tief gegen die Rückenlehne presste.

Wir überflogen Frankfurt und stießen in den von Großstadtlichtern erhellten Himmel. Tief unten Autoschlangen, die sich der Stadt zu wälzten und im Osten die ersten Strahlen einer blassen Wintersonne. Ich griff nach meinem Buch, obgleich ich zum Lesen viel zu aufgeregt war.

„Waren Sie schon einmal in Israel?" Die Stimme schreckte mich aus meinen Wachträumen auf. Nun hatte er doch die Grenze des leeren Sitzes zwischen uns überschritten. Na gut, small talk, damit verging die Zeit schneller.

„Nein, ich fliege zum ersten Mal dorthin." Unwillkürlich fühlte ich mich an die Befragung auf dem Flughafen erinnert.

„Entschuldigen Sie, dass ich Sie anspreche. Darf ich mich vorstellen? Jonas Ben-Yadin. Der Flug vergeht schneller, wenn wir uns unterhalten." Seine Stimme war angenehm dunkel und warm.

„Ich bin Sophie Wenger." Ein bisschen knapp, diese Vorstellung, aber mehr erschien mir unnötig. Allerdings freute ich mich, dass sein Name jüdisch klang. Vielleicht konnte er mir über Israel erzählen. Ich entschloss mich, das Gespräch nicht gleich wieder versanden zu lassen.

„Und Sie, wohnen Sie in Israel?", fragte ich halbwegs interessiert.

„Nein, in London. Aber einmal im Jahr mache ich hier einen langen Urlaub."

Daher also der leichte englische Akzent in seiner Sprache!

Er schien zu überlegen, bevor er langsam weitersprach: „Leben ist in diesem Land sehr schwer. Ich bin einer der Juden in der Diaspora. Vielleicht weil ich Schriftsteller bin. Israel ist so fordernd und unmittelbar, dass ich da nicht schreiben kann. Aber", seine Stimme wurde fast weich, „zurückkehren muss ich immer wieder zu diesem ausgetrockneten Flecken Erde."

Das konnte ich verstehen! Das waren Empfindungen, die ich – zwar noch nicht aus der Begegnung mit Israel, wohl aber aus den langen Jahren meiner Sehnsucht – kannte.

Sehnsucht, geweckt durch die Auflehnung gegen den Vater. Durch den Wunsch, keine Kompromisse mehr zu schließen. Wissen zu wollen.

Leise antwortete ich: „Ich glaube, es ist viel mehr als nur ein ausgetrockneter Flecken Erde. Ich kenne Ihr Land nicht, aber...", ach was, das ging ihn doch gar nichts an.

Warum sollte ich ihm sagen, dass ich seit Wochen nichts

anderes mehr las als Informationsschriften und Städtebilder, Geschichtsbücher und Gedichte über Israel, um mich auf diese Reise vorzubereiten. Ich hatte plötzlich das Empfinden, als ginge diese Unterhaltung über small talk hinaus, deshalb beendete ich den Satz ein wenig lapidar, „das wird sich ja jetzt ändern."

Er schaute mich erstaunt an. Sein Gesichtsausdruck verriet seine Verwunderung über meinen plötzlichen Rückzieher. Achselzuckend entnahm er aus einer Umhängetasche ein Buch. Ich konnte mit einem raschen Blick den Titel erkennen. „Wann, wenn nicht jetzt?"

Er schien mir wie eine an mich gerichtete Aufforderung und machte mich hilflos. Warum musste ich nur immer so schroff reagieren, sowie ein anderer Mensch versuchte, ein wenig Nähe zu schaffen? Er hatte mir doch nichts getan! Seine Fragen waren noch nicht einmal aufdringlich gewesen!

Wir wechselten auf dem restlichen Flug noch ein paar Höflichkeitsfloskeln. Aber die zaghafte Vertrautheit, die ich bei seinen wenigen Worten über Israel und ihn selbst empfunden hatte, war verflogen.

Als wir uns am Flughafen Ben Gurion in Tel Aviv verabschiedeten, war ich erleichtert, aus der Nähe dieses Mannes wegzukommen, der mich, mir selbst verwunderlich, stark beeindruckt hatte.

2

Ich verließ die Flughafenhalle und trat in den hell flimmernden Mittag. Vor dem Gebäude warteten moderne Taxen und Busse mit ihren Fahrern.

Staunend betrachtete ich blühende Gartenanlagen mit nie zuvor gesehenen Kakteen und Tigerlilien in feuerroter Pracht. Palmen wiegten sich leicht im Vorsommerwind. Menschen umarmten sich lachend. Der Motorenlärm einer startenden Maschine vibrierte in der Luft.

Regungslos war ich stehengeblieben. Am liebsten hätte ich mich mit ausgebreiteten Armen der Frühlingswärme hingegeben. So aber schloss ich nur die Augen. Spürte Sonne auf meinem Gesicht.

Ein Taxifahrer holte mich in die Wirklichkeit zurück. Er sprach mich auf Englisch an und bevor ich irgendetwas einwenden konnte, hatte er wie selbstverständlich meine Koffer aufgenommen.

Zuerst erschrak ich, aber dann war ich ihm dankbar. Denn neben der Freude hatte ich mich einen Augenblick lang sehr verloren gefühlt. Auf den fragenden Blick des Fahrers gab ich ihm die Adresse des Grand Beach Hotels an. Im Reisebüro hatten sie mir dieses Hotel empfohlen, nachdem ich erklärt hatte, dass ich keinesfalls in einem der anonymen, internationalen Häuser wohnen wollte.

Auf breiten Straßen näherten wir uns der Stadt. Fuhren durch moderne Vororte und kamen ins Zentrum.

Meine erste israelische Stadt! Ich war ganz aufgeregt. Versuchte Fremdes in dem lebhaften Gewirr der Straßen, durch die wir fuhren, zu entdecken. Ich hatte über Tel Aviv gelesen, aber Worte brachten mir nicht den Geruch nach orientalischen Gewürzen.

Nicht den hoch beladenen, gefährlich schwankenden Bus, in dem sich die Menschen drängten. Nicht das lebhafte Stimmengewirr. Und die fremdartige Atmosphäre. Durch den regen Verkehr, durch die vielen Menschen auf den Straßen, die überfüllten Straßencafés oder den jungen Leuten, die sich auf den Parkbänken in den breiten Boulevards rekelten, spürte ich, wie lebendig Tel Aviv sein musste.

Tel Aviv bedeutet Frühlingshügel, ein heller Name voller Hoffnung.

Der Angestellte aus dem Reisebüro, der mich beraten hatte, prägte damals den sonderbaren Satz. Wenn Sie sich von Israel erholen möchten, ohne es zu verlassen, fahren Sie nach Tel Aviv.

Israel verlassen? Eintauchen wollte ich in das Land. Suchen. Entdecken. Kennenlernen. Tel Aviv sollte nur der Ausgangspunkt sein. Vielleicht konnte ich hier das heutige Israel finden, und mir den Gegensatz zwischen Altem Testament und Kibbuz, den Sabres und den Chassidims vorstellen.

Neugierig schaute ich aus dem Fenster. Versuchte, Straßennamen zu erkennen, aber die Gegend wechselte zu schnell, und die Fremdartigkeit lenkte mich ab.

Erst als der Taxifahrer in die Ben Yehuda einbog, wusste ich, dass wir gleich am Ziel sein mussten, denn im Prospekt stand, dass das Grand Beach in dieser Straße lag. Das Hotel gefiel mir. Von Strand war zwar im Augenblick nichts zu sehen, dafür aber roch ich Gras und Erde. Das Hotel musste in der Nähe von Gärten liegen. Später las ich den Namen.

Gan Ha Atzma'uh. Wie fremd mir die Sprache war. Und trotz meiner Freude auf die nächsten Wochen fühlte ich mich wieder, wie schon am Flughafen, sehr allein. Überall war ich bis jetzt mit meinen Sprachen gut durchgekommen. Aber hier verstand ich noch nicht einmal die Schrift. Einigermaßen beruhigt stellte ich fest, dass auf den Straßenschildern die Namen immer in lateinischen Buchstaben wiederholt wurden.

Außerdem merkte ich dann doch bald, dass ich sprachlich auch in Israel nicht verloren war. Der Hotelboy und der Zimmerkellner ebenso wie der Empfangschef sprachen Englisch. Auf Deutsch wagte ich die Leute nicht anzusprechen. Warum eigentlich? Ich war doch damals noch ein Kind! Rasch wischte ich den Gedanken beiseite. Ich wollte mich jetzt noch nicht mit diesen Überlegungen befassen.

In meinem Hotelzimmer räumte ich den Koffer aus. Wusch Hände und Gesicht, das langte. Ich musste raus. Musste die Stadt kennenlernen. Dachte an die Kälte, unter der ich noch heute Morgen in dem kleinen Dorf im Taunus zitterte, und die hier nur noch ferne Erinnerung war. Ich hatte zwar eine Jacke über gezogen, aber endlich gab es einmal etwas anderes als Schnee und Eisblumen an den Fenstern.

Langsam schlenderte ich über die Ben Yehuda Straße zur Ha Yarkon. War es das Einkaufszentrum? Staunend betrachtete ich die Auslagen in den eleganten Läden. Lachte, als ich an einem Imbissladen den Namen MacDavid las und auf der ausgehängten Speisekarte Hamburgers entdeckte. Westlicher Einfluss auch hier.

Geschäftigkeit auf den belebten Straßen. Aus den Cafés drang moderne Musik. Die Menschen waren europäisch gekleidet und hetzten genauso wie in irgendeiner Stadt in

Deutschland. Und über allem die dunklen Dieselwolken ständig hupender Autobusse.

‚Ich hätte ein Hotel in Jaffa wählen sollen', dachte ich sehnsüchtig. Die älteste Hafenstadt der Welt – vielleicht wäre ich dort gleich dem Israel meiner Vorstellung begegnet.

Aber was stellte ich mir eigentlich unter Israel vor?

Ich schüttelte die leise Unsicherheit wie etwas Lästiges ab und lief zum Strand hinunter. Meer und Sand und Menschen, die in Schlafsäcken zu übernachten schienen.

Endlich stand ich am Wasser. Weit und sonnenglitzernd lag das Meer vor mir. Ich zog rasch die Schuhe aus, das Wasser wollte ich auf der Haut spüren, auch wenn es noch ziemlich kalt war.

Drüben, auf der andern Seite des Hafens Jaffa. Malerischer Gegensatz zum nüchternen, modernen Tel Aviv. Hatte hier nicht der Wal Jonas wieder ausgespuckt?

Jonas!

War das nicht der Name von dieser Flugzeugbekanntschaft ... Jonas Ben-Yadin?

Das durfte nicht wahr sein! Litt ich an Halluzinationen? Erschrocken hielt ich mitten in der Bewegung inne, mit der ich mir die Füße abwischen wollte, um die Schuhe wieder anzuziehen. Eben hatte ich noch an diesen Ben Yadin gedacht, und nun kam er mir entgegen.

Das konnte unmöglich Zufall sein!

Tel Aviv war eine Großstadt. Und es gab, wenn mein Reiseführer recht hatte, etwa zweitausendfünfhundert Hotelbetten.

Es wunderte mich, dass ich mich freute, als er jetzt strahlend auf mich zukam.

„Soll das Zufall sein?" Fragend eröffnete ich das Gespräch,

um mir über die Verlegenheit hinwegzuhelfen.

Lachend antwortete er: „Ein kluger Mann hat einmal gesagt, Zufall sei der Rufname des Schicksals."

Und fuhr im gleichen Atemzug fort. „Haben Sie schon etwas vor? Haben Sie bereits gegessen?"

„Nein, ich habe nichts vor, und Hunger hatte ich bis jetzt auch noch nicht. Aber wie kommen Sie denn gerade hierher?" Ich bestand auf meiner Frage.

Er räusperte sich verlegen: „Als ich Sie am Flughafen stehen sah, dachte ich, Sie wüssten nicht genau wohin. Ich hatte das Gefühl, als wären Sie zu dieser Reise wie zu einem Abenteuer aufgebrochen. Mit viel Illusion und Freude, aber ein wenig ungeplant, stimmt's?"

„Nein, nein!" Was dachte er denn von mir? Typisch Mann, war mein erster Gedanke. „Das Reisebüro hat mir eine Fahrt ausgearbeitet. Morgen früh bekomme ich einen Leihwagen und starte in Richtung Jerusalem."

„Sie ganz allein", staunte er fassungslos.

„Na und, was ist denn dabei? Ich bin alt genug und mit der Verständigung wird es auch gehen. Außerdem habe ich in Tiberias und Jerusalem bereits Hotelzimmer gebucht. Also doch kein Abenteuer, oder?"

Er ließ sich nicht beruhigen. „Sie wollen völlig allein diese Fahrt machen? Wollen allein durch die Wüste? Allein die Städte kennenlernen, nur mit Stadtführern und ein paar Tipps Ihres Reisebüros? Sie müssen verrückt sein!"

Jetzt musste ich doch lachen. „Sie machen ja ein echtes Drama aus meiner Reise."

Langsam schlenderten wir nebeneinander her. Vor uns die lang hereinwogende Dünung des Meeres. Auf der anderen Seite der Bucht leuchtete der bizarre Andromeda-Felsen vor dem Hafen von Jaffa.

„Nein, ein Drama nicht." Er glich seinen weit ausholenden Schritt meinem Schlendern an. „Ich finde es nur schlicht leichtsinnig von Ihnen. Haben Sie denn keine Familie, die Sie von solchen Ideen hätte abbringen können?"

Ich antwortete trocken: „Meine Tochter arbeitet in Madrid, und mein Sohn ist Entwicklungshelfer auf den Philippinen."

„Ja – gibt es denn keinen Herrn Wenger?", fragte er neugierig.

Ach, das wollte er wissen. Sollte sein Auftauchen hier nichts als ein plumper Annäherungsversuch sein?

So schätzte ich ihn eigentlich nicht ein. Aber warum interessierte er sich dafür? Ein wenig zurückhaltend antwortete ich. „Doch, es gibt einen Herrn Wenger. Aber er ist seit acht Jahren nicht mehr für mich zuständig."

Eine Weile gingen wir schweigend nebeneinander her. Plötzlich griff er entschlossen nach meinem Arm.

„Wenn Sie einverstanden sind, gehen wir etwas essen. Und dann mache ich Ihnen einen Vorschlag, den können Sie entweder annehmen, oder Sie schicken mich zum Teufel."

Er wandte sich einem kleinen Café zu, wo der arabische Besitzer die Blechstühle und -tische so in die Sonne gerückt hat, dass man noch ein wenig von dem kühlen Hauch des Meeres spüren konnte. Jonas war hier offensichtlich nicht zum ersten Mal, denn der Besitzer begrüßte ihn fast freundschaftlich.

Ich konnte mir eine spöttische Bemerkung nicht versagen: „Sie scheinen hier sehr bekannt zu sein."

Er antwortete ernsthaft, als hätte er meinen leichten Spott nicht bemerkt. „Nicht nur hier. Ich habe schließlich lange in

Israel gewohnt, bevor ich nach England ging. Ich bin hier aufgewachsen, habe in fast allen Kriegen mitgekämpft und", er zögerte einen Augenblick, „ich liebe dieses Land".

Mich wunderte, dass solche Worte bei ihm nicht übertrieben klangen.

Vorsichtig wollte ich hinzufügen, „ich auch", unterließ es. Es kam mir immer noch so unwahrscheinlich vor, dass ich in Israel war.

Er unterbrach meine Gedanken: „Mögen Sie Salate? Soll ich etwas typisch Israelisches bestellen?"

„Gern." Ich sollte mich nicht so widerspruchslos seiner Führung überlassen. Doch als der Kellner nach einer Weile in vielen kleinen Schalen bunte Salate und Cremes brachte, merkte ich, dass ich Hunger hatte und langte kräftig zu.

Lächelnd beobachtete er mich. „Sie haben offensichtlich keine Angst vor etwas Neuem."

„Wäre ich dann hier, und noch dazu Ihrer Meinung nach so abenteuerlich ungeplant?"

Zwischen zwei Bissen murmelte ich: „Nun sagen Sie aber endlich, wie Sie mich gefunden haben. Die Geschichte vom Zufall und Ihrer Besorgnis glaube ich nicht."

„Zufall war es nicht, aber besorgt war ich wirklich", gab er zu und fuhr fort: „Vielleicht ärgert es Sie, aber ich sage es trotzdem. Im Flugzeug haben Sie sich ziemlich plötzlich in sich zurückgezogen. Als ich Sie dann am Flughafen so allein stehen sah, konnte ich nicht einfach davongehen." Er machte eine kleine Pause und meinte dann erklärend: „Da bin ich Ihrem Taxi nachgefahren. Ich weiß, dass Sie im Grand Beach wohnen, was mich wundert. Touristen gehen normalerweise ins Dan Tel Aviv oder ins Hilton, zumindest aber in ein Hotel am Strand."

Er schaute mich nachdenklich an, bevor er weitersprach: „Ich mag auch nur die kleinen Hotels! Trotzdem muss ich diesmal im Hilton wohnen. Ich treffe heute Abend noch einen Verleger."

Ich war neugierig geworden: „Veröffentlichen Sie Ihre Bücher in Israel? Schreiben Sie auf Hebräisch? Und über was schreiben Sie eigentlich?"

Er hob abwehrend die Hände. „Das sind ja gleich drei Fragen auf einmal. Also, der Reihe nach: Ich veröffentliche fast alle Bücher hier. Ich schreibe in Hebräisch, aber auch in Englisch. Was ich schreibe?"

Er stützte den Kopf in beide Hände und schaute gedankenverloren dem Kellner zu, der an einem Nebentisch drei lachenden Mädchen bunte Eisbecher servierte.

„Kinderbücher! Ich erzähle von einem Jungen, der die Kleinigkeiten unserer Welt entdeckt, die Erwachsene nicht beachten. Er versucht zu trösten. Allerdings meist nur Kinder. Er möchte den Menschen klarmachen, wie wichtig Lachen und Liebhaben sind. Und manchmal möchte er die Erwachsenen durch lustige Einfälle und kleine Streiche an ihre eigene Kindheit erinnern."

Er zögerte, zauste seinen weißen Bart so heftig, dass ich Angst bekam, er würde sich dabei einige Haare ausreißen. Meinte noch: „Also ein kleiner Weltverbesserer?" Beantwortete die Frage gleich selbst: „Nein, eigentlich nicht. Nur jemand mit ein bisschen Hoffnung."

Ich wartete, wollte das Schweigen nicht unterbrechen.

Jonas schien von weither zurück zu kommen, in seinen dunklen Augen erlosch das Lächeln, mit dem er sich an seine kleine Figur erinnert hatte. Wieder ganz ernst sagte er noch: „Und außerdem schreibe ich Sachbücher über Israel.

Schreibe über seine Geschichte, und das ist eine Lebensaufgabe."

Seine Offenheit gefiel mir immer besser. „Wie heißt denn Ihr kleiner Weltverbesserer?"

„Er hat gar keinen richtigen Namen. Er heißt ganz einfach Jid, das Wort Jude im Jiddischen. Ich will, dass sich ein kleiner Jude aufmacht, nicht um die Welt zu beherrschen und ihr das Heil zu bringen, wie uns immer wieder vorgeworfen wird, sondern um sie das Lächeln zu lehren. Und heute ist mein kleiner Jid schon ziemlich berühmt, nicht nur bei den Kindern."

Voll Wärme dachte ich, 'Jid, ein kleiner jüdischer Junge, der der Welt das Lachen beibringt!'

Leise fragte ich: „Ihnen ist Ihr Land sehr wichtig?"

„Ja." Dieses schlichte Ja überzeugte mich mehr als eine lange Rede.

„Warum interessiert Sie dann das Reiseschicksal einer Deutschen?"

Ohne auf meinen Einwurf einzugehen, fragte er: „Haben Sie ein Problem mit Ihrem Deutschsein?"

Offen schaute ich ihn an. „Eigentlich nicht. Aber in Verbindung mit Israel schon. Das hat wahrscheinlich mit unserer gemeinsamen Vergangenheit zu tun."

Behutsam legte er seine Hand auf meinen Arm, als er mich jetzt unterbrach: „Wollen wir später darüber sprechen? Ich möchte Ihnen nämlich etwas vorschlagen. Wie ich Ihnen sagte, verbringe ich meinen Urlaub in Israel. Sie wissen auch, dass ich Schriftsteller bin. Mehr ist zu mir nicht zu sagen. Höchstens noch, dass ich einen Sohn habe, der schon selbst Familie und Kinder hat. Meine Frau ist vor fünf Jahren an Krebs gestorben." Den letzten Satz hatte er leise hinzugefügt.

„Wie schlimm. Die Krankheit ist so entsetzlich. Was müssen Sie beide gelitten haben."

Er warf mir einen raschen Blick zu: „Ihnen scheint Leid auch nicht fremd zu sein." Bestimmter werdend fuhr er fort: „Sie sehen, ich bin unabhängig und habe viel Zeit. Ich fahre mit dem Auto nach Jerusalem. Wollen Sie mit mir zusammen die Fahrt durch Israel machen? Ich könnte versuchen, Ihnen das Land nicht nur zu zeigen. Sondern...", er schaute mich fast schüchtern an, was in krassem Gegensatz zu seiner Erscheinung stand, „Sie sollen es fühlen und erleben. Vielleicht klingt das alles sehr patriotisch, aber ich glaube, dass von diesem Land eine Kraft ausgeht, die Sie sonst nirgends antreffen. Habe ich Sie jetzt erschreckt?"

Ich hatte ihm aufmerksam zugehört, schüttelte bei seinen letzten Worten den Kopf: „Nein. Ich möchte Israel so gern kennenlernen."

Um Zeit zu gewinnen, schenkte ich mir noch einmal von dem eiskalten Wasser ein, das in einer großen Karaffe auf dem Tisch stand. Dann wandte ich mich ihm zu.

„Sie haben mir von sich erzählt. Ich möchte Ihr Vertrauen erwidern."

Nachdenklich malte ich aus dem Wasserrand meines Glases Figuren auf die Tischplatte: „Warum mich Israel interessiert? Mein Vater war ein ziemlich sturer Antisemit."

War das eigentlich die Wahrheit? Ich wusste es nicht. Deshalb räumte ich zögernd ein: „Vielleicht war er auch nur ein ganz normaler Deutscher seiner Zeit. Ich weiß es nicht. Ich möchte Ihnen eine Geschichte aus meiner Kindheit erzählen."

Ich war plötzlich sehr weit weg, war das Kind, das der Welt

der Erwachsenen verständnislos gegenüber stand: „Ich war drei oder vier Jahre alt, da hatte ich eine kleine Freundin. Wir gingen zusammen in den Kindergarten und kamen auch in dieselbe Klasse der Grundschule. Sarah und ich waren unzertrennlich. Sie war mir viel mehr als meine Schwester Kristina."

Ich lachte unsicher: „Schwestern mögen sich manchmal gar nicht so sehr. Aber weiter. Wir waren gerade sieben Jahre alt geworden, ich erinnere mich noch an unseren Geburtstag, wir feierten ihn jedes Jahr gemeinsam, weil wir beide im April geboren waren. Einige Tage danach verschwand Sarah. Einfach so. Spurlos. Als hätten sie und ihre Familie sich in Luft aufgelöst. Die Wohnung war leer. Sarah kam nicht mehr zur Schule. Unsere Lehrerin fragte nie nach ihr. Manchmal war es mir, als hätte Sarah nur in meiner Phantasie existiert. Es gab ein bedrückendes Geheimnis um sie. Und ich stand verzweifelt vor dem Schweigen der Erwachsenen. Bis meine Mutter davon sprach, dass Sarah deportiert worden sei. Weil sie Halbjüdin wäre."

Ich schwieg, spürte wieder die Hilflosigkeit des kleinen Mädchens von damals.

Fragte wie damals: „Was war das – deportiert? Halbjüdin? Ich konnte es nicht verstehen. Spürte nur eine dunkle, übermächtige Gefahr. Und hatte schreckliche Angst."

Ich kämpfte gegen die aufsteigende Erregung an. Zwang mich zur Ruhe: „Sie fragten vorhin, ob ich ein Problem mit meinem Deutschsein hätte? Ja, das stimmt. Es ist mir so völlig unbegreiflich, wie Menschen anderen Menschen derart viel Leid antun können. Wie sie sich über andere erheben, sich besser, wertvoller und intelligenter fühlen können. Diese Dummheit kann ich einfach nicht fassen."

Ich schwieg, aber nach einer kleinen Pause fügte ich noch hinzu: „Manchmal glaube ich, hierher zu kommen, war ich Sarah schuldig. Finden Sie das nicht sehr lächerlich?"

„Warum sollte ich?" Er sah mich prüfend an. „Ich verstehe jetzt jedenfalls, warum Sie Israel allein erleben, und die jüdischen Menschen kennenlernen wollen. Sie möchten irgendwie begreifen, warum sie immer wieder der Verfolgung ausgesetzt sind. Und der Vernichtung!"

„Ja! Ja! Sie haben recht. Auch deshalb bin ich hier."

Ich fühlte mich von ihm verstanden. Ohne große Worte. Es tat so gut. Deshalb fuhr ich fort: „Ich erinnere mich an ein Gedicht von einem unbekannten jüdischen Dichter. Ich habe es auswendig gelernt, weil es mich so anrührte. Keine Angst, ich deklamiere nicht seitenlang, nur zwei kurze Strophen."

Würde er mich unterbrechen? Das Gedicht nicht hören wollen? Er schwieg und ich fand den Mut, die wenigen Zeilen aufzusagen.

„Sie kamen über uns wie eine Pest – und haben uns gejagt mit Frau und Kind – wir blieben ohne Heim wie Vögel ohne Nest – und wissen nicht. Warum? Für welche Sünd?"

Lange blieben wir schweigend sitzen, bis ich die Stille unterbrach.

„Aber zurück zu Ihrem Vorschlag. Warum wollen Sie Ihren Aufenthalt in Israel mit mir belasten?"

Er sah mich fragend an. „Belasten? Wir haben das gleiche Ziel. Ich biete Ihnen einen Reiseführer und eine bequeme Fahrgelegenheit. Außerdem kenne ich dieses Land."

Er machte eine kleine Pause, fuhr dann doch fort: „Vielleicht kann ich Ihnen helfen. Sie sind sehr traurig. Und ich weiß nicht, ob Ihnen das so bewusst ist."

„Aber wir kennen uns doch gar nicht!"

Energisch wischte er meinen Einwand beiseite: „Dürfen wir in unserem Alter nicht auch einmal ein Risiko eingehen? Überlegen Sie sich mein Angebot."

Er stand abrupt auf. „Entschuldigen Sie mich, ich muss zu meinem Verleger. Wenn Sie mit meinem Vorschlag einverstanden sind, erwarte ich Sie morgen früh um neun Uhr in der Hotelhalle. Wenn Sie nicht da sind, haben Sie sich dagegen entschieden. Einverstanden?"

Bevor ich antworten konnte, hatte er dem Restaurantbesitzer einen Geldschein in die Hand gedrückt und war gegangen.

3

Lange lag ich in dieser ersten Nacht in Israel wach.

Das Hotel war trotz des entfernten Brausens der Großstadt nächtlich ruhig. Nur das gleichmäßige Ticken meines Weckers unterbrach die Stille.

Ich fühlte mich durch den Vorschlag von Jonas Ben-Yadin überrumpelt. Was er gesagt hatte, klang verlockend. Dennoch – war es nicht sehr ungewöhnlich, von einem fremden Menschen ein solches Angebot gemacht zu bekommen?

In Deutschland hätte ich keinen Augenblick gezögert, ihn kühl abzuweisen und meine Reise allein fortzusetzen. Aber hier? Hatte er nicht recht, wenn er meinte, dass es gewagt war, allein die Strecke von Tiberias nach Jerusalem zu fahren? Nur – warum waren mir solche Zweifel nicht selbst gekommen?

Ich wälzte mich hin und her. Konnte nicht schlafen. Hörte auf die nächtlichen Geräusche des Hotels. Auf der Straße laute Stimmen jugendlicher Nachtbummler. In dieser Stadt schien Schlaf das zu sein, auf das die Menschen am leichtesten verzichteten. Fast beneidete ich die jungen Leute wegen ihrer Unbekümmertheit. Warum muss ich mir nur alles immer so ernsthaft und lange überlegen? War die Begleitung, wie sie mir von Ben Yadin angeboten wurde, nicht ein Geschenk?

Ich dachte noch einmal an unseren Strandspaziergang und an die Unterhaltung während des Essens. Sah sein Gesicht vor mir. Er hatte gute Augen. Und ich vertraute fast immer meinem ersten Eindruck, den ich von einem Menschen hatte. Am meisten aber überzeugte mich der kleine Jid. So wie er diesen Jungen geschildert hatte, wollte er mit ihm Zeichen für Liebe und Verständigung setzen. Das sprach doch für den Mann.

Trotzdem ... es war ein Risiko!

Ich kannte ihn nicht. Aber hatte er nicht Recht mit dem, was er so eindringlich vorgebracht hatte? Zeit war wirklich nur ein scheinbar absoluter Begriff.

‚Sophie, hast du dich nicht schon in jahrelangen Freundschaften getäuscht? Andererseits auch wieder Menschen kennengelernt und vom ersten Sehen an gewusst, hier lohnt sich Nähe', waren meine letzten Gedanken, bevor ich endlich einschlief.

Um neun Uhr am nächsten Morgen stand ich abfahrbereit in der Hotelhalle. Und eine helle Freude war in mir, als Jonas Ben-Yadin mit großen Schritten auf mich zueilte, mir die Koffer abnahm und wie selbstverständlich auf seinen Wagen zusteuerte.

„Wie gut, dass Sie Vertrauen haben", war sein ganzer Kommentar zu meinem Entschluss.

Der weiße Chrysler machte von außen einen mitgenommenen Eindruck. Aber im Innern war er bequem und in gutem Zustand.

„Lassen Sie uns zuallererst ein paar Regeln aufstellen", bat ich, als ich es mir in den grau-blauen Polstern bequem machte.

„Ach, ihr Deutschen!" Sein Lachen klang nicht ganz echt. „Immer muss alles geplant werden. Aber bitte, wenn es Sie beruhigt, nennen Sie Ihre Spielregeln."

Ich wehrte ab. „Spielregeln, nein. Ich möchte nur, dass wir

uns beim Vornamen nennen. Wir sind viele Stunden zusammen. Es ist so steif, wenn Sie mich Frau Wenger und ich Sie Herr Ben-Yadin nenne."

„Sie müssen sich daran gewöhnen, dass ich manchmal ein richtiger Esel bin", meinte er verlegen und fuhr dann fort: „Ich wusste, dass ich mich in Ihnen nicht getäuscht habe, Sophie. Verzeihen Sie mir mein dummes Gerede."

Ich musste lachen. „Warten Sie nur ab, noch bin ich nicht fertig. Ich möchte vor allem die Kosten trennen. Ich bin für mich selbst verantwortlich und mag es nicht, wenn man mich einfach einlädt. Auch beim Benzin möchte ich mich beteiligen."

Er schüttelte den Kopf. „Das mit dem Benzin vergessen Sie. Ich wäre die Strecke eh gefahren. Mit der Trennung unserer Reisekasse bin ich einverstanden. Sie sollen nicht auf Ihre Selbstständigkeit verzichten müssen, an der Ihnen offensichtlich so viel liegt."

War ein leiser Spott in seiner Stimme? Ich wollte nicht nachfragen.

Schweigend fuhren wir weiter. Ich war erleichtert, dass ich mit ihm schweigen konnte. Es bedrückt mich, wenn ich gezwungen bin, Gesprächsstoff zu suchen, um Stille zu füllen. Eingehend betrachtete ich ihn von der Seite.

Sein scharf geschnittenes Gesicht. Die buschigen weißen Augenbrauen über eindringlichen Augen. Die weißen Haare und der Vollbart hoben die Bräune seines Teints noch hervor. ‚Sonnenbank oder wirkliche Sonne?' Ich entschied mich für Sonne. Er war sehr groß und schlank und hatte die leicht gebeugte Haltung vieler großgewachsener Menschen. „Zufrieden mit der Musterung?" Er lachte über mein verdutztes Gesicht.

„Entschuldigung, das war wohl ziemlich unhöflich." Ich war wirklich verlegen.

Etwas spöttisch meinte er: „Immer noch die Anstandsregeln der Eltern?" Und wieder ernst werdend: „Es wundert mich immer wieder, wie wir durch Erziehung unsere Spontaneität verlieren. Finden Sie nicht auch?"

Ich ging nicht auf seine Frage ein, sondern meinte, „Woher sprechen Sie eigentlich so gut Deutsch?"

„Na endlich! Seit gestern Morgen warte ich auf diese Frage. Abgesehen davon, dass ich mich intensiv mit Ihrem Land befasst habe, wuchs ich in dieser Sprache auf. Meine Eltern sind als Kinder um die Jahrhundertwende aus Mecklenburg nach Israel eingewandert. Meine Großmutter sprach immer deutsch, also lernte meine Mutter es auch. Mit uns Kindern sprach sie deutsch. Nur wenn mein Vater da war, sprachen wir hebräisch. Übrigens war mein Vater Rabbi."

Ich unterbrach ihn: „Stimmt es, dass Rabbiner nicht nur Priester, sondern auch Lehrer sind?"

„Ja. Bei uns können alle jüdischen Männer predigen, wenn sie die fünf Bücher Moses kennen. Übrigens schade, dass wir nicht vor Tagen schon hier waren. In dieser Zeit feiern wir das Neujahr der Bäume."

„Ein Neujahrsfest für Bäume?"

Er nickte. „Dieses Jahr fiel es auf den 5. Februar. Ursprünglich ein religiöses Fest. Heute eher ein Tag, an dem wir uns mit der Natur identifizieren wollen."

Er konzentrierte sich einen Augenblick auf den hektischen Morgenverkehr, bevor er weitersprach: „In Israel ist alles eng mit dem Land verbunden. Dieses Fest zum Beispiel erinnert an die Besiedlung, an Natur und Ernte. Vielleicht ist es leichter zu verstehen, wenn Sie bedenken, dass die meisten Länder ihr Heimatgefühl aus Burgen, Schlössern, Kirchen und frühen Ansiedlungen herleiten können. In Israel nicht. Da ist die Religion unsere Tradition."

„Kennen Sie alle Traditionen und Gebräuche Israels?"

„Mein Gott, nein", wehrte Jonas ab. „Das ist einfach unmöglich. Ich kann Ihnen einige Festtage und Sitten erklären. Mehr nicht. Ich habe nur den 5. Februar erwähnt, weil ich Bäume liebe."

In unser Kennenlernen drang Vertrautes! Erstaunt schaute ich ihn an. „Ich auch. Und von allen Bäumen mag ich am liebsten die Birke und die Trauerweide. Also keine nützlichen Bäume."

Ich schwieg einen Augenblick. Sollte ich ihm wirklich von mir erzählen? Warum eigentlich nicht?

Also fuhr ich fort: „Ich habe eine Zeitlang in der Nähe des Palmengartens in Frankfurt gearbeitet. In meiner Mittagspause saß ich oft auf einer kleinen Anhöhe, auf der drei Birken standen. Können Sie sich einen Frühlingstag vorstellen mit seinem blauen Himmel? Sie liegen auf einem kleinen Hügel und über Ihnen die ersten Birkenblätter. Manchmal konnte ich vor Glück kaum atmen, wenn ich sie entdeckte. Sie sind so durchsichtig. Fast wie Glas." Ein bisschen nervös strich ich mir die Haare aus der Stirn. Es fiel mir schon immer schwer, einem anderen Menschen gegenüber offen über meine Gefühle und Gedanken zu sprechen. Sachlicher werdend, erklärte ich: „Heute ist der Palmengarten so stilisiert, bestimmt haben sie meinen kleinen Hügel mit den Birken abgeschafft. Ich war nie mehr dort."

Ich lachte unsicher: „Unter einer Trauerweide wäre ich gern beerdigt. Ihre herunterhängenden Äste bieten so viel Schutz. Romantisch, nicht wahr?"

Er legte ganz kurz seine rechte Hand auf meine im Schoß gefalteten Hände. „Ich bin froh, dass wir uns begegnet sind, Sophie."

Unter diesen Gesprächen hatten wir Tel Aviv hinter uns gelassen und waren auf der National 2 in nördlicher Richtung weitergefahren.

Jonas sah mich fragend an. „Ich glaube, es ist am besten, wenn ich die Reiseroute bestimme, weil ich Ihnen so viel als möglich zeigen möchte. Einverstanden?"

„Wir waren uns doch einig, dass Sie mein Reiseführer sind. Geben Sie mir die Autokarte, damit ich wenigstens weiß, wo wir sind".

Entspannt lehnte ich mich in meinem Sitz zurück. Jonas fuhr langsam, obwohl die Autostraße gut ausgebaut war. Ich mag keine hohen Geschwindigkeiten.

Wir hatten das Schiebedach geöffnet. Noch brannte die Sonne nicht zu heiß. Die staubig grüne Landschaft zu beiden Seiten der Straße gab mir einen ersten Eindruck von der Hitze, unter der das Land im Sommer austrocknete.

Er unterbrach die Stille und deutete auf die Autokarte. „In dreiundzwanzig Kilometern biegen wir von der Autobahn ab in Richtung Caesarea Maritima."

Ich nickte. „Ich weiß nicht viel über die Stadt, außer dass sie unter Herodes einmal Geschichte gemacht hat. Aber die Küste macht so einen öden Eindruck. Ich kann mir wirklich nicht vorstellen, dass es in dieser Gegend so viel Luxus gegeben hat."

Er lächelte. „So ähnlich muss es damals hier auch ausgeschaut haben. Aber Herodes der Große war fanatisch in seinem Bauwahn. Und er hatte keinen Hafen. Wir suchen uns nachher einen ruhigen Platz, und ich erzähle Ihnen ein wenig vom Bau dieses Hafens." Er hielt im Reden inne, schaute rasch zu mir herüber: „Hoffentlich sagen Sie es mir, wenn ich Sie mit allzu viel Geschichte langweile."

Ich protestierte. „Bitte keine Höflichkeitsfloskeln. Es bleibt so wenig Zeit. Ich genieße jede Minute. Warum habe ich auch nur vier Wochen gebucht?"

Ich kramte meine Sonnenbrille hervor, setzte sie auf und lächelte Jonas an: „Ich konnte ja nicht ahnen, dass sich meine Reisebedingungen so ändern würden."

„Das nehme ich als Anerkennung", scherzte er, bevor er ernst werdend, weiter fragte: „Sophie, warum sind Sie so an Israel interessiert? Das kann doch nicht nur an einer Kinderfreundschaft liegen?"

Ich schwieg. Ich musste erst nach einer Antwort suchen. Es waren Fragen, zu denen ich sehr viel sagen könnte. Und deren Beantwortung mir doch nicht so klar war.

Plötzlich drängten sich mir die Worte wie von selbst auf. „Ich will versuchen, es Ihnen zu erklären. Ich habe Ihnen von meinem Vater und seiner Judenfeindlichkeit erzählt. Von dem großen Schweigen der Generation meiner Eltern. Und von meinem Zorn über das, was durch Nazideutschland den Juden angetan wurde. Vielleicht sind es Schuldgefühle und der Wunsch nach Sühne. Obgleich mir so große Worte immer verdächtig sind."

Ich schluckte. Warum fiel es mir nur so schwer, über mich zu sprechen? Ich zwang mich, weiterzusprechen:

„Es war für mich schon von jeher ein Muss, hierher zu kommen. Jetzt war einfach die Zeit dafür gekommen. Ich möchte das im Grunde nicht weiter hinterfragen. Irgendwie bin ich davon überzeugt, dass wir, die wir im Krieg noch Kinder waren, heute eine Art Verpflichtung haben, uns sehr intensiv mit Israel auseinanderzusetzen. Gerade weil unsere Eltern alles verdrängten. Weil sie keine Rechenschaft ablegten."

Ich schwieg, legte den Kopf zurück und ließ die Sonne auf mein Gesicht scheinen. Über mir weiße Wolkenlinien, wie mit leichtem Strich ins Blau des Himmels gepinselt.

Nach einer Weile sprach ich weiter: „Wenn ich denke, dass mein Geschichtsunterricht, selbst kurz vor dem Abitur, beim Versailler Vertrag endete! Möglicherweise war das 1954 sogar verständlich. Die Hitlerzeit war noch zu nah. Aber auch in anderen Fächern wie Sozialkunde haben wir nie davon gesprochen. Ob den Lehrern der Mut oder der Abstand fehlte? Gewiss doch, meine Mutter war völlig aufgelöst nach dem Krieg. Sie weinte sehr viel, als sie nach und nach von den schrecklichen Verbrechen hörte. Und früher noch, als das mit Sarah geschah, hat sie mich sogar getröstet und gegen meinen Vater verteidigt, der wegen meiner Fragerei so wütend war." Wieder machte ich eine Pause. So viele Erinnerungen drängten sich auf. Wie gestern schon, als ich zum ersten Mal davon sprach, konnte ich wieder den Schmerz von damals spüren, die Sehnsucht nach der Freundin, die so spurlos verschwunden war.

Nach einer Weile sprach ich weiter: „Ich erinnere mich an den Großvater von Sarah. Ein alter, weißhaariger dünner Herr. Irgendwann früher war er Lehrer gewesen. Eines Tages kam er nach Hause und weinte. Jonas, das war für mich kleines Kind, dem alle Erwachsenen so überlegen vorkamen, ein schreckliches Erlebnis. Und wissen Sie, warum er weinte?"

Nervös nahm ich die Sonnenbrille wieder ab, ich wollte mich nicht hinter ihr verstecken. Sprach weiter: „Die Juden durften doch nur abends einkaufen gehen, damit sie den Deutschen nichts wegnehmen konnten. Und immer in ein Stadtviertel, das weit von ihrer Wohnung entfernt lag. Zu jener Zeit durften sie noch Straßenbahn fahren. Allerdings nur auf der Plattform. An jenem Abend war ein junges Mädchen aufgestanden. Hatte ihn, den Juden, ins Wageninnere gerufen und ihm seinen Platz angeboten. Diese kleine Geste konnte er nicht fassen. Die hatte ihn weinen gemacht. Deshalb ist für mich diese Generation, wenn sie versucht, zu verharmlosen, unglaubwürdig."

Ich spürte, wie meine Stimme hart wurde. „Sie müssen etwas gewusst haben. Wenn Nachbarn abgeholt werden, wenn Menschen spurlos verschwinden und andere dazu gezwungen werden, sich durch einen gelben Stern zu 'kennzeichnen', müssen es die anderen doch mitbekommen! Ich wehre mich gegen so viel Verdrängung. Ich werde nicht damit fertig, wie man eine ganze Zeit weglügen kann." Und dann sagte ich etwas, das ich nie zuvor gedacht hatte: „Ich bin auf der Suche, Jonas. Deshalb bin ich in Israel. Ich glaube einfach, dass ich nur bruchstückhaft sein kann, wenn ich auch hier keine Antworten finde."

Ich hielt inne, erstaunt über meine eigenen Worte. Ich bin auf der Suche? Was geschieht mit mir, dass ich plötzlich Worte finde für etwas, das mir bisher nicht einmal bewusst war?

Schweigend lenkte er den Wagen auf einen der drei Parkplätze der Anlage von Caesarea Maritima. Um diese Zeit waren nur wenige Touristen unterwegs. Wir würden fast die ganze Stätte für uns allein haben. Als er den Motor abgestellt hatte, blieb er ruhig sitzen, nachdenklich.

Seine Stimme klang fast liebevoll, als er anfing: „Wir müs-

sen noch oft über diese Schwierigkeiten sprechen. Ich spüre
Ihre Betroffenheit und Ehrlichkeit. Vielleicht kann ich Ihnen
helfen. Sehen Sie, der Wunsch zu verleugnen ist so viel-
schichtig. Lassen Sie mich Ihnen etwas erzählen, worüber
ich noch nie mit anderen Menschen gesprochen habe. Ich
habe, bevor ich nach London zog, immer in Israel gelebt.
Habe für die Unabhängigkeit meines Landes gekämpft.
Hatte mich immer stark und unbesiegbar gefühlt."
Er unterbrach sich. Strich sich wieder einmal heftig durch
seinen weißen Bart, bevor er eindringlich fortfuhr: „Plötzlich tauchten Menschen auf. Halb verhungert. Vergewal-
tigt. Gedemütigt. Gequält. Sie sprachen von unmensch-
lichen Leiden. Wurden verfolgt von der Erinnerung an
grauenhafte Erlebnisse in Konzentrationslagern. Sie sprachen von Schicksalen, wenn sie überhaupt ihr Schweigen
brachen, die über jedes menschliche Fassungsvermögen
hinausgingen. Wir, die Sabres, die Hier-Geborenen wollten
zwar helfen, aber größer als unsere Hilfsbereitschaft war
unser Unverständnis. Ich möchte es fast Verachtung nennen, die wir diesen Menschen gegenüber empfanden. Wie
konnten die sich das gefallen lassen? Warum war das Volk
nicht aufgestanden? Warum hatten sie nicht gemeutert,
waren lieber in Freiheit gestorben, als sich wie Vieh zur
Schlachtbank führen zu lassen?" Wieder unterbrach er sich,
hob in einer hilflos wirkenden Bewegung die Schultern.
Sprach weiter: „Es gibt hier in der Nähe das Kibbuz Loha-
me Hageta'Ot. Es ist von zweihundert Überlebenden aus 89
Konzentrationslagern gegründet worden. Ich habe dort eine Weile gearbeitet. Und damals, Sophie, erst damals fing
ich an, zu verstehen! Nachdem ich Dokumente gelesen, mit
den Menschen gesprochen hatte. Ich hörte zum ersten Mal

von den heroischen Widerständen in Warschau, in Treblinka und vielen anderen Vorhöfen der Hölle. Damals fing ich an, das Schicksal meines Volkes mitzuerleben. Damals habe ich gehasst und alle Deutschen abgelehnt. Bis ich erkannte, dass wir nicht immer diese Unversöhnlichkeit mit uns herumtragen können. Ich glaube, dass wir sie erst überwinden können, wenn wir Tatsachen annehmen."

Ich hatte ihm erschüttert zugehört. Daran hatte ich nie gedacht. Die Verfolgten hatten nicht nur an ihrem Schicksal zu leiden. Es wurde ihnen ihre Geschichte noch nicht einmal geglaubt! Weil so viel Grauen nicht vorstellbar war. Über welch eine absolut zerstörerische Macht hatten die Nazis verfügt. Sie konnten sogar noch damit rechnen, dass ihr furchtbares Morden von Unbeteiligten als krankhafte Erfindungen abgetan würde...

Erst bei Jonas letztem Satz begehrte ich wieder auf: „Tatsachen annehmen. Wie soll ich das denn verstehen?"

Beruhigend wandte er sich mir zu.

„Sophie, die Judenverfolgung ist seit Jahrtausenden Wirklichkeit und würde es, wenn es nach den meisten arabischen Staaten ginge, auch noch weiter sein. Ihr Volk hat Grauenhaftes getan. Innerlich versöhnt werden können Sie nur, wenn Sie gegen das Vergessen ankämpfen. Und das tun Sie ja. Für Sie, genau wie für mich, ist das Gerede von Schlussstrich ziehen und endlich die Vergangenheit ruhen lassen, sofern es geschichtlich gemeint ist, wie eine geistige Wiederholung der damaligen Verbrechen."

Ich spürte Traurigkeit und nur mühsam beherrschte ich meine Stimme. „Vergessen? Nie. Mich interessieren nicht die Jahrtausende der Judenverfolgung. Es waren Deutsche, die Juden verfolgt, gequält und ermordet haben. Und nur

Wenige haben sich mit diesen Taten je wirklich auseinandergesetzt. Es wird einfach nicht darüber gesprochen. Zumindest nicht von der Generation meiner Eltern. Sie können doch die Vergangenheit nicht abschaffen, indem sie sie leugnen. Ich bin so wütend und verzweifelt, dass ich manchmal gar nicht weiß, wie ich weiteratmen kann."

Ich versuchte mich in der Stille, die meinem Ausbruch folgte, zu beruhigen. Nach einer Weile öffnete ich die Wagentür. „Kommen Sie, Jonas, lassen wir vorerst das Thema. Erzählen Sie mir von der fernen Vergangenheit."

4

Wir betraten die Ausgrabungsstätte, die sich hell und sonnenbeschienen in die Meeresbucht schmiegte.

Ich deutete auf die Ausgrabungen. „Sind das die Reste der Stadtbefestigung aus der Kreuzfahrerzeit?"

„Ja." Gut, dass seine Stimme nicht belehrend klang.

„Diese Stadt ist im dreizehnten Jahrhundert nur deshalb zerstört worden, damit die Christen nie mehr zurückkehren konnten. Aber suchen wir uns ein wenig Schatten. Ich erzähle Ihnen dann von Herodes und seinem phantastischen Hafenbau."

Ich schaute mich um und Vergangenheit wehte mich an. Hier also hatte Pontius Pilatus regiert. Und Paulus war zwei Jahre in Caesarea gefangengehalten worden. Jeder Meter Boden geschichtsträchtig. Und Zeuge der verschiedenen Religionen.

Das Meer schimmerte in einem weichen Blau, so dass die Reste der Hafenanlagen, wild überwachsen, noch deutlicher hervortraten.

Wir setzten uns in den Schatten eines uralten Olivenbaumes, dessen starke Wurzeln das Pflaster aufgebrochen hatten. Seine silbrig-grünen Blätter wie ein leise rauschendes Dach über unseren Köpfen. Ich beobachtete die Spur eines Flugzeuges, das direkt aus der Sonne aufzusteigen schien. Kein Laut war zu hören.

Jonas unterbrach die Stille: „Dieser Ort war nie ein Hafen gewesen bis Herodes kam. Zehn Jahre arbeiteten hier Tausende von Menschen. Schließen Sie die Augen, Sophie.

Können Sie sich den breiten Damm vorstellen? Die Häuser aus weißem Marmor?"

Er schwieg und fuhr dann nachdenklich fort: „Wir Menschen sind zu so viel Großartigem fähig, und dann zerstören wir alles wieder. Als Caesarea Hauptstadt von Judäa wurde, lebten hier Griechen, Römer, aber auch Juden nebeneinander. Konnten die friedlich miteinander leben?"

Er beantwortete sich die Frage selbst. „Nein, es gab einen Bürgerkrieg, bei dem etwa 20 000 Juden umgekommen sein sollen."

Die Sonne schien plötzlich kälter geworden. Ich sah nicht mehr die Reste ehemaligen Luxus' und Baukunst. Spürte, wie mich Verzweiflung zu überschwemmen drohte. Deshalb fing ich rasch an zu sprechen.

„Bevor ich wegfuhr, las ich eine kleine Notiz in der Zeitung. Eine Lehrerin in Frankreich wurde suspendiert, weil sie die Jugendlichen einer zehnten Klasse ausrechnen ließ, wie viel Kohlenmonoxid nötig sei, um einen Eisenbahnwagen voller Juden umzubringen."

Ich zitterte. „Jonas, bitte, das war eine Lehrerin von heute! Hört dieser Wahnsinn denn niemals auf?"

Jonas hatte die langen Beine hochgezogen, umschlang seine Knie mit den Armen, antwortete: „Ich weiß es nicht, Sophie. Aber warum fühlen Sie sich so entsetzlich schuldig?"

Ich schaute ihn prüfend an. „Nein, ich fühle mich nicht persönlich dafür verantwortlich. Ich frage nur. Ich habe zu wenig Antworten bekommen. Als hätte es die Nazizeit nicht gegeben. Nach dem Krieg hatten alle so viel mit dem Aufbauen zu tun. Mit der Beseitigung der Trümmer, die sie doch selbst mitverschuldet hatten. In meinem Land waren sie nach dem Krieg vor allem krampfhaft damit beschäftigt, zur Normalität zurückzukehren. Um sich nicht der Vergangenheit stellen zu müssen ..."

Wie um Entschuldigung bittend, fuhr ich fort: „Und später, als ich anfing nachzudenken, bekam ich gar keine Gelegenheit zu fragen. Nur meinen Kindern gab ich jüdische Namen und doch war es nur eine hilflose Geste des Aufbegehrens. Warum sprach ich nie mit Ulrich darüber? Weshalb fragte er nicht nach dem Grund für die jüdischen Namen? Ich weiß nicht, was mich plötzlich aufgeweckt hat. Ein Buch, ein Gedicht, irgendeine Notiz? Seitdem suche ich nach Antworten. Aber wer soll sie denn mir geben? Wollte ich deshalb in dieses Land? Ach, Jonas, ich verderbe Ihnen den Tag. Ich warnte Sie ja davor, sich mit einer Deutschen zu belasten."

Verwundert über meine Worte fragte er: „Sind Sie immer so hart mit sich selbst? Muss denn jede Trauer, jede Emotion bei Ihnen gleich wieder verdrängt werden? Ihre Fragen belasten mich nicht."

Das Schweigen, das sich zwischen uns ausbreitete, verband und tröstete.

Der Morgen war schnell vergangen. Wir beschlossen, bis Akko zu fahren und dort zu essen.

Mit jeder Stunde, die ich mit Jonas verbrachte, fühlte ich mich stärker zu ihm hingezogen. Spürte eine Verbundenheit, die mir eigentlich gar nicht entsprach. Immer Abstand halten, immer cool. Warum dann hier das Empfinden, als wäre in dieser kurzen Zeit etwas in mir aufgebrochen. Etwas, das sich immer näher an die Verwundbarkeit meines Selbst herantastete. Ohne Angst vor Verletzungen. Ich spürte die weiche Lebendigkeit meiner Haut. Das lautlose Eindringen der Luft in jede kleinste Zelle meines Körpers. Ich fühlte mein Blut pochen. Verfolgte seine verschlungenen Wege in meinen Adern. Und war mir einer sinnlichen Körperlichkeit bewusst, die ich schon vergessen glaubte. Verwirrend die Nähe des Mannes an meiner Seite. Sollte ich ihm vom Brief meiner Mutter erzählen, der ungelesen unter meinen Kleidern in meinem Koffer aufbewahrt lag? Lieber nicht! Wir kennen uns noch zu wenig. So viel Vertrautheit setzt innere Nähe voraus. Vielleicht würde ich heute Nacht den Mut finden, wenigstens das Band, das ihn umschloss, zu lösen. Warum habe ich nur so viel Scheu davor?

Vor uns tauchte Akko auf. Ich deutete auf die Stadt.

„Warum diese mächtigen Mauern?"

„Weil nicht nur die Römer, sondern auch die Christen und Araber ihre eigene Mauer haben mussten. Sie haben damit aus dieser alten Hafenstadt eine Befestigung gemacht. Ich schlage vor, dass wir vor dem Essen noch in die Weiße Moschee gehen. Hier sind die Sitten nicht so streng. Sie brauchen nicht die Schuhe auszuziehen. Danach bummeln wir durch die unterirdische Kreuzfahrerstadt. Auch den Basar müssen Sie unbedingt sehen."

Wir gingen zur Zitadelle. Ich staunte über den winzigen Rokoko-Kiosk rechts vom Treppenaufgang zum Moscheehof. Bilder, die ich fotografieren musste. Die mächtigen Mauern als Zeugen der Vergangenheit. Der zierliche Kiosk. Und das glänzend-farbige Obst. Der Orangenbaum mit seinen dicken Früchten gegen die weiße Kuppel der Moschee. Sein Duft verfing sich in den hell gekalkten Arkaden.

Kinder spielten. Eine Frau zog ihren weißen Schleier dichter vor das Gesicht. Was sie wohl bei meinem Anblick empfand? War sie empört über die Schamlosigkeit, wie sie vielleicht mein Auftreten nannte? Oder beneidete sie die Fremde? Ich möchte zu ihr hingehen. Möchte fragen. Mit ihr sprechen. Doch wir kamen aus zu verschiedenen Welten. Nicht nur die Sprache machte ein Gespräch unmöglich. Am liebsten hätte ich meine Jacke aus dem Auto geholt. Auch wenn ich eine Bluse mit langen Ärmeln trug, fühlte ich mich der Frau gegenüber halb nackt.

Vor der Moschee wusch sich ein Mann in einem runden Brunnen und ging danach barfuß über Holzbohlen, die vom Brunnenrand ins Innere des Gotteshauses führten, zum Beten. Daneben ein anderer, der beim Waschen gleichzeitig wild gestikulierend in sein Handy sprach. Tradition und Moderne. Der Zusammenprall von Orient und Oxident. Mich störte er nicht.

Wir betraten die fast leere Moschee. Schlanke Säulen trugen das kupferne Kuppeldach. Die Wände waren mit bemalten Fliesen geschmückt. Der Gebetsraum mit leuchtend roten Teppichen ausgelegt.

Jonas meinte flüsternd: „Die Moslime dürfen in der religiösen Kunst nichts durch Figuren darstellen. Deshalb drücken sie alles in Farben, Zeichen und Muster aus."

Vorn im Moscheeraum knieten drei Gläubige. Den Rücken tief gebeugt. Mit der Stirn berührten sie den Boden. Die Hände weit nach vorn gestreckt. Gleichzeitig bittend und empfangend. Die nackten Füße schauten unter den Pluderhosen hervor. Es war mir unangenehm, Menschen in ihrer Intimität zu beobachten. Ich wandte mich ab.

Gebete sind Gespräche mit Gott. Und es war so unwichtig, ob er Allah, Jahwe oder Gott hieß.

Als wir wieder in den warmen Mittag hinaustraten, suchten wir nach einem kleinen Restaurant.

Das Mittagessen mit seinen Vorspeisen und Salaten gefiel mir. Langsam gewöhnte ich mir das hastige Schlingen meiner einsamen Mahlzeiten ab. Ich schaute mich in dem halb dunklen Raum um. An den Wänden zahllose Fotografien, die bei uns normalerweise im Familienalbum kleben. Auf der Theke ein verstaubter Strauß roter Plastikrosen. Das Radio plärrte laut. Niemand störte sich daran. Wenn sich die Leute nicht verstanden, sprachen sie eben lauter. Eigentlich war mir das alles fremd und dennoch fühlte ich mich wohl.

Nach dem Essen gingen wir zur Kreuzfahrerstadt. Jonas schien ganz in seinem Element, als er fast enthusiastisch fragte: „Können Sie sich vorstellen, dass diese Stadt schon im 19. Jahrhundert vor Ihrer christlichen Zeitrechnung erwähnt wurde?"

„Belästigt Sie diese Zeitrechnung?"

„Nun, ich bin zwar heute nicht so religiös, wie mein Vater das gern gesehen hätte, vor allem habe ich meine eigene Vorstellung von Gott. Aber dass unsere Geschichte nach Christus berechnet wird, ist mir schon ziemlich fremd. Nach jüdischer Zeitrechnung leben wir im Jahr 5756. Und Jesus? Er war Jude und wahrscheinlich ein bedeutender Mensch, aber Gottes Sohn? Für mich war er nur ein Prophet und nicht der Messias. Können Sie das verstehen?"

„Ja, doch, das kann ich. Aber auf was für eine Zeitrechnung wollen wir uns dann einigen?"

„Es wird uns schon etwas einfallen. Jetzt erzähle ich Ihnen trotzdem von den Christen. Sie machten nämlich aus Akko erst den wichtigsten Hafen des fränkischen Königreiches."

Er spottete: „Wissen Sie, die fränkischen Könige fühlten sich im frommen Jerusalem nie so richtig wohl. Sie zogen

Akko vor. Vorsicht, stoßen Sie sich nicht, jetzt müssen wir gebückt hier durch, denn dieser Gang führt unterhalb der Kreuzfahrerstadt hindurch. Irgendwo kommen wir dann wieder ins Freie." Der Gang durch die alten Gemäuer war wie ein Kindheitstraum für mich. Das musste ich Jonas unbedingt sagen.

„Sie bringen mir meine Kindheit zurück, Jonas. Hier hätte ich mit meinem Bruder Räuber und Gendarm gespielt. Allein hätte ich das alles nie entdeckt. Sind es wirklich erst vierundzwanzig Stunden her, seitdem wir uns kennenlernten? Und dabei hätte ich beinahe durch meine Angst vor Menschen unsere gemeinsame Fahrt unmöglich gemacht."

Achselzuckend unterbrach er mich: „Glauben Sie denn nicht an Schicksal?"

„Doch!" Ich schränkte allerdings gleich ein: „Aber es fällt mir schwer. Ich glaube meistens, dass ich mein Leben aus eigener Kraft bestimmen kann, sogar das eigene Schicksal."

Ich hatte zwar scherzhaft gesprochen, aber er schien den Ernst hinter meinen Worten zu spüren.

Wir bummelten durch den Basar. Ich kaufte mir ein großes Seidentuch und schlang es so um meinen Kopf, wie ich es bei den andern Frauen gesehen hatte. Ein Spiel nur. Ich würde immer fremd bleiben. Wollte es wahrscheinlich auch.

Ein wenig später entschieden wir, dass wir für heute genug gesehen hätten. Wir wollten weiter nach Tiberias. Neugierig erkundigte sich Jonas: „Wo haben Sie in Tiberias eigentlich ein Zimmer bestellt?"

„Im Paradise Hotel. Mir hat der Name gefallen."

Er lachte. „Na, Sie können Ihrem Geschmack trauen. Es ist

ein sehr schönes Hotel mit Blick über den See Genezareth. Und wenn wir morgen mit dem Wetter Glück haben, erleben wir einen ganz besonderen Sonnenaufgang. Mein Freund Yehuda meinte einmal, wenn über dem Horizont vom See Genezareth die Sonne aufgeht, ist das, als würde Gott seine Hand mit den fünf Fingern ausstrecken. Man brauche sie nur zu ergreifen."

Erstaunt schaute ich zu ihm hinüber. Meinte er seine Worte ernst? Aber diesmal lachten seine Augen nicht. Wie kindlich und vertrauensvoll sein Gottesglaube war. Ich beneidete ihn.

Wir fuhren an endlos scheinenden Ölbaumhainen vorbei. An Avocado Plantagen und Mangobäumen. Am staubigen Straßenrand dreitausend Jahre alte Olivenbäume. Verknorrt und bizarr verbogen. Häufig innen völlig hohl. Und unversehens an einem scheinbar toten Baum ein kleiner grüner Zweig. Ein Wunder.

Durch das Tal von Bet-Kerem näherten wir uns dem Westufer des Sees, wo sich Tiberias, in warmes Abendlicht getaucht, leuchtend an grüne Hügel schmiegte. Jonas hielt auf einer kleinen Anhöhe und deutete auf den unter uns liegenden See.

„Hier im Westen, an den galiläischen Berghängen ist Tiberias und dort im Osten, ein bisschen verschwommen im Dunst, können sie den Golan erkennen. Auf seiner Höhe verläuft auch die syrische Grenze."

Bedauernd meinte er: „Wir haben leider nicht so viel Zeit, sonst würde ich Sie noch in eines der Drusendörfer schleppen. Wussten Sie, dass Jethro, der Prophet der Drusen, der Schwiegervater Moses war?"

Er zögerte. „Die Drusen glauben, dass in jedes Neugeborene die Seele eines Verstorbenen eindringt. Das gefällt mir. Das ist auch ewiges Leben, oder?"

Wieder sachlich werdend, fuhr er fort: „Der See ist, soviel ich weiß, der tiefstgelegene Süßwassersee der Erde."

Er lachte. „Warum ist in Israel nur alles immer irgendwie rekordverdächtig? Der andere Name des Sees gefällt mir übrigens besser. See von Kinneret. Das klingt nach einem Liedanfang."

„Wieso denn Kinneret?" Ich war versunken in den Anblick der Landschaft.

„Schauen Sie sich die Form des Sees an. Sie erinnert an eine Harfe, biblisch Kinnor. Da haben ihm die Hebräer den Namen Kinneret gegeben. Er war übrigens bereits im Altertum für seinen Fischreichtum bekannt, und ich verspreche Ihnen, dass wir morgen direkt am Wasser in einem kleinen Restaurant den berühmten Petersfisch essen werden. Das durfen wir wirklich nicht versäumen, solange wir hier sind."

Entschlossen ließ er den Motor wieder an. „Aber jetzt fahren wir ins Hotel. Dann können wir noch ein wenig ausruhen, bevor wir uns zum Abendessen treffen."

„Haben Sie denn ein Zimmer bestellt?"

„Das ist um diese Zeit nicht so schwierig. Sie werden schon noch ein Bett für mich haben", meinte er nur, als er den Wagen in die Auffahrt lenkte.

Sofort waren Hotelboys da, die sich um das Gepäck kümmerten. Das war ich von Europa her überhaupt nicht mehr gewohnt. Ich wusste zwar, dass diese Dienstfertigkeit zum Teil aus Sicherheitsgründen so gut funktionierte, damit kein Koffer unbeobachtet ins Hotel geschleust werden konnte. Aber ich empfand es doch als wunderbar bequem.

Mein Zimmer lag mit Blick auf den See und als ich auf den kleinen Balkon hinaustrat, musste ich mich sehr beherrschen, nicht in laute Jubelrufe auszubrechen. Zu meinen Füßen der See. Links die weißen Häuser Tiberias. Rechts unten grüne Hügel. Irgendwo ein Baukran. Sein eisernes Gerüst ragte in den blassrosa Abendhimmel. Flimmerndes Licht lag über dem Wasserspiegel. Die Boote sahen wie Riesenspielzeuge aus. Hier würde ich gern einige Tage bleiben, wenn es in unseren Reiseplan passte.

„Wussten Sie, dass Tiberias im Mittelalter als eine der vier heiligsten Städte des Judentums galt?", fragte Jonas, als wir uns im Speisesaal zum Abendessen setzten.

Ich nutzte rasch die Gelegenheit. „Und deshalb könnten wir ruhig länger bleiben. Es ist zauberhaft hier, und wir können doch gewiss von Tiberias aus viele Besichtigungen machen, oder?"

Er schmunzelte.

„Wie schön, dass wir uns so ergänzen. Ich wollte Ihnen den gleichen Vorschlag machen."

„Und wohin fahren wir morgen?".

„Was halten Sie davon, wenn wir uns mit dem See Genezareth beschäftigen? Wir fahren nach Tabgha und Kapernaum. Also morgen auf den Spuren Ihres Glaubens."

Zweifelnd schaute ich ihn an. „Meines Glaubens? Habe ich überhaupt einen von der Kirche gelehrten Glauben? Ich möchte lieber meinen eigenen Gott und meine eigenen Vorstellungen von ihm."

„So ähnlich wie beim Schicksal?", warf er fragend ein. „Ich finde, eine Bindung an eine Art System ist schon recht hilfreich. Obgleich ich noch vor ein paar Stunden sagte, dass ich nicht so lebe, wie ich erzogen wurde. Aber wenn wir nach den dogmatischen Glaubenssätzen leben, sind wir Juden überhaupt nicht frei."

„Und, tun Sie das, ich meine, leben Sie nach Ihrem jüdischen Gesetz?" Nun wollte ich es genauer wissen.

Er zögerte einen Augenblick und meinte dann: „Manchmal wünsche ich es mir. Es erleichtert das Glauben. Vielleicht macht es sogar das Leben bequemer, weil man einen Teil der Verantwortung abgibt. Aber ich kann es auch nicht. Ich fühle mich schlicht entmündigt."

Er schüttelte sich. „All die Regeln. Bestimmungen über Feste, über das Essen, die Kleidung. Sie werden im orthodoxen Judentum sehr streng eingehalten. Nur mir ist das alles zu eng. Es stimmt schon, diese strenge Bindung an Traditionen hat wahrscheinlich das Judentum trotz der Verfolgungen erhalten. Bedenken Sie, dass wir Juden im Vergleich zu unserer langen Geschichte nur eine sehr kurze Zeit einen eigenen Staat hatten. Außerdem glaube ich, dass auch unsere Feste etwas viel Wichtigeres bedeuten als nur religiöse Feiern. Ich habe schon gesagt, dass sie unsere Vergangenheit sind, so wie bei Ihnen Ihre Baudenkmäler. Aber vielleicht überwinden sie sogar unsere Geschichtsmüdigkeit."

„Das verstehe ich jetzt nicht ganz."

„Ich nehme an, dass es nicht nur in Israel einen gewissen Geschichtsüberdruss gibt, sondern auch in Ihrem Land. Und in der jüngeren Generation überhaupt. Dieses Jahrhundert hat so viel Irrsinn, Zerstörung und falsche Ideale gebracht, dass die meisten mit Geschichte nichts mehr zu tun haben wollen. Unsere Feste aber haben jahrtausendealte Tradition. Und wenn sie gefeiert werden, wird gleichzeitig wieder eine Bindung an die Geschichte geweckt.

Verstehen Sie, was ich meine?"

„Hm, ich verstehe nicht nur, was Sie meinen, der Gedankengang ist schon überzeugend: Geschichtsbewusstsein durch das Feiern von Festen."

„Ob das überzeugt, werden wir sehen, wenn wir in Jerusalem sind. Sie haben Ihr Zimmer im Central Hotel in Mea Shearim reserviert, immerhin in einem der wichtigsten orthodoxen Viertel in Jerusalem."

Ich hatte ihm aufmerksam zugehört. „Ich finde es aber richtig, dass ich mir dieses Hotel ausgesucht habe. Nur keine Internationalität. Die kann ich überall haben. Ich möchte Israel kennenlernen".

„Es ist ja auch gut so. Ich bin nur gespannt, wie Mea Shearim auf Sie wirkt. Wie ich Sie einschätze, sind Sie genauso gegen jede Gängelei, gleichgültig, von wem sie ausgeht." Er lachte. „Sie wollen doch offensichtlich alles selbst entscheiden und geben nicht so ohne weiteres Ihre Unabhängigkeit auf." Wieder ernst werdend, fügte er hinzu: „Übrigens, darf ich Sie etwas fragen? Sie sind oft so nachdenklich. Bedrückt Sie etwas? Oder wollen Sie nicht darüber sprechen?"

Wieder wunderte ich mich über sein Einfühlungsvermögen. Vielleicht sollte ich ihm doch von dem Heft meiner Mutter sprechen. Oder war es besser, mich lieber erst einmal selbst damit auseinanderzusetzen? Noch dazu, da ich mir nicht vorstellen konnte, warum ich diese Blätter bekommen hatte. Was meine Mutter gerade mir mitteilen wollte? Während ich noch überlegte, hörte ich mich bereits sprechen. Erzählte von diesem mysteriösen Brief und meiner Scheu, mich in diese Erfahrungen hineinziehen zu lassen.

Wieder, wie jedes Mal, wenn ihn etwas sehr bewegte, zerrte

Jonas heftig an seinem Bart. „Sie überraschen mich immer wieder. Sind Sie denn nicht neugierig? Haben Sie etwa Angst? Aber wovor?"

Ich war unsicher geworden: „Ich weiß es nicht. Im Augenblick lebe ich fast im Einklang mit mir selbst. Fühle mich frei und völlig ungebunden. Ich habe einfach das Gefühl, als könnte Mutters Brief diese Freiheit und Lebendigkeit beeinträchtigen. Und dabei laufe ich sonst vor Schwierigkeiten nicht davon."

Etwas wie Trotz regte sich in mir. „Andererseits möchte ich meinen Aufenthalt hier nicht von Problemen anderer beeinflussen lassen, auch nicht von denen meiner Mutter."

Ablenkend fragte er: „Haben Sie Lust auf einen Drink? Auf meinem Balkon stehen sehr bequeme Möbel. Wir lassen uns dort noch etwas Kühles servieren und bewundern die Aussicht auf Tiberias."

Schweigend genossen wir die Einzigartigkeit des Sonnenuntergangs. Das Wasser unter uns schien zu brennen. Rot und blau und violett züngelten Farben über seine Oberfläche. Nach und nach flammten die Lichter an den Berghängen auf. Tief senkte sich Friede über die Landschaft. Und über unseren kleinen Balkon.

Ich sprach leise, wollte die Stimmung nicht zerstören. „Ich bin sehr froh, dass Sie mir nachgefahren sind. Fast hätte ich gesagt, damals in Tel Aviv, und dabei sind erst zwei Tage vergangen."

Als staunte er noch immer über sich, antwortete Jonas. „Und dabei ist das gar nicht meine Art. Aber bei Ihnen war es wie ein Zwang. Das ist wohl der kleine Jid in mir."

Er lachte: „Keine meiner Handlungen seit gestern war eine wirklich freie Entscheidung. Oder gibt es doch so etwas wie

Schicksal? Auch wenn Sie darauf immer so skeptisch reagieren."

„Ist meine Skepsis nicht eher Schutz?", wehrte ich ab. „Ich will nicht überrumpelt werden. Andererseits mag ich auch keine Planung. Seit ich Sie getroffen habe, reagiere ich völlig anders als sonst."

„Erschreckt Sie das?" Er wandte sich mir zu und meinte noch: „Nicht immer nach Vorgaben und Plänen leben, bitte."

Fast gleichzeitig griffen wir nach der Hand des andern und saßen noch lange beieinander, versunken in die wundersame Stimmung des Abends, hoch über dem See Kinneret, den wir morgen für uns entdecken wollten.

5

Am nächsten Morgen stand ich schon vor sechs Uhr auf dem kleinen Balkon meines Zimmers. Den Sonnenaufgang, den Jonas so bildhaft beschrieben hatte, wollte ich nicht versäumen. Ich wunderte mich wieder einmal, dass ich solche Worte, wie er sie gestern für den Sonnenaufgang benutzt hatte, nicht übertrieben fand. Gefühlsäußerungen waren mir in den letzten Jahren so fremd geworden.

Ein leichter Wind hatte sich erhoben, der auf der Oberfläche des Wassers kleine, verspielte Wellen aufbaute. Langsam stieg der Sonnenball über dem Horizont auf. Färbte den Himmel in Rot und Blau, die Ränder kleiner Wolken leuchteten golden. Die Luft flimmerte in Farben und vergaß ihre nüchterne Lebensnotwendigkeit. Erste Sonnenstrahlen glitten zögernd über den See.

„Wie die liebevoll ausgestreckte Hand Gottes", hatte Jonas gestern Abend gesagt. Ein Traumbild. Ich konnte die fünf Finger sehen, die sich langsam vortasteten, entgegenstreckten. Das Wasser schien zu brennen und aus der Morgendämmerung stiegen die Hügel Tiberias zu beiden Seiten des Hotels empor. Die Hochhäuser konnte ich von meinem Balkon aus nicht sehen. Tiberias wurde für mich zu dieser Stunde zu dem Fischerdorf von vor zweitausend Jahren. Malerisch an diesem biblischen See gelegen.

'Gefühlsduselei! Simple Sonnenstrahlen sind das! Und nur weil ich am See Genezareth bin, werden sie doch nicht plötzlich etwas Besonderes!'

Ärgerlich biss ich mir auf die Lippen. 'Wer bist du und

warum verstecke ich mich eigentlich immer hinter dir', fragte ich fast zornig dieses nüchterne Ich.

Lange blieb ich auf dem Balkon stehen. In den Anblick der aufsteigenden Sonne versunken. Gefangen vom Wechselspiel der Farben. Ein leichter Dunst über der Landschaft verstärkte die verträumte Unwirklichkeit der morgendlichen Stimmung.

Es war früh, aber ich war schon fertig angezogen, obgleich wir uns erst für halb acht Uhr zum Frühstück verabredet hatten. Ich liebe diese frühen Morgenstunden. Die Luft ist noch frisch, die Farben warm und durchsichtig.

Ich wandte mich zurück ins Zimmer und holte ein kleines Päckchen aus der Schublade meines Nachttisches, wo ich es gestern sorgsam aufbewahrt hatte. Ich rückte mir einen Stuhl auf dem Balkon zurecht, und fühlte mich völlig unbeobachtet, denn von keinem Zimmer konnte man auf den Balkon des Nachbarzimmers sehen.

Langsam öffnete ich den Umschlag und löste das Band, das um das Heft geschlungen war. Auf einem kleinen weißen Schild stand „Für Sophie".

Es war die steile Handschrift meiner Mutter. Ein Schatten wehte mich an, und ich meinte, ihren vertrauten Geruch zu atmen. Nun war sie schon monatelang tot und ich saß heute auf einem Balkon in Israel und hielt eine Botschaft von ihr in Händen ...

Entschlossen öffnete ich das Heft. Auf der ersten Seite stand nur ein Datum, Mai 1990 und wieder „für Sophie".

Mai 1990! Mutter war gerade achtzig Jahre alt geworden. Wie verloren saß sie an dem langen Tisch mit den vielen Verwandten. Ganz in Schwarz. Vier Wochen zuvor war mein Vater gestorben.

Warum hatte sie gerade damals an mich geschrieben? Und warum hatte sie mir das Heft nicht persönlich übergeben? Wie viel Geheimnistuerei. Fast ärgerte ich mich. Aber dann siegte die Neugier. Und ich fing zögernd an zu lesen.

„Liebe Sophie, wenn Du diese Zeilen liest, werde ich bereits tot sein. Ich bat Kristina, Dir das Päckchen erst nach meinem Tod zu schicken. Warum? Vielleicht habe ich Angst davor, Rechenschaft ablegen, Fragen beantworten zu müssen. Vielleicht habe ich überhaupt Angst davor, mit Dir zu sprechen. Nähe zu meinen Kindern war mir nie gegeben. Heute tun mir diese Worte nicht mehr weh. Ich habe gelernt, mich zu akzeptieren. Vor allem weiß ich, dass ich nichts mehr ändern kann. Aber es gibt Dinge, die möchte ich regeln, solange es nicht zu spät ist. Noch fühle ich mich, Gott sei Dank, im Vollbesitz meiner geistigen und körperlichen Kräfte. Klingt das zu juristisch? Soll es wohl auch, damit Du eines Tages, wenn Du diese Zeilen lesen wirst, weißt, alles, was ich Dir hier mitteile, ist mir auch heute noch in allen Einzelheiten gegenwärtig. Ich erinnere mich daran, als sei es vor kurzem gewesen. Du weißt, alte Menschen erinnern sich eher an etwas lang Vergangenes als an das Telefongespräch von gestern. Ich bitte Dich, mir jedes Wort zu glauben. Du wirst mich vielleicht von einer Seite kennenlernen, die Du nie bei mir vermutet hast. Ich bitte Dich nicht um Verzeihung, noch nicht einmal um Dein Verständnis. Ich möchte nur ein wenig von Deiner Zeit. Denn was ich jetzt niederschreibe, betrifft nur Dich und mich."

Ein Klopfen an der Tür schreckte mich auf. Rasch steckte ich das Heft in den Umschlag zurück.
Warum war ich nur so beunruhigt über diese paar Worte

von Mutter? Das war nicht die energische Frau, die ich gekannt und nach deren Liebe ich mich so gesehnt hatte. Ich hörte innerlich noch ihre Stimme: „Du Sophie, wirst all meine Träume erfüllen."

‚Nur habe ich mich nie in diesen Träumen gefunden', dachte ich fast bitter. Und gerade dieser Anspruch von ihr, der gar nichts mit mir zu tun hatte, lag jahrelang wie eine Lähmung über mir.

Der Brief sollte entschlossen und überzeugt klingen. Für mich war er eher ein Hilferuf.

Wieder klopfte es leise an die Tür. „Sophie, sind Sie schon auf? Ich möchte einen Morgenspaziergang machen. Gehen Sie mit?"

Jonas Stimme drang in meine Gedanken. Verwirrt kehrte ich in die Gegenwart zurück.

„Ja, ich bin schon fertig, ich komme gleich."

Ich legte den Umschlag wieder zuunterst in die Schublade. Verstand jetzt mein wochenlanges Zögern. Meine Mutter sollte nicht in dieses Heute eindringen. Wo war denn das leichte, fliegende Gefühl der Freiheit geblieben? Mit einigen wenigen Worten hatte sie von mir Besitz ergriffen. Wieder einmal ganz gegen meinen Willen.

Rasch öffnete ich die Tür.

Jonas sah mich bestürzt an. „Was ist denn mit Ihnen los? Schlecht geschlafen? Albträume?"

„Nein, nein", wehrte ich fast heftig ab. „Es ist nichts. Ein Morgenspaziergang ist gerade richtig."

So schnell ließ er sich nicht abweisen: „Sie haben den Umschlag Ihrer Mutter geöffnet?"

„Ja"

„Wollen Sie darüber sprechen?"

„Nicht jetzt, Jonas. Bitte, verstehen Sie mich, ich bin hier. Bin in Israel. Ich möchte von niemandem und nichts eingeholt werden."

„Haben Sie den Sonnenaufgang gesehen?"

Mit leichter Stimme ging er über meine Antwort hinweg: „War es nicht wie eine Hand, die sich ausstreckt?"

„Ja! Und mein nüchterner Verstand wollte mich wieder einmal daran hindern, einfach nur zu fühlen. Aber dann habe ich ihm klargemacht, dass es Dinge gibt, die er eben nicht versteht!"

Wie selbstverständlich hakte er sich bei mir ein und meinte: „Ich glaube, Ihr Verstand hat Ihnen schon manches verwehrt, was Ihr Gefühl anders gemacht hätte."

Wir gingen die Hashomer Straße hinunter und kamen über die Wingate Straße wieder auf den Weg zum Hotel. Kein Mensch begegnete uns. Eine sanfte Ruhe lag über dem Viertel. Und auch der Baukran schwieg um diese Uhrzeit noch. In den Vorgärten zusammengeklappte Gartenstühle. Herumliegendes Kinderspielzeug. Geschlossene Fensterläden am gepflegten Haus. Zwischen zwei hohen Palmen war eine Hängematte gespannt.

Wir redeten nicht viel. Jeder hing seinen eigenen Gedanken nach.

Doch unversehens wurde mir bewusst, dass ich mich auf eine Nähe einließ, die mich erschreckte. Wann hatte mir zum letzten Mal körperliche Berührung so gut getan? Und wie lange war es her, dass ich mit irgendjemandem in solcher Übereinstimmung geschwiegen hatte?

Mit Ulrich? Nein ... Wie oft hatte ich den Mut zu diesem gemeinsamen Schweigen, das mich jetzt mit Jonas verband, vermisst.

Und diese Stille zwischen uns erdrückte nicht. Eine seltsame Sehnsucht war in mir. Fremd und heiß. Ein flüsterndes Begehren. Mein Körper erinnerte sich. Geruch nach Haut und Schweiß. Berührung. Ob Jonas das gleiche empfand?

Abrupt machte ich mich von ihm los.

Zärtlich seine Stimme: „Keine Angst haben, Sophie. Wenn wir uns deshalb getroffen haben, geschieht es doch, ob Sie sich wehren oder nicht."

Wir hatten die gleichen Empfindungen! Und unsere Gefühle waren in Verbindung, bevor unser Verstand es wusste? Mir wurde schwindlig. Und ich hatte geglaubt, mit fast 60 Jahren wären solche Gefühle nicht mehr erlebbar.

„Jonas, ich bin fast sechzig! Habe ich Ihnen das noch nicht gesagt?"

„Eine sehr lebendige Sechzigjährige", entgegnete er lachend. „Machen Sie übrigens einen Unterschied zwischen Mann und Frau? Ich bin immerhin acht Jahre älter als Sie."

„Nein, das nicht." Ich antwortete sehr bestimmt. Zögerte dann doch. Wie viel Persönliches vertrug unsere Begegnung schon?

Leise bekannte ich: „Älterwerden ist für mich nicht problematisch. Mein Alter zu leugnen käme mir gar nicht in den Sinn."

Ich musste lachen. „Ich hatte eine Freundin, die wurde fünf Jahre lang vierzig. Das fand ich schon damals blöd. Außerdem fühlte ich mich eigentlich immer jung."

Er unterbrach mich: „Ja und! Fühlen Sie sich jetzt etwa alt?"

„Nein!" Ich zauderte. Wusste nicht, wie ich ihm meine Gedanken erklären sollte. Erst achtundvierzig Stunden kannte ich ihn. Einfach unfassbar. Ich hatte in dieser kurzen

Zeit eine innere Lebendigkeit wieder entdeckt, die ich verloren geglaubt hatte.

Entschlossen gab ich mir einen Ruck: „Nein, das ist es doch, was mich belastet! Ich fühle mich so jung. Seit die Kinder weg sind, denk' ich sogar manchmal, ein neues Leben hätte begonnen. Natürlich hatte ich mit den Kindern auch ein Leben. Aber es gehörte mir nur zum Teil."

Ich strich mir die Haare aus der Stirn. „Verstehen Sie? Neben der Liebe immer auch Verpflichtung und Forderung. Das engte ein." Ich hielt ein wenig atemlos inne, bevor ich weitersprach: „Und heute stelle ich mir manchmal vor, ich brauchte nur die Arme auszubreiten, und könnte davonfliegen. Schwerelos. Ungebunden. Getragen von der Luft und meinen Wünschen. Aber dann schau ich zufällig in den Spiegel und falle unbarmherzig auf die Erde zurück", ich lachte, „denn aus dem Glas schaut mich eine alte, nein, keinen Einwand, zumindest eine ältere Frau an und lächelt ziemlich spöttisch über mich. Und das ist noch nicht alles."

Abermals diese Unsicherheit. Will ich ihm wirklich schon so viel von mir erzählen? Wieder überwand ich die Scheu: „Ich habe Angst. Angst vor dem Sterben. Das kann ich einfach nicht vom Altwerden trennen. Wenn ich versuche, mir den Tod vorzustellen, mein Gott, da ist eine Leere, die macht mich wahnsinnig! Da hört mein Kopf auf zu arbeiten. Und alles in mir lehnt sich nur noch auf."

Ich machte eine Pause, bevor ich etwas zögernd hinzufügte: „Sie wissen ja schon, ich liebe Gedichte. Ich erinnere mich einiger Zeilen aus einem Gedicht. *Ich möchte frei sein und atmen und schrein. – Ich will nicht sterben. Nein! Das Leben ist rot ... Das Leben ist mein.*"

Ich schwieg, fügte dann doch noch hinzu: „Und dieses

mein denke ich immer in Großbuchstaben." Wir gingen schweigend weiter, bis ich mich ihm wieder zuwandte: „Jonas, ich spreche so viel von mir, aber Sie sind sehr still geworden."

Er war seltsam ernst, als er antwortete: „Wissen Sie überhaupt, wie viel Sie mir geben? Seit meine Frau tot ist, habe ich nie mehr mit irgendjemandem so geredet. Josef, na ja, wir haben ein gutes Verhältnis. Aber mein Sohn ist völlig unabhängig. Ich wollte ihm nach dem Tode meiner Frau Vater und Mutter sein. Ging nicht."

Fast traurig fuhr er fort: „Das hat er kategorisch abgelehnt. Er hing sehr an seiner Mutter. An mir vielleicht auch. Und doch blieben wir uns irgendwo ziemlich fremd. Wahrscheinlich habe ich deshalb den kleinen Jid erfunden. Josef sollte sehen, dass ich ihn verstehen könnte, wenn er es zuließe. Dass ich gar nicht so alt und einfallslos bin, wie er glaubt."

Wieder einmal raufte er sich heftig den Bart. „Vielleicht habe ich durch das Schreiben auch mehr in meiner Welt gelebt und meine Frau und Josef zu sehr vernachlässigt. Meine Frau verstand mich und immer, wenn ich wieder aus meinen Büchern auftauchte, hatten wir diese Gespräche wie eben mit Ihnen. Vielleicht war deshalb unsere Ehe so außergewöhnlich. Und nun kommen Sie und sprechen. Haben Vertrauen zu mir. Unfassbar!"

Wir hatten nicht gemerkt, dass wir mitten auf dem Bürgersteig stehengeblieben waren. Dass die ersten Frühaufsteher mit erstaunten Blicken an uns vorüber eilten. Autos hupten. Schulkinder stolperten mit ihren Ranzen auf dem Rücken an uns vorbei.

„Kommen Sie, gehen wir frühstücken. Sonst kommen wir

gar nicht mehr an den See und zu unserem Petersfisch."

Ich war froh, dass ich diesen munteren Ton gefunden hatte. Ich war völlig verwirrt. Wusste nicht, wie ich mich wehren konnte gegen die Zuneigung zu Jonas, die immer stärker wurde. Die ich so noch nicht zulassen konnte.

Ich war doch nicht von meiner Freiheit weggefahren, um bei einer neuen Bindung anzukommen? Ich wollte Israel kennenlernen, aber keinen neuen Mann ...

6

Nach einem ausgiebigen Frühstück bestellten wir ein Taxi, das uns zur Anlegestelle der Boote bringen sollte. Nur wenige Menschen wollten heute über den See. Erstaunt betrachtete ich das braune, wuchtige Holzboot. Die mittleren Sitze waren von einem Holzdach überdeckt, wohin sich die kleine Reisegruppe, die mit uns am Bootssteg gewartet hatte, sofort begab. Über dem Bug ragte ein großes Kreuz auf, das für die Segel bestimmt war. Einer der Schiffer trug ein langes, fließend-weißes Gewand.

Ich deutete auf den Mann und schaute Jonas fragend an.

„Ich habe Ihnen ja gesagt, heute ist das Christentum dran. Wie das Boot hier, soll das Boot Jesu ausgeschaut haben, damals vor 2000 Jahren, als er mitten auf dem See predigte."

Er half mir die beiden hohen Stufen zum vorderen Teil des Bootes hinauf und meinte: „Übrigens ist das wissenschaftlich untersucht worden. Es gibt tatsächlich eine Stelle auf dem See, von der man eine Stimme im weiten Umkreis versteht. Und der weiß gekleidete Fischer soll einen Jünger darstellen. Das werden Sie gleich erleben."

Ich wusste nicht, ob ich mich wundern oder ob ich lachen sollte.

Und dann spürte ich, wie auch ich mich nicht dem Zauber dieses Morgens auf dem sonnenbeschienenen See und in dem hölzernen Schiff entziehen konnte. Wir setzten uns vorn auf den Rand des Bootes, das jetzt langsam und trotz des Motors fast geräuschlos zu seiner Fahrt anhob.

Die Menschen an Bord waren seltsam ruhig. Ob es eine Pilgergruppe war?

Mitten auf dem See stellte der Schiffer den Motor ab. Leise schaukelte das Boot. Stille. Das Morgenlicht, durchsichtig und weich, hüllte die Küsten ein. Hinter uns die grünen Hügel Tiberias. Vor uns, verschwimmend im Morgendunst, die Gebirge des Hermon und des Golan.

Plötzlich erhob sich der Reiseleiter der kleinen Gruppe hinter uns. ‚Wie ein Prophet,' dachte ich – wallender Bart, faltiges Gesicht, helle Augen und eine weiche Stimme, als er nun aus einer zerlesenen Bibel zu meiner Verwunderung auf Deutsch anfing vorzulesen.

„Ich hebe meine Augen auf zu den Bergen. – Woher kommt mir Hilfe? – Meine Hilfe kommt vom Herrn – der Himmel und Erde gemacht hat. – Siehe der Hüter Israels schläft und schlummert nicht... Der Herr behütet dich vor allem Übel – er behütet deine Seele – von nun an bis in Ewigkeit!"

Unwillkürlich sagte ich leise mit den andern zusammen „Amen."

Der Vorleser wandte sich mir lächelnd, wie um Entschuldigung bittend, zu. „Hoffentlich habe ich Sie nicht gestört. Es war ein Teil des 121. Psalms. Er passt so gut hierher."

Ich nickte ihm zu. Wurde aber einer Antwort enthoben, denn nun fing die Gruppe an zu singen „Großer Gott, wir loben Dich."

Fast hätte ich mitgesungen. Aber wieder war mir mein Verstand im Weg. Auch gut. Außerdem hatte ich eine passende Ausrede mir selbst gegenüber: es war schon so lange her, dass ich Kirchenlieder gesungen hatte. Den Text kannte ich ohnehin nicht. Brauchte ich eine Entschuldigung für meine Ergriffenheit?

Jonas hatte mich die ganze Zeit nachdenklich beobachtet.

„Sie sind doch gar nicht so, wie Sie dauernd behaupten. Nüchtern. Vom Verstand bestimmt. Cool und überlegen. Warum tun Sie dann immer so, Sophie?"

„Jonas, das ist die Stimmung hier. Ich hab' ja auch gar nichts dagegen. Nur – Gefühle machen so schrecklich verletzlich. Ich möchte das nicht mehr erleben."

Hatte er die letzten Worte überhaupt gehört? Ich hatte sehr leise gesprochen.

Es war auch nicht mehr wichtig, denn in diesem Augenblick trat der als Jünger verkleidete Fischer an die Reling des Bootes. Er hob ein weißes Fischernetz hoch, das mit Blei beschwert war. Warf es in weitem Bogen hinaus auf den See. Die Wassertropfen hingen glitzernd in seinen Maschen. Eingefangener Traum. Der Mann, schemenhaft im Gegenlicht. Nur seine Umrisse hoben sich dunkel gegen die Sonne ab. Langsam zog er das Netz wieder an Bord. Es war kein Fisch darin. Aber es hatte das Bild dieser Überfahrt auf wundersame Weise abgerundet. Biblische Vergangenheit war für einen Augenblick zur Gegenwart geworden.

Als der Motor wieder leise brummte und das Schiff seine Fahrt fortsetzte, legte Jonas behutsam den Arm um mich.

„Es ist wunderschön, dass Sie Israel entdecken wollten. Sie sollen keine Angst mehr haben, Sophie."

War das ein Versprechen? Oder bildete ich mir nur wieder einmal etwas ein? Ich schmiegte mich für einen kurzen Moment in diese warme Umarmung.

An der anderen Anlegestelle des Bootes erwartete uns ein Hotelangestellter mit Jonas Wagen, den er ihm, gegen ein gutes Trinkgeld, zu dieser Seite des Sees gebracht hatte.

Jetzt kehrte der junge Mann mit dem Boot wieder nach Tiberias zurück.

„Das ist Organisation!" Ich lachte, ließ mich in die bequemen Polster des Chrysler sinken.

„Schließlich bin ich Ihr Reiseführer. Da muss ich schon für Ihre Bequemlichkeit sorgen." Mit leichtem Geplänkel legten wir die Strecke bis nach Tabgha zurück.

„Es soll keine Wallfahrt werden", erklärte Jonas. „Wir besuchen nur einige wenige Stätten. Sie entscheiden, wo Sie länger bleiben wollen, ja?"

Am liebsten hätte ich mich nur der Stimmung der Landschaft und meinen eigenen Empfindungen hingegeben.

War das nicht alles ein Traum? Aus dem ich plötzlich erwachen würde, um mich in meinem kleinen Dorf im Taunus wiederzufinden? Die Wirklichkeit schien verzaubert. Tatsachen verloren ihre Endgültigkeit. Begrenzendes wurde unwichtig. Ich hatte mich noch nie so lebendig und wach gefühlt.

Er parkte den Wagen auf dem Platz vor der Seligpreisungsbasilika. Große Lust auf Kirchenbesichtigungen hatte ich keine. Aber war ich hier nicht wirklich auf den Spuren der christlichen Religion? Gedanken an Religionsunterricht, an Konfirmation und das Nachtgebet mit Mutter stiegen auf. Ferne Erinnerungen und doch unbegreiflich lebendig.

Die Basilika, geschwungene Rundbögen, hohe Fenster. Sonnenlicht strömte verschwenderisch herein. Als wir auf die Balustrade, die rund um die Kirche führt, hinaustraten, traute ich meinen Augen nicht.

Durch die Arkadenbögen der alles umfassende Blick über die blaue Weite des Sees. Über sanfte Höhenzüge und blühende Wiesen. Und dieses Land sollte eine Wüste sein?

Licht veränderte die Landschaft in geheimnisvoller Weise. Und ich ahnte, warum es Menschen gab, die nach Israel eine Pilgerfahrt machten.

Schweigend gingen wir zum Wagen zurück und fuhren zur Peterskirche. Predigtplätze im Freien, geharkte Gartenwege und Jesus überlebensgroß in Stein, der eine kniende Gestalt segnete. Das war mir zu steril.

Ich schaute zu einer kleinen Kirche empor. Auf einem Felsen erbaut. Wie streng sie wirkte durch den schwarzen Basaltstein.

„Wissen Sie, was die Basaltsteine bedeuten?" ,fragte Jonas Ich schüttelte den Kopf und er fuhr fort: „Es sind zu Stein erstarrte Tränen, die einst um Josef geweint wurden, als ihn seine Brüder nach Ägypten verkauften."

Ich bückte mich und hob einen der silberschwarzen Steine auf. Den wollte ich mit nach Hause nehmen. Nach Hause! Nie hätte ich gedacht, dass es einmal in solcher Ferne liegen würde.

Ich wandte mich den Stufen zu, die zum See hinunter führten.

„Sophie, das ist der Felsen Petri, auf dem Jesus der Legende nach seine Kirche erbauen wollte."

Über mir erhob sich steil der Felsen mit seiner kleinen Kirche. Durch Ritzen und Spalten des schwarzbraunen Gesteins zwängten sich spärliche Gräser. Ich lehnte mich an den sonnenwarmen Stein. Der Blick glitt über den See, über glänzend nasse Kiesel am Ufer. Plötzlich verschwommen ein Bild – Männer in weißen langen Gewändern. Nackte Füße in Sandalen. Wallendes Haar. Leise Stimmen. Verwirrt wischte ich mir über die Augen. Ein Schauder durchlief mich.

„Komisch, hier kann ich verstehen, warum Religion, warum Glauben. Aber niemals in den prächtigen Kirchen." Ich wandte mich Jonas zu, der neben mir die Stufen hinabgestiegen war. Jetzt schaute er mich nachdenklich an, meinte:

„Weil Kirchenbauten Macht ausstrahlen. Sie sind Symbole des Stolzes. Der Geborgenheit und Sicherheit für denjenigen, der sich ihr zugehörig fühlt. Sie selbst wehren sich gegen Religiosität, die von Institutionen verordnet wird."

Er lächelte: „Sonst hätten wir uns nie kennengelernt, weil Sie sich wahrscheinlich einer biblischen Gruppe angeschlossen hätten."

Fast bedauernd löste ich mich von der Wärme des Felsengesteins. Von den leichten Wellenbewegungen des Sees. Und der Stille des Ufers. Doch als sich eine laut singende Pilgergruppe näherte, flüchteten wir entsetzt.

Im Auto vertrieb ich die zarte Stimmung noch vollends.

„Jonas, ich habe Hunger. Ist das zu nüchtern nach so viel Gefühl in den letzten Stunden? Fahren wir zu Ihrem kleinen Restaurant und essen Petersfisch aus dem See?"

Er lachte schallend auf. „Was für ein Stimmungswechsel! Es muss schwer sein, sich mit Ihnen zu langweilen. Wollen wir vorher noch nach Kapernaum? Immerhin soll Jesus in diesem kleinen Ort gelebt und gepredigt haben."

„Heute nicht mehr, bitte."

Aber ich staunte über sein Wissen, vor allem was die christliche Religion betraf: „Woher wissen Sie eigentlich so gut Bescheid über die Geschichte und das Christentum?"

„Na ja, mit der Schriftstellerei konnte ich nicht meine Frau und Josef ernähren. Sprachen konnte ich. Geschichte war mein Thema. Da wurde ich kurzerhand Reiseführer."

„Wunderbar!" Ich strahlte. „Dann sind Sie nicht nur mein Reiseführer, sondern ein wirklich ausgebildeter? War das nicht ein Glück, dass ich gerade Sie kennengelernt habe."

„Nur deshalb?"

Wie schnell der Ton seiner Stimme wechselte.

Nein! Ich wollte diese Wendung des Gesprächs nicht. Auch nicht die sinnliche Spannung von heute Morgen. Die hatte mich so unsicher gemacht. Ich spürte seinen forschenden Blick, obgleich er doch scherzend gefragt hatte.

„Ich weiß es nicht, Jonas. Ich brauche Zeit. Sie sagten doch selbst, Israel sei so fordernd? So viele Eindrücke. Ich fühle mich ständig zwischen Gegenwart und Vergangenheit. Zwischen Wirklichkeit und Traum. Das macht mich so unsicher. Wissen Sie", und ich war froh, dass ich mein Lachen wiederfand, „ich bin Stiergeborene, und die brauchen Sicherheit. Die sind so erdgebunden, dass sie nur leben können, wenn sie alles anfassen, riechen und begreifen können."

„Und das glauben Sie wirklich?", staunte er. „Gerade Sie? Entweder hat Ihre Mutter Ihren Geburtsmonat verwechselt, oder aber Ihre Charakterisierung stimmt nicht. So, hier sind wir."

Wir waren am Seeufer entlang gefahren und hielten vor einem kleinen Gebäude an.

„Das ist ein Restaurant?"

„Nein, auf der andern Seite."

Dicht am Ufer waren Pfosten und Stangen in den Boden gerammt, die mit einer Zeltplane überspannt waren. Darunter standen gedeckte Tische und einfache Holzstühle. Ein langes Vorspeisen- und Salatbuffet schickte verlockende Düfte aus.

Wieder wurde Jonas vom Besitzer des Restaurants freudestrahlend begrüßt. Er schien wirklich überall bekannt zu sein. Eigentlich nicht schlecht, denn wir bekamen gleich einen kleinen Tisch für zwei Personen dicht am Ufer. Statt der Plastiktischdecke gab es eine bunte Stoffdecke. Und der Wein stand schon im Kühler, als wir mit hochbeladenen Tellern zum Tisch kamen.

Was für eine Stimmung! Ein hölzerner Bootssteg reichte weit in den See hinaus und spiegelte sich im leicht bewegten Wasser. Neben dem Buffet ein Holzkohlenofen. In seiner Glut backte ein junger Araber Pitas, in die wir die Cremes oder Salate füllten. Ich zerkrümelte ein wenig Brot und warf es einer Möwe zu, die es im Flug auffing. Wie auf ein Zauberwort hin war die Luft über dem Ufer erfüllt vom Flügelschlagen und Möwengeschnatter.

Bewegt beugte ich mich zu Jonas hinüber. „Wie schön. Der glitzernde See. Die warme Luft. Die Sonne und das Möwenballett. Herr Reiseführer, ist das alles für mich allein?"

Ich fühlte mich so übermütig. Erkannte mich kaum wieder. 'Halt, nicht wieder den Verstand einschalten. Rasch weitersprechen.'

„Armer Petersfisch, aber er schmeckt phantastisch. Und der Wein, oh je, ich glaube, ich bin ein bisschen beschwipst. Von dem einen Glas? Das muss an Ihrem Land liegen und an allem andern."

„Und was meinen Sie mit allem andern?"

„Nicht denken, Jonas, nicht denken. Nur leben und fühlen. Können wir uns das nicht für die nächste Stunde vornehmen?"

Neben dem Restaurant war ein kleiner Strand. Nachdem wir bezahlt hatten, kletterten wir über eine niedrige Mauer, die das Restaurant vom Strand trennte und ließen uns auf dem schwarzbraunen, groben Sand nieder. An der Uferböschung lag, mit dem Kiel nach oben, ein kleines Ruderboot. Eine Möwe untersuchte pickend und hackend seine alten Planken. Über uns das Flügelschwirren der Vögel. Und in der Luft der Geruch nach See und Fisch und Sommer.

Ich legte mich zurück. Durchdrungen von der lebendigen Wärme des Sandes. Über mir zogen weiße Wolken am blauen Himmel entlang.

So musste das Paradies sein, dachte ich träge und glücklich. Warum konnte dieser schwebende Zustand nicht immer anhalten. Mich nie mehr irgendwelchen Entscheidungen und Zwängen stellen müssen. Keine Auseinandersetzungen mehr. Kein Kampf um innere Standpunkte. Nur Gegenwart ...

Warum fiel mir plötzlich der Brief ein? Ich wusste einfach, dass nach dem Lesen mein Leben nicht mehr das gleiche sein würde. Konnte mir nicht erklären, woher ich diese Sicherheit nahm.

Ich hatte die Augen geschlossen. Ließ mich fallen und ahnte, was Loslassen bedeuten konnte. Hinter den Lidern tanzten rotglühende Lichtpunkte, die sich plötzlich verdunkelten. Ich spürte den Atem von Jonas, der sich leicht über mich gebeugt hatte. Schlug die Augen auf. Schaute in sein Gesicht. Fühlte seinen Blick über mein Gesicht gleiten. Sein Zeigefinger zog zärtlich jede Linie, jede Falte in dieser Landschaft nach. Zögerte einen Augenblick an den Lippenkonturen. Malte die Linien meines Kinns. Ich wagte kaum zu atmen, so sehr überflutete mich seine Nähe.

„Du bist schön, Sophie, wunderschön."

Ganz langsam richtete er sich wieder auf. Suchte er den Abstand? Um sich nicht zu verlieren? Mit leiser Stimme fing er an zu singen. Erst in Hebräisch. Dann sang er weiter in Deutsch:

„Die Hügel werden im Kreise tanzen. Blumen werden aufblühen. Und die Wüste wird erwachen."

Sanft strich ich über seinen leicht gebeugten Rücken. Spürte die Muskeln. Die einzelnen Wirbel unter der Wärme meiner Hand. Ich wollte mich nicht gegen die Gewissheit wehren, dass unsere Begegnung Schicksal war. Nur noch ein bisschen Zeit. Noch nicht davon sprechen.

Ich hatte meine Gedanken nicht ausgesprochen, aber er schien sie gespürt zu haben.

„Wollen wir zurückfahren? Tiberias ist abends wirklich eine ganz besondere Stadt."

Behutsam half er mir, mich zu erheben. Klopfte den Sand von meiner Jacke. Und langsam gingen wir zum Auto zurück.

7

Nach dem Abendessen fuhren wir mit einem Taxi zur Tayyelet Yig'al Allon Promenade. Ein leichter Wind hatte sich erhoben, die Luft war angenehm lau. Die Abendsonne beleuchtete die letzten Fischerboote auf der weiten Wasserfläche. Der dämmernde Himmel spiegelte sich in Rot- und Lilatönen im See. Gab es deshalb zwei Himmel? Ich spürte, wie fließend meine Empfindungen zwischen Wirklichkeit und Unbegrenztem waren. Ich konnte nicht mehr erkennen, wo der Himmel anfing und die Erde aufhörte. Und empfand dieses Nichtwissen seltsamerweise als tröstlich.

Ich erschauerte, als von der großen Moschee El Omri der Gesang des Muezzins sich plötzlich der Stadt zu bemächtigen schien. Die Stimme drang in die kleinen Gässchen. Hallte über den See. Übertönte die lachende Lebendigkeit in den Uferrestaurants. In Gedanken war Israel für mich immer zuerst jüdisch, vielleicht noch christlich. Aber nun wurde ich unüberhörbar darauf aufmerksam gemacht, dass Israel auch der Orient war. Dass sich in seine Geschichte und Kämpfe die Märchen aus Tausendundeiner Nacht webten. Und dass es gleichzeitig die Auseinandersetzung der Menschen mit ihren Göttern bedeutete. Jahwe, Gott oder Allah?

Jonas hatte nichts von meiner Nachdenklichkeit gemerkt. Mit Sarkasmus erklärte er mir gerade, dass Tiberias im Grunde multikulturell sei.

„Die Feriengäste sind christliche Pilger. Die Restaurants und Cafés gehören den Israelis. Und bedient werden Sie von Arabern. Das Zusammenleben scheint gar nicht so schwer, wenn man die Hierarchie einhält."

Und er fuhr fort: „Tiberias ist eine Stadt wie viele andere. Aber für uns Juden ist sie als eine unserer heiligen Städte besonders wichtig."

„Das haben Sie schon einmal erwähnt. Warum denn gerade Tiberias und nicht Jerusalem?"

„Nun ja, nachdem die Juden im Mittelalter aus Jerusalem vertrieben worden waren, kam der Sitz des rabbinischen Patriarchats hierher. Dadurch wurde Tiberias das Zentrum jüdischer Gelehrsamkeit."

Ich schaute mich um. Die älteren Bauten verschwanden zwischen modernen Wohnhäusern und Einkaufszentren. Und die kleine, verfallene Moschee verlor ihre Religiosität und Geschichte zwischen all den Läden, Cafés und Restaurants.

Aus den hell erleuchteten, lärmerfüllten Lokalen am Seeufer drang der Geruch von Knoblauch und Fisch. Eine Katze schlich sich mit einem, von irgendwoher aufgelesenen, Fischkopf davon. Ein alter Mann ging, mühsam auf zwei Krücken gestützt, bettelnd von Tisch zu Tisch, bis ihn ein Kellner verjagte.

Ich war vor einer kleinen Kirche stehengeblieben.

„Können wir hinein gehen?"

„In die Petruskirche? Mal sehen, ob Pater Patrick da ist."

„Pater Patrick, ist das irisch?"

„Vielleicht. Aber er ist aus Neuseeland", erklärte Jonas: „Wir haben kein Glück, die Kirche ist verschlossen." Er fuhr fort: „Sonst hätte Pater Patrick Ihnen gleich erklärt, warum die Apsis seiner kleinen Kirche an den Bug eines Fischerbootes erinnert. Er behauptet, es hinge mit den

Jüngern Jesus zusammen, die im heidnischen Tiberias ihren Fisch günstiger verkaufen konnten als im frommen Kapernaum."

Seine ausführlichen Erklärungen beeindruckten mich.

„Ich bin froh, alles mit Ihnen kennenzulernen. Diese Besonderheiten hätte ich aus keinem Reiseführer erfahren."

„Und dabei bin ich bei der ersten Prüfung zum Reiseführer durchgefallen", scherzte er.

„Sie? Nein!"

„Doch, doch, ich erzähle es Ihnen."

Er hatte sich bei mir untergehakt und meinte: „Mein Prüfer fragte mich, wie viel Toiletten ich ihm auf meiner Route nennen könnte. Können Sie sich vorstellen, wie entsetzt ich war? Schließlich hatte ich mich auf Geschichte, Kultur, eventuell noch Politik und Wirtschaft vorbereitet. Bestimmt nicht auf israelische Toiletten. Schnell überlegte ich und antwortete 'zwölf'. Damit war ich durchgefallen. Warum? Der Prüfer erklärte mir das sehr anschaulich. 'Stellen Sie sich einmal die Menschen vor, denen Sie unser Land zeigen. Sie stehen, sagen wir, in Caesarea und sprechen von Herodes, doch einer aus Ihrer Reisegruppe muss ganz dringend. Sie aber kennen nur die Toilette, die 50 km entfernt ist und dort wartet wahrscheinlich eine Menschenschlange mit dem gleichen Bedürfnis wie der arme Mann aus Ihrer Gruppe. Glauben Sie, den interessieren noch die phantastischen Baudenkmäler eines Herodes des Großen? Der ist nur verzweifelt, weil er nicht pinkeln kann.' Na ja, mein Prüfer hatte natürlich recht und heute kenne ich alle öffentlichen Toiletten von Israel."

Er hatte das alles so drollig vorgebracht und meiner Welt damit wieder ein Stück Nüchternheit zurückgegeben, dass ich hellauf lachte. Nach einer Weile fragte ich: „Und was sind die Pläne meines Reiseführers für morgen?"

„Ich will erst einmal in das kleine Dorf Javne'el, oberhalb von Tiberias fahren, das nur zehn Minuten von hier entfernt ist. Es ist ein völlig verschlafenes Bauerndorf, trotzdem wird Ihr Fotografinnenherz höher schlagen. Der Blick über das Tal, den See und die Berghänge ist einmalig. Und danach lassen wir uns alles Weitere einfallen."

Wir setzten uns in eines der vielen Cafés. Ich beobachtete nachdenklich das lebendige Treiben um mich herum.

„Manchmal möchte ich gar nichts besichtigen. Möchte Israel nur fühlen, riechen und hören. Aber hier empfinde ich fast eine innere Verpflichtung, alles zu besuchen."

„Um Gottes Willen, doch keine Verpflichtung!", wehrte er entsetzt ab. „Wir schauen uns nur an, was Sie wirklich sehen wollen. Ich bin da ganz Ihrer Meinung, ein Land kann man kaum durch Besichtigungen kennenlernen."

Er zögerte, meinte noch: „Sondern in der Stille. Durch Stimmungen, Düfte und Klänge. Wir werden solche Plätze noch finden, glauben Sie mir."

Langsam breitete sich Dunkelheit über die Stadt. Lichterketten flammten auf. Folgten den Linien der Hügel und des Sees. Und wenn dazwischen nicht das grelle Licht der Leuchtreklamen die Aufmerksamkeit an sich gerissen hätte, wäre die Stimmung traumhaft gewesen.

Warum bin ich hier nur so offen und weit für alle Eindrücke, dachte ich, wieder einmal erstaunt über meine Empfindungen. Wo ist die Frau aus Deutschland, die sich immer ängstlich gegen Traum und Unwirklichkeit gewehrt und beides oft als Schwäche angesehen hatte? Mir fiel plötzlich Rebecca ein. Und mit Erschrecken wurde mir bewusst, dass ich zu meinen Kindern, vor allem zu meiner Tochter, den gleichen inneren Abstand gewahrt hatte, den ich meiner Mutter vorwarf. War ich selbst also auch unfähig, meiner Tochter als einer anderen Frau meine Gefühle zu zeigen? Wahrscheinlich ... Doch eines wusste ich ganz bestimmt. Ich hatte mich immer bemüht, Rebecca vor allem Selbstbewusstsein und Sicherheit mitzugeben. Werte, die ich selbst so verzweifelt gesucht hatte.

Mit einer umarmenden Zärtlichkeit dachte ich an meine beiden Kinder. Einer Zärtlichkeit, die loslassen konnte. Auch in diesen Gefühlen hatte sich etwas geändert. Früher – wann war das, vor meiner Reise, vor meinem eigenen Versuch nach innen zu gehen und mit einer neuen Achtsamkeit mein eigenes Sein anzunehmen – war ich davon überzeugt, dass die Kinder der Sinn meines Lebens waren.

Aber auch das hatte ich von meiner Mutter übernommen. Die Kinder hatten bei der Frau der Inhalt, Sinn und Wert ihres Lebens zu sein. Sie hatte mir das weitergegeben, was sie selbst erfahren hatte.

Heute zweifelte ich an dieser Ausschließlichkeit. Die Kinder waren wichtig, aber diesen Lebenssinn hatte ich mit den meisten Frauen gemein. Mein Leben musste einen eigenen Sinn haben. Etwas, das nur mit mir zu tun hatte. Ich wollte wissen, warum ich lebte. Was Leben überhaupt war.

Und ich wollte wissen, was mir der Tod bedeutete. Selbst nach dem Sterben meiner Mutter konnte ich für mich noch nicht annehmen, dass der Tod zum Leben gehören sollte. Das waren Vorstellungen, von denen ich gehört hatte. Die ich vielleicht automatisch nachsprechen konnte. Die mir aber unheimliche Angst einjagten. Ich hatte mich bis jetzt immer auf gedankliche Erklärungen verlassen. Sie mussten Ahnungen ersetzen. Alles im Leben sollte übersichtlich und einordnungsfähig sein.

Und doch hatte ich gespürt, dass ich anmaßend war. Denn da gab es immer auch die fragende Verwunderung darüber, warum sich eine nicht fassbare Sehnsucht durch mein ganzes Leben gezogen hatte. Eine Sehnsucht nach Zugehörigkeit. Nach einer übergreifenderen Liebe, als ich sie bis jetzt erfahren hatte. Und nach Mitleiden. Es musste Ebenen in mir geben, zu denen ich noch nicht vorgedrungen war. Aber woher plötzlich all diese Empfindungen?

Verwirrt schaute ich zu Jonas hinüber, der schweigend meinen Wunsch nach Stille geachtet hatte. Zaghaft lächelte ich ihn an und empfand seine Nähe als wunderbare Wärme, die umhüllte, aber nicht erstickte.

Ohne uns abgesprochen zu haben, bestellten wir auch heute Abend im Hotel wieder einen Drink und trafen uns auf Jonas' Balkon. Ich hatte mir aus meinem Zimmer eine Jacke geholt und spontan Mutters Heft eingesteckt. Ich wollte zusammen mit Jonas weiterlesen. Ich spürte eine eigentümliche Vertrautheit zwischen uns, so dass ich keine Scheu mehr davor empfand, diese Zeilen mit ihm zu teilen.

Als ich ihm das sagte, war das Aufleuchten in seinen Augen Antwort genug. Ich nahm das grüne Heft zur Hand und fasste mit wenigen Sätzen den Anfang des Briefes zusammen.

„Sind Sie ganz sicher, dass Sie mir vorlesen wollen?" Wieder einmal zauste er seinen weißen Bart, wie er es immer machte, wenn er sich bemühte, sich selbst und mir etwas Wichtiges zu erklären. „Kann es nicht sein, dass

Ihnen Ihre Mutter Dinge mitteilen wollte, die sie nicht mit in den Tod nehmen konnte. Und wenn Sie dann Ihr Vertrauen zu mir bereuen? Wird es nicht unser Zusammensein überschatten?"

Ich schaute nachdenklich auf die Lichter Tiberias. Am Horizont stieg, fast rot, die zunehmende Sichel des Mondes auf. In wenigen Tagen würden wir Vollmond haben. Vielleicht Vollmond über Jerusalem.

Leise fragte ich: „Haben Sie daran gedacht, Jonas, dass wir dieses Jahr einen Tag mehr geschenkt bekommen? Dass wir ein Schaltjahr haben?"

„Wollen Sie mir nicht meine Frage beantworten", wunderte er sich.

„Das war eine Antwort. Ich wollte Ihnen sagen, dass wir viel Zeit haben. Und ich das Risiko eingehen möchte, dass die Geschichte meiner Mutter uns die Wochen, die uns noch bleiben, begleitet. Immer vorausgesetzt, dass Sie das überhaupt wollen."

„Ach Sophie, das ist doch nicht die Frage", antwortete er fast ungeduldig. Und dann zärtlich: „Sie wissen es doch auch längst, wir mussten uns begegnen. Dazu gehört alles, was den andern berührt. Sie sollen nur nicht eines Tages bereuen, Grenzen weggewischt zu haben, die Sie vielleicht niemals überschreiten wollten. Und noch etwas, hätte denn Ihre Mutter nicht gewollt, dass Sie diese Blätter erst allein lesen", schloss er.

„Meine Mutter?" Ich lachte auf, aber es war kein frohes Lachen, und ich fuhr eindringlich fort: „Ich glaube, ich habe meine Mutter sehr geliebt. Ich habe mich so nach ihr gesehnt. Sie war immer sehr stolz darauf, unsere Freundin zu sein. Dabei wollte ich keine Mutter-Freundin."

Ich hielt inne, als müsste ich die nächsten Worte sehr gut überlegen. „Mir gegenüber spürte ich oft von ihrer Seite eine Art Schuldgefühl. Ich weiß nicht, ob es das richtige Wort ist. Ich hatte manchmal das Empfinden, als wollte sie etwas an mir gutmachen. Drücke ich mich einigermaßen verständlich aus?"

„Hm", er schien meinen Gedanken nicht ganz zu folgen und meinte: „Ehrlich gesagt verstehe ich das nicht im Zusammenhang mit einer Mutter."

„Ich ja auch nicht!" Es war zum Verzweifeln. „Schon als Kind hatte ich diese dumpfe Ahnung. Andererseits, wenn sie dachte, dass ich schlief, nahm sie mich ganz besonders zärtlich in den Arm und ich glaube, das waren die einzig echten Zärtlichkeiten, die ich je von ihr bekam. Aber sie wollte nicht, dass ich sie merkte."

Und trotzig fuhr ich fort: „Und nun diese Lebensbeichte. Ja, ich weiß, es wäre am besten, ich würde einfach vorlesen, alles andere wird sich schon von selbst ergeben. Aber ich muss Ihnen die Art meiner Mutter erklären. Nur so können Sie verstehen, warum ich Angst vor den Eröffnungen habe."

Er stand auf und trat an die Balkonbrüstung. Seine Gestalt hob sich dunkel gegen den Abendhimmel ab. Er sah auf die Lichter der Stadt. Nach einer Weile meinte er.

„Ich muss an die Zeit denken, als es niemand in Israel gewagt hätte, nachts im Haus Licht anzumachen, ohne zuvor alle Fenster und Türen und Ritzen hermetisch verdunkelt zu haben. An meine Angst vor der Ungewissheit, wenn ich nachts allein in irgendeinem Camp an der jordanischen Grenze Wache schob. Es ist schon so lange her, und doch fühle ich noch die Bedrohung aus dem

Dunkel, das Unfassbare, das überall zu lauern schien. Wahrscheinlich geht es Ihnen jetzt ähnlich. Und doch frage ich mich, ob ich Ihr Vertrauen annehmen kann? Warum will ich Sie ständig beschützen? Das war doch der eigentliche Grund, warum ich Ihnen in Tel Aviv nachgefahren bin."

Erneut überraschte mich seine selbstverständliche Offenheit. Es war eine Erfahrung, die ich noch nie gemacht habe. Wieder benahm mir die Zärtlichkeit, die mich überkam, fast den Atem. Ich konnte auf seine Worte nicht antworten, deshalb schlug ich nur das Heft auf und fing an zu lesen.

„Lass mich etwas weiter ausholen. Auch das ist eine Angewohnheit alter Menschen, aber in diesem Zusammenhang ist es notwendig. Wir haben Euch des Öfteren die Geschichte erzählt, wie mein Mann mich kennenlernte. Ich war gerade 15 Jahre alt geworden. Als Student war er nach Frankfurt gekommen und sehr stolz darauf, einer studentischen Verbindung anzugehören. Denn schließlich war sein Vater kein Akademiker, und in den Kreisen der studentischen Verbindungen herrschte oft ein kaum zu ertragender Standesdünkel. Wir lernten uns bei meiner zwei Jahre älteren Schulkameradin Inge kennen, deren Verlobter ebenfalls in der gleichen Verbindung war. Ich wollte von diesem Wilhelm nichts wissen – ich wollte von Männern überhaupt noch nichts wissen. Aber er war sehr beständig. Ich weiß nicht, was er an dem schlaksigen, schnippischen fünfzehnjährigen Mädchen gefunden hatte, jedenfalls sagte er zu meinem Vater, dass er mich heiraten wolle.
Dabei ging ich noch in die Schule. Und er hatte sein Studium nicht beendet. Mein Vater öffnete weit meine Zimmertür. Ich erinnere mich noch an mein Zimmer, es war in zartgrünen Tönen

gehalten, und auf dem Bett und den Stühlen saßen Puppen, mit denen ich sogar noch spielte. Mein Vater meinte nur: „Schau, Wilhelm, sie spielt noch mit Puppen. Lass ihr und auch dir Zeit. Komm in fünf Jahren wieder, und wir sprechen noch einmal darüber."

Aber Wilhelm war wohl schon immer stur. Er gab seinen Studienplatz in München auf, kam an die Frankfurter Universität und folgte mir auf Schritt und Tritt. Was ich einerseits schrecklich fand, andererseits schmeichelte es mir, dass ein „erwachsener" Mann (daraus kannst Du ersehen, wie kindlich ich noch war) so von mir eingenommen war. Und außerdem beneideten mich meine Schulfreundinnen um diesen Verehrer.

So gewöhnte ich mich an seine Nähe. Mit ihm durfte ich auch viel eher ausgehen, als es mir wohl sonst gestattet worden wäre. Meine Eltern waren einfache Menschen und der „Studierte" schmeichelte auch ihnen. Allerdings meinem Vater mehr als meiner Mutter, die immer eine kritische Zurückhaltung bewahrte. Dennoch, kannst Du unsere Welt erkennen? Sie ist so ganz anders als Deine oder gar die von Rebecca. Auch Ihr, Kristina und Du, seid relativ unselbstständig aufgewachsen. Aber wir Frauen damals, zumindest die Durchschnittsfrau, wurden oft ausschließlich zur Ehe erzogen. Aber weiter. Wilhelm hielt sich an das Versprechen, das er meinem Vater gegeben hatte. An meinem 20. Geburtstag wiederholte er seinen Antrag. Ich war so an ihn gewöhnt, dass ich dieses Gefühl mit Liebe verwechselte. Ich konnte mir gar nicht vorstellen, dass ein anderer Mann irgendwo auf mich warten könnte. So war es selbstverständlich, dass ich ihm mein Jawort gab.

Und im November 1930 heirateten wir. Mit allem Pomp, den Du dir nur vorstellen kannst. Seine Studienfreunde waren gekommen. Sie bildeten mit ihren Säbeln eine Art Triumphbogen,

unter dem das junge Paar hindurchgehen musste. Mein Vater
hatte dafür gesorgt, dass ein roter Teppich die breite Treppe der
Jakobskirche schmückte. Mein Brautkleid war ein Traum in
Spitze und Perlen und einer elf Meter langen Schleppe. Erinnerst
Du Dich, Deines mussten wir damals bei der Hochzeit mit Ulrich
leihen? Wir hatten kein Geld, eines zu kaufen. Was ich aber 1930
nicht wusste, war, dass Wochen später mein Vater all diesen
Prunk bezahlte, denn mein Bräutigam war damals bereits zum
ersten Mal arbeitslos geworden. Das hatte bei der Massen-
arbeitslosigkeit vielleicht gar nichts mit seinen beruflichen
Fähigkeiten zu tun. Aber er hatte sich nicht gewagt, es uns zu
sagen."

Ich schloss behutsam das Heft. Es war mittlerweile sehr
spät geworden, und der Bericht hatte mich ungewöhnlich
ermüdet. Ich wandte mich an Jonas: „Mir ist immer noch
nicht klar, was meine Mutter eigentlich will. Es muss
wichtig für sie gewesen sein. Einen so ausführlichen Brief
habe ich noch nie von ihr bekommen. Ich mag aber heute
Abend nicht mehr weiterlesen." Er hatte sich längst wieder
neben mich gesetzt und legte jetzt ganz leicht den Arm um
mich. Ablenkend meinte er: „Ich bin wirklich gespannt,
was Ihre Mutter Ihnen mitteilen möchte."
Still leerten wir die Gläser. Bevor ich mich in mein Zimmer
zurückzog, umarmte ich Jonas ganz kurz. „Leila tov Jonas,
und danke fürs Beschützen und Vertrauen. Ich kann damit
vielleicht noch nicht so recht umgehen. Haben Sie noch ein
bisschen Geduld mit mir, bitte.

8

Am nächsten Morgen machten wir uns in das kleine Dorf Javne 'el oberhalb Tiberias auf. Wieder schien die Sonne warm vom wolkenlosen Himmel.

Wir ließen das Auto stehen und stiegen auf einem engen, steinigen Pfad weiter die Anhöhe hinauf. Eine behäbige Stille lag über der Landschaft. Ein Reiher zog hoch oben seine weiten Kreise.

Als der schmale Weg endete, hatten wir einen ausgedehnten Blick über das Tal. Über grüne Wiesen mit dichter, fast wild wuchernder Vegetation, und sorgfältig bearbeiteter Felder. Dem Hügel gegenüber erhoben sich die kargen, schroffen Berghänge der Hörner von Hattin, zwei Gipfel eines Vulkans. Während sich unter uns in regungslosem Glitzern der See Genezareth ausbreitete. Selbst aus dieser Entfernung konnten wir erkennen, wo der Jordan den See wieder verließ.

Ich ließ mich neben Jonas nieder, der sich auf die Wiese gesetzt hatte. Es war eine atemberaubende Aussicht auf diese wechselhafte Landschaft. Vor Staunen waren wir ganz stumm, bis Jonas das Schweigen unterbrach.

„Wollen Sie die Legende vom Jordanfluss hören?"

Ich hatte mich zurückgelegt – mit meinem ganzen Körper wollte ich die Erde berühren. Mich verbinden mit dem Duft nach Gras und Frühling. Dem gleitenden Vogelflug über mir. Dem Summen der Insekten und dem Blau des Himmels, das mir ein Gefühl der Unendlichkeit gab.

Lebhaft bejahte ich seine Frage. Ich mochte Legenden. Aber

mehr noch liebte ich den Klang seiner Stimme. Wie eine Berührung gehörte sie zu diesem Augenblick. Da war Begehren, das mich erbeben ließ, und gleichzeitig war es ein völlig neues Erleben. Ich war mir meines Körpers bewusst. Und ich schämte mich nicht dafür.

Ich erinnerte mich an das kleine Mädchen Sophie, das jeden Abend mit den Händen auf der Bettdecke schlafen musste. Die Mutter kontrollierte das sehr streng. Einmal war ich unvermutet ins Bad gekommen, wo mein Vater unter der Dusche stand.

„Tu das Kind hier raus", sein entsetzter Aufschrei und das fast hysterische Bemühen, sich zu bedecken, waren Erinnerung geworden.

So hatte ich gelernt, zwischen Körper und Geist einen Werteunterschied zu empfinden, der immer negativ für alles Körperliche ausfiel. Und Ulrich hatte das respektiert. Seine Erziehung war gewiss nicht viel anders als meine gewesen. Unsere Zärtlichkeit war nicht fähig, solche Schranken einfach niederzureißen.

Warum waren meine Empfindungen für Jonas so ganz anders? Ich wusste, dass ich über meine Gefühle zu dem Mann neben mir nachdenken müsste. Aber ich genoss dieses Sichtreibenlassen. Nur langsam kehrte ich in die Wirklichkeit zurück. Dann aber lauschte ich der Erzählung Jonas'.

„Nachdem Gott die Welt erschaffen hatte, gab es drei Flüsse, den Hasbani, den Dan und den Banyas. Diese drei stritten sich dauernd, weil jeder sich für den phantastischsten und wichtigsten Fluss der Erde hielt. Gott schaute sich das eine Weile mit an. Dann rief er die drei Zankenden zu sich und machte ihnen einen Vorschlag. Wenn sie mit dem ständigen Streit aufhörten und sich

vereinten, wollte er aus dem daraus entstehenden Wasserlauf den berühmtesten Fluss der Welt machen. Die Flüsse überlegten sich diesen Vorschlag nicht lange. Sie stimmten zu, und Gott schuf den Jordan."

Jonas ließ sich nach hinten ins Gras fallen und lachte: „Er ist zwar nicht der größte, aber zweifellos der berühmteste Fluss der Welt. Na, wie gefällt Ihnen diese Auslegung? Ich brauche kaum zu betonen, dass die Geologen die Zusammenhänge ein wenig anders sehen."

Auch ich begann zu lachen und wünschte mir, den Rest des heutigen Tages hier oben zu verbringen. Taufeuchte Erde zwischen meinen Fingern. Ich fühlte mich eins mit dem Land. Mit der Stimmung des Tages. Und sogar mit mir selbst.

Ich musste zwar zugeben, dass mir der Brief meiner Mutter die Unbefangenheit der letzten Tage genommen hatte. Und ich fürchtete, dass deren Geschichte so völlig von mir Besitz ergreifen würde, dass mein Wunsch, Israel zu erleben, davon zumindest beeinträchtigt würde. Aber in diesem Augenblick empfand ich nur die Freude, die mich am Tag meiner Abreise aus Deutschland erfüllt hatte.

Jonas unterbrach die Stille: „Haben Sie den Brief Ihrer Mutter dabei?"

Ich nickte, allerdings war mir gerade jetzt nicht nach den Erinnerungen einer anderen Frau zumute. Es tat mir leid, dass die Verzauberung der letzten Minuten aufgerissen war, um die Wirklichkeit wieder einzulassen.

„Wollen Sie weiterlesen?"

Ein wenig ärgerlich antwortete ich: „Sie sind ja mehr an dem Bericht interessiert als ich."

Jonas setzte sich wieder auf und es war, als zöge er sich mit dieser Bewegung unmerklich von mir zurück.

„Das stimmt so nicht ganz. Ich spüre, dass Sie Angst vor den Enthüllungen Ihrer Mutter haben. Aber Sie müssen nun einmal durch diese Erfahrung hindurch. Ich dachte, ich könnte Ihnen ein wenig dabei helfen."

Ich erschrak über die Entfernung, die plötzlich zwischen uns war. Rasch lenkte ich ein: „Entschuldigen Sie Jonas, so war es nicht gemeint. Ja, ich habe Angst, und weiß doch, dass ich den Brief nicht einfach ignorieren kann. Also gut, laden wir eine Tote hierher ein. Vielleicht ist sie tatsächlich ganz in der Nähe und beobachtet uns. Fürchtet vielleicht sogar meine Reaktionen. Dabei weiß ich noch gar nicht, auf was ich eigentlich wie reagieren soll. Wie finden Sie die Idee?"

„Auch eine Möglichkeit, sich das Leben nach dem Tod vorzustellen, sozusagen eine andere Art von Seelenwanderung, an die Sie aber wahrscheinlich selbst nicht glauben", konterte er trocken.

Ich setzte mich auf. Nahm das Heft aus meiner Handtasche. Schlug es dort auf, wo ich es gestern Abend geschlossen hatte und fing an zu lesen.

„Das Erwachen nach dieser Traumhochzeit war hart. Und doch stellte ich mich sofort auf die Seite meines Mannes. Nie jammerte ich den Eltern etwas vor. Ich wunderte mich nur, dass mir sowohl meine Mutter als auch mein Vater hin und wieder sehr ansehnliche Beträge zusteckten. Ahnten sie bereits etwas? Nun, Wilhelm nahm eine Vertreterstellung an, und ich wurde schwanger. Du fragst, was das eine mit dem andern zu tun hat. Ich war vom Anfang meiner Ehe an sehr viel allein, noch dazu, da wir jetzt auch aus Frankfurt weggezogen waren. Kristina kam auf die

Welt, und selbst von Frankfurt aus bestand meine Mutter darauf, dass ich ein Dienstmädchen bekam, das sie bezahlte, denn ihre geliebte Friederike konnte doch nicht Haushalt und Kleinkind allein versorgen.

Ich fing einige Monate nach Kristinas Geburt wieder mit meinem Tennisspiel an. Wilhelm hatte mittlerweile eine Stellung in einer Personalabteilung gefunden und war wieder regelmäßig zu Hause. Wir bekamen das erste Auto in unserer Nachbarschaft, und ich wurde abermals zu der verwöhnten jungen Frau. Ein Lebensstil, den ich schließlich gewohnt war. Deshalb fragte ich nie danach, woher das Geld kam. Über Geld sprach „man" nicht. Ach Sophie, wie beneide ich Euch Frauen heute um Eure Selbstständigkeit, um Eure Eigenverantwortung.

Eines Tages wurde meine Tennispartnerin und beste Freundin Johanna von einem jungen Mann begleitet. Später stellte es sich heraus, dass er gebürtiger Wiener war. Yoshua, so hieß Johannas Bekannter, war auf Besuch in Stuttgart. Wir verliebten uns sofort und mit einer ungeahnten Heftigkeit ineinander. Ich hätte es nie für möglich gehalten, dass ich überhaupt solcher Gefühle fähig wäre. Erst jetzt wusste ich, wie Liebe sein konnte, und was ich bei Wilhelm nie empfunden hatte. Vor mir tat sich eine mir völlig unbekannte Welt auf und verschloss sich sogleich wieder. Denn neben mir trippelte meine zweijährige Tochter, am Ende der Tennisstunde wartete mein Mann auf mich, und hier stand Yoshua. Ich weiß, dass ich immer der Meinung gewesen war, Gefühle können einem nicht „geschehen", mit gutem Willen sei jede Situation zu meistern. Ach, Sophie, wie sehr irrte ich, und wie verzweifelt wehrte ich mich gegen diesen Ansturm. Es war, als würden Ursache und Wirkung ineinander stürzen. Als gäbe es keinen Anfang. Oder besser gesagt, vor dem Anfang bereits das Ende. Wir hatten kaum miteinander gesprochen. Wenn sich unsere Hände aus Versehen berührten, traf es uns wie ein Schlag. Ich muss es so schreiben, mag es auch übertrieben klingen. Kannst Du Dir vorstellen, welches Durcheinander in die Welt der unmündigen und irgendwie auch lebensfernen jungen Frau einbrach? Und wie schnell sie erwachsen wurde? Denn ich wehrte mich nicht lange. Wir trafen uns jeden Tag. Meine Freundin hatte sofort unsere Situation erkannt und ermöglichte mir die Treffen, da sie Wilhelm aus tiefstem Herzen ablehnte. Wilhelm war völlig unwissend. Es wäre ihm gar nicht in den Sinn gekommen, dass ein anderer Mann seine Friederike lieben könnte. Und noch viel weniger, dass ich solche Gefühle überhaupt erwidern konnte."

Fassungslos ließ ich das Heft sinken. „Meine Mutter – eine Liebesgeschichte? Aber warum schreibt sie mir das alles? Das war ihr Leben. Sie braucht mir doch keine Rechenschaft abzulegen. Es geht mich nichts an, und ich will es auch gar nicht wissen. Verstehen Sie das?"

Jonas hatte sehr aufmerksam zugehört. Jetzt legte er den Arm um meine Schultern, als wollte er mich halten.

„Ich weiß nichts von Ihrer Mutter. Sie sollten weiterlesen, weil die Antwort nur in diesem Brief liegen kann."

Er schien nachdenklich geworden, doch nach einer Weile sprach er weiter: „Ich dachte eben an meine eigene Mutter und fragte mich, wie ich wohl reagieren würde, wenn ich so etwas über sie erfahren würde."

Er lächelte. „Ich stelle mir meine kleine rundliche, energische Mutter vor. Wenn sie auch im Haus das Sagen hatte, wichtig war für sie nur der Wille ihres Mannes. Romantische Liebe gab es nicht. Bei der Heirat hieß es, den Plan Gottes und der Chassidim zu erfüllen. Dabei ging es am wenigsten um die Zukunft des jungen Paares, sondern um die der ganzen Gemeinde. So bin ich erzogen worden. Später in London mit Jane und Josef habe ich mich zwar von dieser Welt ziemlich weit entfernt, aber meine Kindheit war sehr beschützt gewesen. Ob ich Ihnen überhaupt helfen kann? Andererseits glaube ich, dass Ihre Mutter nicht einem plötzlichen Einfall gefolgt ist. Sie muss davon überzeugt gewesen sein, dass ihre Erfahrungen so wichtig waren, dass sie Ihnen das alles schreiben wollte. Haben Sie doch einfach Vertrauen."

Zornig wehrte ich ab. „Vertrauen? Was soll das! Meine Mutter belastet mich mit einer Lebensbeichte. Sie nimmt mir das bisschen gute Erinnerung, das ich noch an meinen Vater habe. Meine Mutter, die jede seelische, aber vor allem körperliche Berührung mied, vergisst plötzlich jede Zurückhaltung."

„Seien Sie doch nicht so wütend. Na ja, vielleicht kann ich das alles einfach nicht begreifen. Ich denke mir nur, es ist so viel leichter, wenn wir Verständnis haben."

Ich versuchte, ruhiger zu werden. Wieder hatte aus mir das enttäuschte und zornige Kind gesprochen. Und dabei hatte ich gedacht, mich wenigstens davon befreit zu haben. Fast entschuldigend gab ich zu.

„Vielleicht haben Sie recht. Für mich ist alles so neu, so kenne ich meine Mutter nicht. Immer hat sie uns vorgelebt, dass wir Gefühle nicht zeigen dürfen."

Plötzlich war ich sehr weit weg. Ich sah das kleine Dorf in Schwaben, wohin wir von Stuttgart aus die letzten Kriegsjahre evakuiert worden waren.

Wir wohnten in einem alten Gasthaus. Die Wirtsleute hatten uns zwei Zimmer zur Verfügung gestellt. Im Sommer waren die Wände grau verschimmelt. Im Winter gab es kleine Eiszapfen an den Decken. Unterhalb des Hauses war ein tiefer Weinkeller.

Aus meinen Erinnerungen heraus sprach ich weiter.

„Da waren die schrecklichen Bombenangriffe, Jonas. Wir saßen im Keller, das Haus, in dem wir wohnten, hatte einen tiefen, feuchten, dunklen Weinkeller. Die Stufen, die da hinunterführten, waren ausgetreten und glitschig vor Nässe. Noch heute kann ich den dumpfen Geruch von den alten Weinfässern riechen. Über uns dröhnten die Bomber. Sie flogen Stuttgart an und luden dort ihre tödliche Last ab. Aber das wussten wir nicht. Wir hörten das Pfeifen und Rumsen und Dröhnen. Vierzig Kinder saßen dort unten im Dunkeln. Wir weinten und jammerten und schrien durcheinander. Ich hatte fürchterliche Angst, deshalb durfte ich meinen Kopf auf die Knie meiner Mutter legen, und sie hielt mir die Ohren zu. Ich spürte ihr Zittern. Aber sie hat behauptet, nur zu frieren. Keine Angst zu haben. Ich habe mich wegen meiner Angst so geschämt. Sie war immer stark. Und unerreichbar. Ich kann sie in diesem Brief einfach nicht wiedererkennen."

Jonas war erschüttert. Hier hatte eben ein kleines Mädchen sich noch einmal an seine Angst erinnert, mit der es, trotz der körperlichen Nähe der Mutter, allein gelassen worden war. Und er hatte gedacht, sie nicht verstehen zu können. Nach einem langen Schweigen sagte er leise: „Es tut mir leid, Sophie, ich weiß so wenig von Ihnen."

„Ist schon gut. Ich lese einfach weiter, dann komme ich vielleicht noch hinter ihre Absicht."

Leicht lehnte ich mich gegen Jonas Arm und fuhr fort.

„Du wirst jetzt mit einigem Recht fragen, warum ich mich nicht scheiden ließ? Religiöse Gründe waren es gewiss nicht. Ich war kurz nach meiner Heirat meinem Mann zuliebe evangelisch geworden. Obgleich ich im Innern wohl immer Katholikin geblieben bin. So war mir die Scheidung nicht aus kirchlichen Gründen undenkbar, sondern wegen meiner Erziehung. Für mich war die Ehe trotz allem ein Gelübde. Wahrscheinlich war das im Grunde nichts weiter als Selbstbetrug, denn ich brach ja die Ehe durch meine Liebe zu Yoshua. Der Gedanke an Scheidung war mir schlicht unvorstellbar. Ich hatte ein Kind. Ich hatte einen Mann, der mich liebte. Welche Scheidungsgründe hatte ich denn? Und dann kam noch etwas dazu, was für mich völlig unwichtig war, nicht aber für unsere Zeit. Das war die Angst. Yoshua war Jude. Noch gab es keinen offenen Antisemitismus. Aber es gab die unheimliche Drohung, die man empfand, aber nicht in Worte fassen konnte. Hitler hatte im Januar 33 die Macht als Reichskanzler ergriffen. Wer hatte denn schon sein Buch „Mein Kampf" gelesen? Und dabei stand darin sein ganzes entsetzliches Programm. Am 22. März, hörst Du Sophie, nur knapp drei Monate nach seiner Wahl wurde das KZ Dachau errichtet. Und im April kam bereits ein Gesetz heraus, das jüdische Beamte aus dem Öffentlichen Dienst entfernte. Aber was kümmerte es mich, welchem Glauben Yoshua angehörte? Doch ich spürte diese Zeit der äußeren Unsicherheit, sie ließ mich zittern. Andererseits zählte für mich nur, dass Yoshua mein Geliebter war und so sehr das Gegenteil von meinem eher etwas langweiligen und trockenen Mann.

Bin ich ungerecht? Vielleicht, doch selbst heute, nach so vielen Jahrzehnten kann ich mir jederzeit Yoshuas Bild heraufbeschwören, während die Erinnerung an Wilhelm längst verblasst ist.

Vielleicht sollte ich das dennoch nicht meiner Tochter schreiben. Aber, liebes Kind, ich bin jenseits von jeder Scham. Das war mein Leben, und heute stehe ich dazu.

Siehst Du, und jetzt ist es mir doch wichtig, dass Du mich verstehst. Am Anfang schrieb ich Dir, ich wollte nur Deine Zeit. Ich weiß Kind, das war wieder einmal Selbstbetrug. Denn selbstverständlich möchte ich Dein Verständnis. Gerade von Dir ist es mir so wertvoll."

Ich zögerte einen Augenblick. Spürte den warmen Druck von Jonas' Arm, war dankbar für sein Zuhören und las weiter.

„Yoshua blieb nur immer für ein paar Wochen. Er teilte jetzt seine Zeit zwischen Wien und Stuttgart, was er dank des Berufs als Journalist auch recht gut konnte. Für mich blieb jedes Mal, wenn er wegfuhr, die Zeit stehen. Er nahm allen Glanz und alle Lebendigkeit aus meinem Leben mit sich fort, und erst wenn ich auf dem Bahnsteig wartete, um ihn vom Zug abzuholen, konnte ich wieder die Farben erkennen, sah ich, dass die Sonne schien, und dann gab es nur noch diesen Mann für mich.

Warum Wilhelm nichts merkte? Yoshua ging längst bei uns ein und aus, er war nicht gerade der Freund des Hauses, aber er war als Freund Johannas gern gesehener Gast. Noch. Warum also sollte Wilhelm Verdacht schöpfen? Menschen können ganz schön blind sein, liebe Sophie, wenn das, was sie eigentlich sehen müssten, nicht in ihr Selbstbildnis passt. Wie ich mit dieser Situation fertig wurde? Auf der einen Seite Ehefrau, Mutter einer süßen Tochter und auf der andern Seite Geliebte, oder, um es für mich nachvollziehbarer auszudrücken, Frau, schlicht und einfach Frau. Ich lebte zwei Leben, und das ist nicht nur so dahin gesagt. Wenn

ich mit Wilhelm zusammen war, wenn Kristina mich brauchte,
ich glaube, ich war wirklich da, ich schaltete den anderen Men-
schen in mir ab. Das geht nicht? Oh doch, denn Du musst be-
denken, dass ich 23 Jahre lang gelebt hatte, ohne zu ahnen, dass
ich diese andere Frau auch sein konnte. Ich glaube, Yoshua litt
unter unserem Versteckspielen, unter der ganzen Situation fast
mehr als ich, obgleich ich mir da nicht so ganz sicher bin. Er hatte
eine so leichte Art, ohne leichtsinnig zu sein, dass er jeden mit-
riss, jeder von ihm begeistert war.
Es gab aber die Angst, von der ich Dir vorhin sprach. Sie lauerte
hinter jeder Ecke, bei jedem Stiefeldröhnen, bei jedem Marschlied,
das in den Straßen erscholl. Noch kam Yoshua mit einer Unbe-
kümmertheit, die ich bewunderte, die mich aber auch immer
ängstlicher machte."

Ich hielt entsetzt inne. „Sie hat also doch gefragt!" Und
dann triumphierend: „Sehen Sie, es gab damals schon Menschen, die von dem Unrecht wussten, das den Juden
angetan wurde."
Er sprach beruhigend auf mich ein. „Möglich. Aber Sie
können nicht von einem ganzen Volk sprechen. Der Einzelne wusste etwas, wenn er persönlich betroffen war, also
Verwandte oder Freunde hatte, die abtransportiert wurden.
Die Mehrheit wusste nichts, das müssen Sie glauben. Sie
fühlten vielleicht die Drohung, wie Ihre Mutter schreibt,
aber es war noch lange kein Wissen."
Ich war völlig erschöpft: „Ich möchte nicht weiterlesen. Ich
wollte so gern endlich einmal nur ich selbst sein."
Er erhob sich.
„Haben Sie Lust, zu den Ausgrabungen von Bet She'an zu
fahren? Wir setzen uns in den Schatten der Säulen der

Palladiusstraße. Und ich lese Ihnen ein wenig aus Davids Totenklage vor."

Erleichtert stimmte ich zu. „Gut, fahren wir nach Bet She'an. Ich möchte wieder nach Israel zurückkehren, nachdem ich die letzte Stunde eigentlich in Stuttgart war."

Er half mir vom Boden hoch, und einen Augenblick standen wir uns sehr nah gegenüber. Ich sah die Ader an seiner Schläfe pochen. Spürte seinen Atem auf meinem Gesicht. Unsere Blicke verfingen sich ineinander. Ließen sich nicht mehr los. Alle Wünsche des gestrigen Tages kehrten voller Lebendigkeit zurück. Ich stellte mich vor-sichtig auf die Zehenspitzen und berührte mit meiner Stirn seine warme Wange. Es schienen kleine Endlosigkeiten zu vergehen, in denen wir regungslos beieinander standen. Versunken in die Gegenwart des andern.

Zärtlich flüsterte ich: „Ich hatte gedacht, für eine solche Begegnung zu alt zu sein."

Ich spürte, wie bewegt er war. „Ich auch. Und jetzt ist alles so ganz anders."

Seine Lippen streiften an meinem Ohr entlang. Berührten die feinen Linien des Halses. Bevor er mich mit sanfter Zärtlichkeit umarmte.

Als sich unsere Lippen voneinander lösten, konnten wir es kaum fassen, dass die Erde sich noch drehte, dass die kahlen Berge nicht wankten, und dass unter uns noch immer der Jordan durch den See Genezareth floss.

9

Wir fuhren auf der Hauptstraße bis Afula und bogen dann auf einer Seitenstraße nach Bet She'an ab. Schweigsam legten wir die Fahrt zurück. Manchmal berührten sich unsere Hände, leicht wie ein Vogelflug.

In Beth She'an suchten wir uns einen Weg, weitab von den wenigen Touristen und den vielen Archäologen und ihren Helfern. Zu unseren Füßen zog sich die ehemalige Palladiusstraße entlang. Überreste aus Stein und Marmor, aus Muster und Linien. Reich und prächtig musste diese Promenade in byzantinischer Zeit gewesen sein.

Jonas hatte den Arm um mich gelegt. „Eigentlich wollte ich dir aus der Totenklage Davids um seinen Freund Jonathan vorlesen, aber", er lächelte, „ich fühle mich jetzt nicht nach Totenklage."

Wie selbstverständlich ist uns das Du geworden.

„Totenklage?" Auch ich suchte einen leichten Ton, um die zärtliche Schwere des Glücks zu ertragen.

Erklärend meinte er: „Saul stürzte sich nach der verlorenen Schlacht, in der er sowohl Jonathan als auch seine beiden anderen Söhne verloren hatte, in sein Schwert. Nach seinem Tod köpften die Philister seine Leiche und stellten den Kopf und die toten Körper seiner Söhne hier in Bet She'an aus. Im Gilboa Gebirge ließ Gott aus Trauer über Sauls Tod schwarze Lilien wachsen."

„Aber war Gott denn so zornig über Sauls Tod, dass er all diese Verwüstungen hier anrichtete? Die umgeworfenen

Säulen und eingestürzten Häuser sehen doch nach einer furchtbaren Katastrophe aus."

„Ich glaube nicht, dass es Gottes Zorn war." Jonas blickte über die Ausgrabungsstätte.

„Ein Erdbeben hat 749 n. Chr.", er unterbrach sich, „wie machen wir es denn jetzt mit den Jahreszahlen? Unsere Zeitrechnung fängt 3761 Jahre vor Jesus an, dann wäre 749 nach Chr. das Jahr 4510 im jüdischen Kalender. Bleiben wir an solchen Orten beim jüdischen Kalender, ja?"

Ich lächelte über seinen Eifer. Im Grunde war es so unwichtig. Was lag mir schon an Jahreszahlen. Sollte er doch einfach nur erzählen. Also fuhr Jonas fort.

„4510 gab es ein furchtbares Erdbeben, das in wenigen Sekunden die ganze Stadt zerstörte. Es begrub schreiende Menschen und brüllende Tiere unter Säulen, Mauern und Häusern. Es gab so viele Tote, dass sie wegen der Hitze gleich an Ort und Stelle begraben werden mussten."

Wir waren stehengeblieben. „Seltsam, ich habe in Israel so oft das Empfinden, als wäre Gott überall. Als sei er körperlich anwesend. Glaubst du an Gott, Jonas?"

Wie anders klang der Name jetzt. Sein Widerhall dröhnte in meinem Blut. Hinter meinen Schläfen. Und im Pochen meines Herzens.

Er antwortete mit ruhiger Sicherheit: „Ja, Sophie. Nicht an den Gott der verschiedenen Religionen. Ihr Bild von Gott ist mir zu kleinmütig und rechthaberisch, zu menschlich. Für mich ist Gott Vergebung, Geborgenheit und sehr viel Liebe."

Nach einer kleinen Pause fuhr er lächelnd fort: „Und ich glaube an Vorbestimmung. Ich habe schon im Flugzeug von Frankfurt aus gewusst, dass ich dich finden musste.

Und da soll ich nicht an Fügung und Gott glauben?"
Ich schaute ihn zweifelnd an.

„Das klingt alles ganz gut, aber glaubst du wirklich, dass die Macht, die du Gott nennst, sich um unser kleines Schicksal kümmert? Ich finde das irgendwie so überheblich von uns Menschen. So wichtig sind wir doch gar nicht."

„Nein?" Jonas war sehr erstaunt. „Meinst du das im Ernst? Wenn wir an Gott glauben können, dann sind wir IHM wichtig. Ich kann darin keine Überheblichkeit finden. Eher einen wunderbaren Trost."

„Trost wofür?" Wir hatten unseren Spaziergang wieder aufgenommen.

„Nun, zum Beispiel deine Angst vor dem Tod. Kann der Gedanke an einen liebenden Gott dir nicht helfen zu vertrauen. Nicht am Nichts zu verzweifeln. Sondern an etwas Ewiges zu glauben."

Ich versuchte, ruhig zu sprechen: „Ich habe mich schon oft bemüht, so denken zu können. Aber dann kommt mein Verstand und sagt: 'Bild dir doch nichts ein. Wenn die Gehirnströme aufhören, bist du nicht mehr. Es bleibt nichts von dir, außer dem, was man in die Erde gibt. Im günstigsten Falle taugt dein Körper für das Wachstum neuer Pflanzen.'

Ich wartete einen Augenblick, versuchte, ruhiger zu werden: „Und dann denke ich wieder, es kann einfach nicht sein, dass all das, was ich fühle und denke, nicht weiter bestehen soll. Das ist doch auch Energie, sind ebenfalls Strömungen. Das muss einfach bleiben. Aber was nutzt es mich, wenn ich von dem Bleibenden nichts mehr weiß? Dabei ist mir schon klar, dass Wissenwollen wieder etwas sehr Irdisches ist – und das Irdische vergeht. Aber in dem

Moment, wo ich an diesem Punkt angekommen bin, kann ich nicht weiterdenken."

Fragend wandte ich ihm mein Gesicht zu. „Und da hilft dir dann dein Glaube?"

„Ja", seine Stimme klang sehr überzeugt. „Ich brauche diesen kindlichen Glauben. Ich brauche die innere Gewissheit, dass irgendwo jemand ist, der den Jonas kennt. Und mich eines Tages erwartet. Wir wissen es doch ohnehin nicht, warum kann ich dann aus meinem Glauben heraus keine Kraft finden?"

Ich war stehengeblieben. Sanft schob er mich weiter, als er jetzt fortfuhr: „Unsere Propheten, die im Gegensatz zu unseren Priestern einen lebendigen Glauben vertraten, sprachen übrigens schon bei der Errichtung des Ersten Tempels in Jerusalem von der alternativen Botschaft von Gericht und Gnade. Darf ich dann nicht an die Gnade glauben?"

Ich spürte Sehnsucht nach etwas, das ich nie kennengelernt hatte. „Ich beneide dich. Ich wünsche mir so sehr diese innere Ruhe."

Ich schmiegte mich in seinen Arm, den er wieder um mich gelegt hatte. Während des Redens waren wir langsam durch die Ausgrabungsstätte gegangen und setzten uns jetzt auf die Stufen im weiten Rund der Reste des größten römischen Theaters Israels. Fasrig-weiße Wolken trieben über das Blau des Himmels. Die Sonne wärmte. Ihr Licht, zurückgeworfen vom weißen Gestein, blendete. Irgendwo tönten Hammerschläge. Schallten die Erklärungen einiger Reiseführer zu uns hinüber. Dennoch fühlten wir uns allein in unserer Zweisamkeit.

„Liest du noch ein wenig vor?"

Ich wusste, dass er wollte, dass ich so schnell wie möglich

die Auseinandersetzung mit der Geschichte meiner Mutter hinter mich brachte. Ohne zu zögern, zog ich diesmal das Heft aus der Tasche und begann:

„Und dann änderte sich Wilhelm. Erst unmerklich, dann immer offener. Er lud Yoshua nicht mehr ein, wenn Freunde aus der Verbindung kamen. Jetzt erst erfuhr ich, dass in den Satzungen dieser Studentenverbindung stand, dass Juden keine Mitglieder sein durften! Sophie, das war schon lange vor Hitler! Wie unbedacht man solche Worte gelesen hatte, ohne sich die Folgen klarzumachen. Wilhelm war schon immer latent ein Antisemit gewesen, aber ich hatte eigentlich den Eindruck, als schien Yoshua für ihn nie Jude zu sein. Erst unter dem Einfluss der Stimmung, die im Land um sich griff, besann er sich auf sein Deutschsein, auf Rasse und Ariertum. Wie fremd mir das alles war. Wie ich es erst verspottete, dann verachtete und zum Schluss fürchtete. Meine Liebe zu Yoshua verlor ihre Leichtigkeit, ihre leuchtende Freude, sie wurde schwerblütig, bedächtiger, aber auch viel intensiver. Wir waren im Jahr 1935. Deutschland war wieder anerkannt und geachtet. Es bereitete die Olympiade vor. Es fühlte sich stark, so ungemein stark. Hitler ließ die prächtigsten Stadien und Gebäude für die Olympiade 1936 bauen, denn schon damals schrieb er, 'wenn Deutschland erst einmal die Welt besiegt hätte, würden in Berlin alle weiteren Olympiaden stattfinden...!' Und er erließ die „Nürnberger Gesetze". Was die beinhalteten? Nun, es waren Gesetze „zum Schutz deutschen Blutes und deutscher Ehre" und das bedeutete, dass die Juden keine staatsbürgerlichen Rechte mehr hatten und dass 'Ehen von Juden mit Angehörigen deutschen und artverwandten Blutes verboten waren'. Aber niemand, Sophie, niemand zweifelte, niemand fragte, niemand lehnte sich auf. Das Volk war nur zu

gewillt, ihm zu folgen, und das Ausland ließ sich täuschen. Wie sollte ich da von meiner Angst sprechen und außerdem, mit wem denn? Yoshua verdrängte, was er sah. Meine Eltern wussten nichts von meiner Liebe zu Yoshua, auch wenn ich heute fast sicher bin, dass meine Mutter von Anfang an alles geahnt hatte.

Noch einmal verschaffte mir Johanna die Möglichkeit, mit ihr nach Wien zu reisen. Kristina blieb bei meiner Mutter. Wilhelm, der angeblich sehr viel zu tun hatte, war froh, dass er mich bei meiner Freundin wusste. Also hatte ich wieder eine ganze Woche mit Yoshua. Sophie, ich glaube, das war die schönste Zeit meines Lebens. Tag und Nacht gab es nur Yoshua und unsere Liebe. Noch einmal waren wir so unbeschwert, als gehöre uns das ganze Leben. Und zum ersten Mal sprachen wir davon, Wilhelm endlich die Wahrheit zu sagen und danach zusammenzuleben. Das war für mich ein ungemein wichtiger Schritt, denn Yoshua hatte schon so lange gedrängt, er ertrug die vielen Lügen nicht mehr. Es entsprach so sehr seinem hellen Charakter, dass er sich endlich offen zu mir bekennen wollte. Für mich war es noch immer schwer, mir einen solchen Schritt vorzustellen.

Nein, Kind, das kannst Du heute nicht verstehen. Wie sehr hast Du unter deiner Scheidung gelitten, und dabei war Eure Ehe unglücklich. Aber ich hatte noch nicht einmal diese Entschuldigung vor mir selbst. Wilhelm war ein schwacher Mensch, er war Opportunist, aber er liebte mich auf seine Art. Dennoch wollte auch ich zum ersten Mal offen zu Yoshua stehen. Wollte Wilhelm um die Scheidung bitten. Eine Selbstständigkeit, die ich mir bis jetzt nie zugetraut hatte."

Ich unterbrach das Vorlesen. „Ich bin wirklich gespannt, warum sie sich nicht scheiden ließ. Und", ich zögerte, bevor ich fortfuhr, „ich fühle plötzlich eine seltsame Verbundenheit mit meiner Mutter. Warum vergesse ich nur immer wieder, wie sehr wir Frauen unter der Rollenverteilung leiden, die die Mutterfigur überhöht und die Frau leugnet. Und meine Mutter war eine Frau. Das ist mir bis heute nie wichtig gewesen."

Er freute sich ganz offen. „Wie gut, dass du deine Mutter verstehen willst. Hoffentlich bleibt es so. Gleichgültig, was du noch erfährst."

Ich musste lächeln. „Weißt du, selbst als 60jährige bin ich immer noch das Kind meiner Mutter. Manchmal denke ich, wenn ich doch hätte Mama zu ihr sagen dürfen, statt des steifen Wortes Mutter. Das weckt so viel Anspruch und Respekt, aber in „Mama" kann ich mich hineinkuscheln. Warum sie wohl bei meinem Vater blieb?"

Ich nahm den Bericht wieder auf.

„Liebe Sophie, nun gibt es keinen Weg mehr daran vorbei. Nun muss ich es Dir sagen, denn ... denn in dieser Woche ... ach, ich hatte es mir doch nicht so schwer vorgestellt! In dieser Woche ..., damals in Wien bist Du entstanden. Du bist das Kind von Yoshua und mir."

Mir stockte der Atem, ich starrte Jonas fassungslos an, las dann aber doch weiter.

„Die Fremdheit, die Du zu Wilhelm gespürt hast, wie sehr hatte sie mich immer erstaunt. Wusste doch niemand von meinem Geheimnis! Verzeih mir, mein Kind, wenn dies möglich ist, dass ich Dir so lange verschwiegen habe, wer Dein Vater ist und was aus ihm wurde."

Ich ließ bestürzt das Heft sinken, zwang mich dann, auch die nächsten Sätze noch zu lesen. Meine Stimme zitterte.

„Die nächsten Seiten werden furchtbar für Dich werden, aber wenigstens einmal in meinem Leben und bevor es zu spät ist, möchte ich mich zu Yoshua bekennen und zu seinem Kind. Du warst mir immer ganz besonders nah. Dich liebte ich mit einer Intensität, die ich weder Kristina noch Deinem Bruder Christoph gegenüber fähig war zu empfinden. Ihr seid alle meine Kinder, aber Du bist das Kind Yoshuas. Du bist alles, was mir von meiner Liebe, von meiner Zeit mit ihm geblieben war. Es gab und gibt keinerlei Zweifel, dass Yoshua Dein Vater ist. Das weiß ich einfach. Außerdem hast Du so viel von ihm, als Blinde hätte ich in Dir sein Kind erkannt."

Ich – das Kind eines andern? Mir dröhnte der Kopf. Alles verschwamm mir vor den Augen. Das fasste ich nicht! Ich sprang auf, das Heft und die Tasche, alles fiel in wildem Durcheinander die Stufen des Theaters hinunter. Ich kümmerte mich nicht darum. Ich starrte Jonas an, ohne ihn zu sehen. Wandte mich langsam von ihm ab und stieg die Treppen bis zur ehemaligen Bühne hinunter.

Schutz ... wer schützte mich? Zusammenkauern. Sich ganz klein machen. Nur nicht bewegen. Bin ich es, die so wimmerte?

Jonas sammelte die heruntergefallenen Sachen auf. Setzte sich wieder hin. Wartete.

Es musste inzwischen Mittagspause sein. Die Touristen waren verschwunden, und die Arbeiter saßen irgendwo im Schatten. Stille lag über Bet She'an. Unterbrochen von vereinzelten Vogelstimmen.

Nach einer langen Weile hielt es Jonas nicht länger in seiner abwartenden Haltung. Er stieg wie zuvor Sophie die vielen Treppen hinunter und kniete sich auf den sandigen Boden. Umschlang mich mit beiden Armen. In seiner Umarmung war Geborgenheit. Lange blieben wir so sitzen.

Dann Jonas' Stimme. Leise flüsterte er: „Du bist nicht allein, Sophie. Nimm es an, dass das Kind in dir wusste, was die Frau leugnete. Du konntest keine innere Bindung an Wilhelm haben. Wie schlimm muss es jetzt für dich sein. Sechzig Jahre lang war Wilhelm dein Vater, und nun bricht deine Kindheit auseinander. Du bist um die Wahrheit betrogen worden. Um Wärme und Geborgenheit. Und du bist zu Gefühlen gezwungen worden." Er schwieg eine Weile, bevor er wieder leise anfing, auf mich einzureden: „Sophie, ich möchte dich auffangen. Es ist ein so fürchterlicher Sturz. Aber kannst du nicht vielleicht versuchen, es gleichzeitig als wundersame Fügung anzunehmen?"

Langsam erwachte ich aus meiner Starre. Ich schmiegte mich ganz in die Wärme des Mannes neben mir, bevor ich stockend anfing zu sprechen: „Meine ganze Kindheit war doch eine einzige Lüge."

Ich konnte die Tränen nicht länger zurückhalten. Die Fassung, um die ich die ganze Zeit gerungen hatte, fiel in sich zusammen. Mein Körper bebte. Leise murmelnd wiegte mich Jonas wie ein kleines Kind. Schluchzend stammelte ich: „Ich liebte Wilhelm nicht sehr, aber er war doch mein Vater. Und plötzlich gilt nichts mehr. Lüge, alles Lüge, selbst die kleinen Lügen und Ausreden habe ich gehasst."

Ich hob mein tränenverschmiertes Gesicht und schaute Jonas fragend an. „Musste ich nach Israel kommen, um den Brief mit dir zu lesen?"

Er antwortete nicht. Was gab es da auch schon zu sagen.

Nach einer langen Weile bat ich: „Bitte Jonas, lass uns zurückfahren. Ich möchte jetzt allein sein."

Ich wischte meine Tränen ab. „Ich muss mich erst an meine neue Vergangenheit gewöhnen und", ich versuchte ein zaghaftes Lächeln, das aber kläglich misslang, „vielleicht kann ich mich dann sogar daran freuen."

10

In Tiberias angekommen, stieg ich an der Promenade aus, die wir gestern besucht hatten. Ich versprach, nach einer Weile ein Taxi zu nehmen. Dann wanderte ich allein durch die Straßen, die ich mit Jonas kennengelernt hatte. Unwillkürlich lenkte ich meine Schritte zu der kleinen Petruskirche. Ob Pater Patrick heute da war?

Aber was wollte ich denn von ihm? Ich wusste es selbst nicht. Ich versuchte, ob sich die Kirchentür öffnen ließ. Leise quietschend gab sie nach.

Hellblau-grau und weiß getünchte Wände gaben der kleinen Kirche etwas Lichtes, das Ruhe ausströmte. Am Altar putzte ein junger Priester den silbernen Abendmahlskelch. Er schaute nur kurz auf, nahm weiter keine Notiz von mir, als ich mich still in eine der Bänke setzte.

Die Ruhe der Kirche ging nicht auf mich über. Zu sehr hatte sich mein Leben in den letzten Tagen verändert. Festgefügtes war auseinandergebrochen. Meine Mutter, die genau wie ich Lügen so hasste, keine noch so kleine Notlüge ließ sie uns durchgehen, und dabei war ihr ganzes Leben auf einer Lüge aufgebaut.

Und damit auch mein Leben ...

Selbst nach Wilhelms Tod hatte sie nicht den Mut gefunden, mit mir über die Wahrheit zu sprechen.

Und ich? Vielleicht war meine Sehnsucht, die mich, seit ich denken konnte, begleitet hatte, das Vermächtnis meines Vaters?

Warum hatte sich die Mutter nicht von Wilhelm getrennt?

Und Wilhelm? Er konnte kein so schlechter Mensch gewesen sein. Irgendwann hatte Mutter doch einmal etwas für ihn empfunden. Es gab gute Erinnerungen an ihn. Er war viel zärtlicher als Mutter. Ob diese Zärtlichkeit die Sehnsucht nach Wärme war, die er von seiner Frau nie bekommen hatte? Die niemand ihm während seines ganzen Lebens gegeben hatte. Seine Kindheit war eine Erfahrung im Eisatem von Lieblosigkeit. Und auch wir Kinder waren ihm mehr ausgewichen als entgegengekommen. Sein Leben war nie vollständig gewesen, einzelne Kapitel wie in einem unvollständigen Roman und in diesen Kapiteln fehlten Liebe und Lebensfreude. Heute – heute erkannte ich es. Aber ... es war nicht mehr wichtig.

Warum, wenn ihre Ehe so schlecht war, folgte Mutter Yoshua nicht? Plötzlich durchzuckte mich ein Gedanke. Lebte mein Vater noch? Vielleicht hatte er die Flucht aus dem Deutschland von damals geschafft. Und ich konnte ihn doch noch kennenlernen.

Entmutigt sank ich wieder in mich zusammen. Nein, dann hätte der Bericht von Mutter anders geklungen. Mir war mit instinktiver Gewissheit klar, dass Yoshua tot war.

Wie aber hatte Mutter so etwas überleben können? Und Christoph! Wie konnte sie nach ihrem Erleben mit Yoshua noch einmal ein Kind von Wilhelm haben? Der Bruder sah seinem Vater so unverkennbar ähnlich. Wilhelm musste sein Vater sein. Wie konnte eine Frau das aushalten? Wie wenig hatte ich meine Mutter gekannt!

Und doch erinnere ich mich an einen Augenblick in meinem Leben, in dem ich empfinden konnte, was ich meiner Mutter bedeutet hatte. Damals, als Rebecca auf die Welt kam. Als die Hebamme mir den kleinen nackten

Körper auf die Brust legte, den ich nur sehr behutsam mit meinen Armen zu umschlingen wagte. Die warme Lebendigkeit der Haut, die winzigen Händchen und Füße, alles so vollkommen, so einmalig. Rebecca hatte lange, dunkle Haare gehabt, die nass an dem kleinen Köpfchen klebten. Ihre Augen waren geschlossen, aber der kleine Mund suchte schon leise schmatzend nach der Quelle. Dankbar hatte ich mein Kind bestaunt und gewusst, dass meine Mutter irgendwann das Gleiche empfunden hatte, dass sie mich in diesem Augenblick geliebt haben muss.

Ich stützte erschöpft den Kopf in die Hände. Eine warme Stimme ließ mich aufblicken. Der junge Priester war neben mich getreten und hatte mich auf Englisch angesprochen.

„Kann ich Ihnen helfen? Ist Ihnen nicht gut?"

„Sind Sie Pater Patrick?", fragte ich schüchtern.

„Nein, bin ich nicht. Pater Patrick musste nach Jerusalem, und da habe ich ihm meine Vertretung angeboten."

„Ob Sie mir helfen können?" Vorsichtig griff ich seine Frage auf. „Wissen Sie, wenn man mit 60 Jahren plötzlich eine völlig neue Identität bekommt, ist es schwer, dies ohne weiteres zu akzeptieren."

Er schaute mich fragend an. „Ist Ihnen diese neue Persönlichkeit fremd? Mögen Sie sie nicht?"

„Nein, ganz im Gegenteil!" Und ohne zu wissen, warum, erzählte ich dem unbekannten Priester, nachdem ich mich vorgestellt hatte, meine Geschichte.

Er hatte sich neben mich gesetzt und hörte mir schweigend zu. Als ich geendet hatte, blieb er eine ganze Weile sehr still. Erst jetzt merkte ich, als ich direkt in sein ernstes Gesicht sah, dass er auf der einen Wange eine tiefe, schlecht verheilte Wunde hatte, die das Gesicht stark entstellte.

Seine Augen waren sehr dunkel.

Nach einer langen Pause fragte er: „Darf ich Sophie sagen? Ich heiße übrigens Dushara, meine Eltern gaben mir den Namen eines Nabatäergottes."

Er lächelte. „Sie hatten immer sehr hohe Ziele für mich."

Wieder ernst werdend, meinte er: „Ich glaube, es ist für Sie schlimm zu erkennen, dass Sie ein Leben lang an einen Vater glaubten, der nicht Ihr Vater war. Und auch Ihr Mutterbild war so ganz anders als die Wirklichkeit. Es geht so viel Glaubwürdigkeit in die Vergangenheit verloren, und alles scheint zu schwanken. Aber könnte Ihnen dieses neue Wissen nicht die Möglichkeit geben, zu erkennen, wohin Sie gehören? Wer Sie sind? Und warum Sie diese lebenslange Sehnsucht hatten? Und außerdem haben Sie einen Menschen gefunden, dem Sie vertrauen können. Den Sie lieben."

Ich schüttelte den Kopf. „Pater, auch da bin ich so unsicher. Ich möchte keine Bindung mehr. Ich glaube, ich könnte Jonas lieben, wie ich vielleicht noch nie in meinem Leben geliebt habe. Aber ich will nie mehr an einen Menschen gebunden sein. Ich will Einsamkeit."

Seine Stimme wurde sehr eindringlich. „Das sollten Sie nicht jetzt schon entscheiden. Verlängern Sie Ihren Aufenthalt in Israel. Suchen Sie Ihre Vergangenheit und wenn sie Generationen zurückliegt. Ich meine damit nicht Ihre direkte Vergangenheit. Die werden Sie hier nicht finden. Dann schon eher in Deutschland oder Österreich. Aber suchen Sie die Spuren Ihres Volkes."

„Meines Volkes? Kann man denn Jüdin sein, wenn nur der Vater Jude war?"

„Eigentlich nicht. Im Judentum muss die Mutter Jüdin sein,

111

um wirklich als Jude angenommen zu werden. Aber das ist doch sowieso nicht Ihr Problem, wenn ich Sie richtig verstanden habe. Gehen Sie nach Jerusalem. Fahren Sie nach Qumram und nach Masada. Lassen Sie das Land auf sich wirken. Lernen Sie Menschen kennen. Erspüren Sie die Eigenart der Landschaft." Er ergriff, fast beschwörend, meine Hand. „Obgleich ich kein Jude bin, bin ich doch Israeli, arabischer und katholischer Israeli. Und ich kann gut verstehen, dass Ihr Freund immer wieder in dieses Land zurückkehren muss. Es geht eine ungeahnte Kraft von diesem kleinen Wüstenstreifen aus."

Verblüfft antwortete ich: „Fast die gleichen Worte hat Jonas kurz nach unserem Kennenlernen auch gesagt. Aber wie können Sie hier leben, wenn Ihr Volk so behandelt wird?"

„Sehen Sie Sophie", und leicht strich er über die Narbe, die sich quer über seine Wange hinzog, „das war bei einem Verhör durch israelische Soldaten geschehen. Aber sie haben doch auch nur Angst. Ich empfinde keine Feindschaft gegen sie."

Er zögerte und fuhr dann bestimmter fort: „Ich habe Erfüllung in meiner Berufung gefunden. Ich lebe bereits die Bindungslosigkeit, die Sie sich wünschen. Doch sie ist nicht leicht zu ertragen, Sophie. Wehren Sie sich nicht gegen die Liebe. Vertrauen Sie sich selbst und vor allem der Fügung."

Es wunderte mich, dass er sich offensichtlich scheute, mir von Gott zu sprechen. War ich ihm dankbar dafür? Ich wusste es nicht. Überrascht dachte ich, dass ich schon zum zweiten Mal in so kurzer Zeit aufgefordert worden war, zu vertrauen. Mich nicht mehr zu wehren.

Mit plötzlicher, fast ungestümer Zärtlichkeit dachte ich an Jonas. Wahrscheinlich machte er sich längst Sorgen um mich, denn ich hatte gar nicht gemerkt, dass ich schon mehr als eine Stunde in dieser kleinen Kirche saß.

Ich stand auf. „Ich danke Ihnen, Pater. Ich werde Sie nie vergessen, und hoffentlich haben Sie bald den Frieden, den Ihre beiden Völker so dringend brauchen."

Pater Dushara hatte sich ebenfalls erhoben. „Gehen Sie in Frieden, Sophie." Und ganz leise, als sollte ich es gar nicht mehr hören, „Gott sei mit Ihnen."

Ich steckte noch eine große Kerze an. Ist es nur eine Geste? Oder ist es ein Gebet? Für wen? Für Mutter, für meinen Vater oder gar für Wilhelm?

Danach gab ich noch ein paar Scheckel in das dafür an einer Wand angebrachte Kästchen. Dann trat ich wieder in die Helligkeit der Promenade hinaus.

Die Abendsonne vergoldete die weißen Häuser Tiberias. Ich winkte einem Taxi und ließ mich ins Hotel bringen.

Jonas wartete in der Hotelhalle auf mich. Er ließ sich keine Besorgnis anmerken. Aber offensichtlich freute er sich über die Ruhe, die ich jetzt ausstrahlte. Ich setzte mich zu ihm und erzählte ihm von meinem Erlebnis mit dem arabisch-christlichen Pater, der Israeli war.

Er hörte mir sehr aufmerksam zu und meinte dann. „Ja, die Spaltung geht sehr tief. Nimm nur Jerusalem. Angeblich ist es vereinigt, doch das ist ein absolut äußerlicher Zustand. In den Köpfen der Menschen gibt es nach wie vor eine Mauer, höher als es jemals die Mauer in deinem Land war." Er lachte spöttisch. „Nur unter der Stadt, in den Abwasserkanälen und Telefonkabeln, da ist Jerusalem vereint. Zweimal im Jahr haben wir sogar verschieden gehende Uhren. Ost-Jerusalem stellt nämlich auf Sommerzeit erst um, wenn Jordanien umstellt, und das tun sie aus Prinzip nie gleichzeitig mit Israel."

Entschlossen fragte ich: „Wann fahren wir nach Jerusalem? Ich möchte gern weiterfahren. Tiberias hat mir so viel gebracht."

Ich hielt inne und fuhr dann zärtlich fort: „Vergessen werde ich die Stadt nie. Aber jetzt möchte ich weiter. Möchte noch intensiver die Vergangenheit unseres Volkes kennenlernen."

Erstaunt hatte ich das unsere betont. Ich hatte plötzlich das Empfinden, mich in diesem Land ständig auf der Grenze zwischen Sein und Nichtsein zu bewegen. Mit einigen Sätzen aus der Lebensbeichte meiner Mutter war ich unvermittelt zu einem Menschen eines anderen Volkes geworden.

Nein, das stimmte so nicht. Dafür brauchte es mehr als nur einen jüdischen Vater. Ich wollte auch gar nichts anderes sein als Deutsche. Selbst wenn es jetzt noch mehr wehtat, was das eine Volk dem andern angetan hatte. Jetzt, nachdem mein sehnsuchtsvolles Zugehörigkeitsgefühl zum jüdischen Volk plötzlich einen ganz realen Hintergrund bekommen hatte. Ich war unvorhergesehen zu einer Erbin jüdischen Schicksals geworden.

11

Früh am nächsten Morgen verließen wir Tiberias. Wir fuhren am See Genezareth und dann am Jordanfluss entlang. Er schlängelte sich in winzigen Kurven und Kehren durch die Landschaft. Wir waren nie sicher, wann er wieder auftauchen würde.

Zögernd fragte Jonas: „Möchtest du nach Yardenit, wo heute die Pilger getauft werden? Ich warne dich allerdings, dort hat Johannes niemals Jesus getauft. Falls dir das wichtig ist. Es ist nichts als ein überlaufener Touristenort."

„Nein, bitte nicht. Ich bin traurig, Jonas, dass wir von Tiberias wegfahren. Vielleicht kennst du am Jordan eine einsame Stelle, und wir können uns unseren eigenen Taufplatz suchen."

Er griff nach meiner Hand. „Sophie, Tiberias war wunderschön, aber das liegt doch an unserem Zusammensein. Sei nicht mehr traurig, bitte."

Ich legte meinen Kopf an seine Schulter. Atmete seinen Geruch. Und spürte Geborgenheit.

Er bog auf eine kleine Nebenstraße ein, wo er den Wagen parkte. Links hohe Palmwälder, wie ich sie noch nie in meinem Leben gesehen habe. Die schräg einfallenden Sonnenstrahlen verwandelten die schlanken hochgewachsenen Stämme durch zarte Pastellfarben in zerbrechliche Kunstwerke. Durch den leichten Sonnennebel leuchtete es golden oder grün und bläulich. Irrlichter, denen ich gern nachgejagt wäre, um sie einzufangen.

Wir rutschten mehr, als dass wir gingen, die sandige Böschung zum Ufer des Jordan hinunter und setzten uns auf große, vom Wasser glatt polierte Steine. Versteckt unter tief herunterhängenden Zweigen lagen zwei spitzkielige rot angestrichene Boote. Die Bäume zu beiden Seiten des Flusses spiegelten sich im träge dahinfließenden Wasser.

Kein Mensch weit und breit. Nur ein leichter Wind flüsterte in den hohen Palmen. Eine unwirkliche Stille gab dem Ort eine nicht fassbare, geheimnisvolle Bedeutung. Fast zaghaft ließ ich meine Hand ins Wasser gleiten.

Ob es den Menschen in der katholischen Kirche so zumute ist wie mir jetzt, wenn sie ihre Finger in Weihwasser tauchten? Mutter war katholisch gewesen, auch wenn sie Willhelm zuliebe konvertiert war. Wie seltsam, nicht mehr Vater sagen zu können. Ich war nicht mehr traurig. Nur noch verwundert und gleichzeitig fühlte ich mich betrogen. Mutter war allen Fragen ausgewichen. Sie hatte ihr Kind einfach im Unklaren gelassen. War den bequemen Weg gegangen. Briefe waren leichter zu schreiben, als Gespräche zu führen und Fragen zu beantworten.

Passte es nicht ins Bild der damaligen Generation?, fragte ich mich mehr verstört als wütend. Vor der Verantwortung waren sie davongelaufen. Dem starken Mann hatten sie zugejubelt. Aber sich nach der Katastrophe zu dieser Zustimmung zu bekennen, dazu hatte es nicht gereicht. Immer alles verleugnen und verdrängen und das bis ins ganz persönliche Leben hinein. Oder war ich ungerecht?

Was hätte Mutter denn machen sollen?

Plötzlich schämte ich mich meiner Wut. Es war wieder einmal der Zorn des Kindes gegen die Mutter, die nicht dem Bild entsprach, das ich mir von ihr gemacht hatte. Musste ich mich nicht fragen, ob ich nicht mit meinem heutigen Wissen urteilte? Mehr als fünfzig Jahre nach Hitler?

Jonas unterbrach meine Gedanken. „Wie friedlich es hier ist." Er hatte meine Hand ergriffen. „Es sind die fünfzehn schönsten Kilometer vom Jordan. Danach ist er von Stacheldraht umgeben. Nur das Militär hat noch Zutritt zu seinen Ufern."

„Habt ihr denn keinen Frieden mit Jordanien?" Mühsam kehrte ich in die Gegenwart zurück. Wie gut, dass Jonas da ist, dachte ich mit einer Zärtlichkeit, die sich tief in mir auszubreiten begann.

Jonas griff nach einem der nass glänzenden Steine. Nachdenklich betrachtete er die Adern und Einkerbungen. Mit seinen Gedanken schien er weit weg zu sein. Nach einer kleinen Weile antwortete er.

„Ach, Sophie, was ist denn schon Friede in diesem Land? Wir fahren gleich durch ein Gebiet voller Kriegsruinen. Zerschossener Häuser. Ausgebrannter Panzer und ehemaliger Kriegsschauplätze. Du kannst noch nicht einmal die Straße verlassen, weil überall Minen vergraben sind. Reste der letzten Kriege. Welch ein Land, wo Panzer Denkmäler sind. Und dabei kann ich mein Land sogar verstehen. Jahrtausende lang haben sie sich wie die Lämmer zur Schlachtbank führen lassen. Ich habe dir von unserem Vorwurf an die Holocaust-Opfer erzählt. Als hätten sie eine Wahl gehabt. Aber heute hat Israel eine Wahl. Selbst wenn sie bedeutet, dass seine Menschen wie in einem Militärlager leben. So lange sie bis an die Zähne bewaffnet sind, fühlen sie sich sicher vor Verfolgung und Mord."

Ich konnte ihn so gut verstehen. „Es muss furchtbar sein, erwählt zu sein. Immer zwischen Tod und Untergang zu leben. Das erwählte Volk! Ich frag mich wirklich, woher du deinen Glauben hast. Gott ist doch ungerecht zu seinem Volk, falls es das jüdische Volk ist."

„Ungerecht? Ich staune immer wieder, für was Gott alles verantwortlich gemacht wird. Er hat uns doch unseren Geist mitgegeben. Und du bist nicht die einzige, die so was fragt, vor allem seit Auschwitz. Seit damals hat sich unser Gottesbild geändert." Er schwieg eine Weile, dann fuhr er in seiner Erklärung fort: „Vor allem die sehr orthodoxen Juden meinen, die Ermordung der Juden sei eine Strafe, weil sie nicht in Israel gelebt hätten. Martin Buber sagte, Gott hat sich einen Augenblick umgedreht, und deshalb konnten diese Unmenschlichkeiten geschehen. Und dann gibt es die, die sagen: Gott existiert nicht. Oder es gibt Stimmen, die meinen: Gott ist unfassbar, ist nicht denkbar. ER ändert sich nicht, nur die Beiworte, die wir IHM geben wie gütig oder allmächtig, die ändern sich. Weil es menschliche Begriffe sind. Ich weiß es auch nicht, Sophie."

Nach einem langen Schweigen der Nachdenklichkeit unterbrach ich die Stille: „Ich finde es schwer, an ein erwähltes Volk zu glauben. Aber warum wurden ausgerechnet die Juden von jeher verfolgt? Seit Jahrtausenden müssen sie diesen Leidensweg gehen und das in jedem Land und zu jeder Zeit. Und dann denke ich wieder, dass es vielleicht doch ein ganz besonderes Volk ist. Und das will ich nicht denken. Weil das für mich auch schon wieder Rassismus ist. Allerdings mit anderen Vorzeichen."

Lebhaft fuhr ich fort: „Dein Volk hat mich immer schon interessiert. Als ich mit 15 Jahren ‚Exodus' von Leon Uris las, wollte ich sogar in einem Kibbuz leben, zumindest eine Zeitlang."

„Das kannst du doch heute auch noch."

Ich unterbrach ihn: „Auch in meinem Alter?"

„Aha, jetzt sind wir wieder beim Alter, gerade so, als wärst Du hinfällig und pflegebedürftig." Er lachte über mein verärgertes Gesicht. „Aber im Ernst, solange jemand arbeitsfähig ist, wird er immer in einem Kibbuz auf-genommen. Allerdings müsstest du dich für ein halbes Jahr verpflichten."

„Ich weiß nicht, Jonas. Nach der Scheidung hatte ich mir selbst versprochen, mich nie mehr zu irgendetwas zu verpflichten, mich nie mehr zu binden. Vielleicht ist das ziemlich egoistisch. Aber seit damals hat für mich einfach ein neues Leben angefangen." Ich schwieg einen Augenblick, bevor ich fortfuhr: „Und hier in Israel habe ich sogar wirklich ein neues Leben mit einer ganz anderen Identität bekommen, und – ich bin dir begegnet."

Ich lehnte mich leicht an ihn. Spürte die runden Knochen seiner Schulter. Atmete die Wärme auf seiner Haut. Lautlos floss die Zeit in die Unendlichkeit.

Leise unterbrach er den sanften Zauber, der uns umgab.

„Warum sprichst du von einer anderen Identität? Ist es so wichtig, von wem wir kommen? Du hast doch längst deinen eigenen Weg gefunden. Ganz unabhängig von deinen Eltern."

Ich spürte seinen Worten nach. „Du vergisst, dass Wilhelm mir immer sehr fremd war. Und dass diese Fremdheit in einem Kind Schuldgefühle auslöst. Schließlich haben wir alle das vierte Gebot gelernt, Du sollst Vater und Mutter ehren."

Wieder machte ich eine Pause, als müsste ich meine Worte gut überlegen, um mir selbst auch noch so vieles klarzumachen. „Geehrt habe ich sie wahrscheinlich. Aber geliebt? Meine Mutter ja, aber Wilhelm? Immer sah ich mehr den Gegner und nicht den Freund in ihm, ohne es zu verstehen. Und dabei gab es doch gar keinen Grund, ihn nicht zu lieben. Dass mir eine innere Stimme jahrelang die Wahrheit gesagt hat", wieder zögerte ich, „das erfüllt mich mit einer vorsichtigen Freude, weil es mich von meinem Schuldgefühl befreit. Und das nenne ich eine neue Identität."

Ich sah dem Fließen des braungrauen Wassers zu.

Jonas hatte die Sandalen ausgezogen, seine Jeans hochgekrempelt und tauchte die Zehen vorsichtig ins kalte Wasser. Nur von fern klangen Stimmen. Zu weit, um zu stören. Nach einer Weile fuhr ich fort.

„Ich glaube, als Kind willst du einfach nur lieben, und verstehst nicht, warum du es nicht kannst. Das bestimmt dein ganzes Leben. Vor allem als Frau. Du fühlst dich nie wirklich angenommen. Du bist nicht liebenswert. Nicht begehrenswert." Ich sprach jetzt sehr leise. Wie oft hatte ich schon über diese Gedanken gegrübelt. „Manchmal hatte ich das Gefühl, dankbar sein zu müssen, dass mich überhaupt jemand liebte. Das war wie ein Teufelskreis, ich war unfähig zur Liebe, also konnte ich auch keine bekommen. Ich weiß nicht, ob du als Mann das verstehst. Der Vater ist für ein Mädchen so wichtig. Aber ich hab mich nie angenommen gefühlt. Wie kann ich mich dann selbst finden."

Wieder machte ich eine Pause. Es war mir so ungewohnt, von meinen innersten Empfindungen zu sprechen. Und daran erst merkte ich, wie einsam ich die letzten Jahre gewesen war. Ich schaute zu Jonas hin. Aufmerksam hörte er mir zu, und ich war dankbar dafür. Bescheiden war ich im

Zusammensein mit anderen geworden. Selten konnte ich so etwas wie Aufmerksamkeit als etwas völlig Normales annehmen. Langsam sprach ich weiter: „Ich habe einmal vor vielen Jahren als junge Frau in mein Tagebuch geschrieben: ‚Mutter – aus deiner Liebe erwächst meine Angst. Vater – aus deiner Gleichgültigkeit kommt meine Minderwertigkeit.' Das ist eine schlimme Erfahrung. Ich weiß nicht, was Yoshua für ein Mensch war. Mutter erzählt sehr wenig von ihm. Ich kann ihn mir kaum vorstellen. Aber jetzt kann ich ihn mir erträumen. Ist das nicht eine ganz neue Entwicklung für mich?"

Er schaute mich zärtlich an. „So habe ich es bisher nicht gesehen. Es ändert nicht deine Identität, nur deine Erfahrung mit dir selbst. Aber wie kann man als Mutter, als Eltern ein Kind derart verbiegen, dass es mit so viel Selbstentwertung leben muss?"

Sanft zog er mich an sich. Ein leichter Wind kräuselte die kleinen schimmernden Wellen des Flusses. Fallend und steigend. Der Himmel über uns war plötzlich zu unserer persönlichen Gegenwart geworden. Mir schlug das Herz in einer ganz ungewohnten Beklemmung. War das Liebe? Diese auslöschende, vergehende und doch so lebendige Lust, die mich durchströmte.

Er nahm mein Gesicht in seine beiden Hände. „Geliebtes Gesicht." Er liebkoste mich mit den Blicken, leicht wie ein Vogelschlag. Der Kuss währte kleine Ewigkeiten. Es war nicht die Wildheit und brennende Begierde junger Jahre. Es war ein gegenseitiges Entzücken. Ein Entdecken winziger Einzelheiten. Wir suchten uns selbst im andern.

Eng umschlungen legten wir das kurze Stück Weg zum Wagen zurück.

12

Als wir eine Weile gefahren waren, weitete sich das Jordantal zu einer tiefen, eindrucksvollen Senke, zur Jordanebene oder Kikkar Hajarden.

„Kannst du dir vorstellen, warum Gott sich gerade dieses erbarmungslose Tal für die älteste Stadt der Welt ausgesucht hat?", fragte Jonas und fuhr fort: „Für mich gleicht sie einer Mondlandschaft. Der Name Jericho kommt vielleicht von Ariha, einer Mondgöttin. Er passt hierher."

Er unterbrach sich, lenkte den Wagen an einer Ziegenherde vorbei, die die Straße kreuzte, und meinte dann: „Die Bibel spricht von der schrecklichen Herrlichkeit. Vielleicht ist das ein Gegensatz, und doch empfinde ich es genauso. Mitten in der Kargheit der Wüste die Oase von Jericho, zum ersten Mal vor fast zehntausend Jahren besiedelt."

Ich hatte ihm stumm zugehört. Ergriffen von der Macht der Eindrücke, die mich hier gefangen hielten. Schroffe Berghänge. Tiefe Schluchten. Eine nackte Landschaft. Geschaffen von ungeheuren Kräften und dann, fast wie eine Erlösung, diese grüne Stadt.

„Ich schlage vor, dass wir Jericho nicht besuchen, sondern weiterfahren", entschied Jonas. „Ich möchte dir etwas zeigen, das dich entweder ganz zu dir selbst hinführt oder in eine Einsamkeit schleudert, aus der du allein kaum herausfindest."

„Du erschreckst mich. Mir fiel eben ein, dass ich mir hier vorstellen könnte, was Tod und Leben sind."

Ich breitete weit die Arme aus, als wollte ich die Landschaft umfassen. „Dieser Gegensatz muss doch auf den, der hier lebt, wie eine unvorstellbare Kraft wirken. Ich habe gelesen, dass nur zwischen solchen Extremen der Monotheismus entstehen konnte. Es war doch die jüdische Religion, die den Gedanken vom Einzigen und Wahren Gott schuf. Könnte nicht die daraus entstehende, damals einzigartige Intoleranz und auch Arroganz der Grund sein, warum die Juden seit jeher verfolgt werden?"

Statt meine Frage direkt zu beantworten, meinte Jonas: „Wir fahren zum Wadi Kelt. In dieses Tal ziehen sich seit Jahrhunderten Mönche und Einsiedler zurück. Nur ein ganz schmaler Weg an den steilen Felswänden führt durch dieses Wadi, das übrigens auch Tal der Todesschatten heißt. Für mich ist es die vielleicht absoluteste Einsamkeit, die ich mir vorstellen kann."

Wir hielten auf der Autostraße an, die in die Endlosigkeit zu führen schien. Auf beiden Seiten kahle Berghänge. Tief eingeschnittene Täler. Kein Baum. Kein Strauch. Scheinbare Leere. Keine Ansiedlung, kein Auto weit und breit. Plötzlich vor uns auf einem Hügel, abgehoben gegen einen blauen Himmel, eine Gruppe von Beduinen mit ihren Kamelen. Menschen lösten sich von der Gruppe. Kleine Kinder kamen angerannt, heulend, bettelnd. Die Gesichter verdreckt und verklebt von Wüstensand und Rotz.

Er warnte: „Wenn du ihnen etwas gibst, wirst du gleich alle Beduinen der Umgebung hier versammelt haben. Ich weiß nicht, wie die sich verständigen, aber sie wissen sofort, wo Ausländer sind, die etwas geben."

Ich blickte ihn entsetzt an. „Aber schau doch in diese Augen. Da kann ich mich doch nicht einfach nur ab-wenden?"

„Sophie, du bist auf der Westbank." Er sprach sehr eindringlich. „Diese Kinder werfen in der nächsten Minute mit Steinen, wenn ihnen danach zumute ist. Ich habe es selbst erlebt und du kannst mir glauben, ich habe das Gaspedal durchgedrückt, als plötzlich die Steine durch die Luft flogen."

Ich begehrte heftig auf: „Aber das ist doch völlig verständlich. Diese Armut überall. Menschen, die in Lagern hausen wie Ratten in ihren Löchern. Ich habe doch die Bilder gesehen! Babys, die in den Armen ihrer Mütter verhungern. Sie haben keine Kraft mehr, an den leeren, schlaffen Brüsten zu saugen. Und wir? Wir haben zu essen und zu trinken. Frieren nicht im Winter. Wohnen im Luxus. Machen eine Diät nach der andern, um abzunehmen! Leben auf der andern Seite der Erde, wo die Erde doch eigentlich rund ist und keine verschiedenen Seiten haben kann. Sie dagegen erleben Unterdrückung und völlige Rechtlosigkeit. Wie furchtbar muss ihr Los sein, dass Kinder zu Steinen als Waffen greifen."

„Du hast ja völlig recht, die Wut dieser Kinder ist das Ergebnis der Politik, aber nicht nur der israelischen. Die Palästinenser waren schon immer unterdrückt, erst durch die Türken, dann durch die Araber, später durch die Jordanier und jetzt durch die Israelis. Damit hat man Israel den Schwarzen Peter zugeschoben. Denn kein arabisches Land möchte einen palästinensischen Staat."

„Aber warum denn nicht, ich versteh das nicht", erregte ich mich.

„Das ist auch nicht einfach zu verstehen. Zuerst gab es nie eine palästinensische Frage. Die anderen arabischen Staaten lehnten es schlichtweg ab, den Palästinensern Land zur Verfügung zu stellen, als sie nach Israels Unabhängigkeit aus Palästina flohen. Man unterschlägt auch immer die Tatsache, dass Israel damals ernstlich den Vorschlag machte, gemeinsam das Land zu bewohnen. Aber da ist noch etwas, das für die arabischen Länder heute unannehmbar scheint, nämlich dass Palästina dann mit seiner heutigen Regierungsform nach Israel die zweite Demokratie in einem Teil der Welt wäre, in der Diktaturen herrschen, Familienclans das Sagen haben. Die sehen doch alle ihre Privilegien in Gefahr! Dennoch wird heute Israel für alles zur Verantwortung gezogen. Israel der Sündenbock, den man moralisch anklagen kann. Natürlich ohne selbst nach Lösungen für das Problem suchen zu müssen. Versteh mich richtig – das spricht die Israelis nicht frei. Aber sie sind nun mal nicht allein schuld an der Lage. Lass uns ein andermal ausführlicher darüber reden, bitte."

Er wandte sich den Kindern zu und sprach arabisch auf sie ein, nachdem ich alles vorhandene Kleingeld in die flehend hingestreckten Händchen verteilt hatte. Und erstaunlicherweise zogen sich die Kinder und auch die Männer mit ihren zum Verkauf angebotenen Schals und ihrem bunt aufgemachten Kamel zurück.

Braune, hagere Gestalten, diese Männer mit ihren weiten Pluderhosen, Westen und den Turbanen, die sie vor der Sonne, mehr aber noch vor dem Wind schützten. Als letzter rannte bellend ein kleiner Hund seinen Leuten nach, nicht ohne uns noch einmal wütend anzukläffen.

„Und? Jetzt können wir den Wagen einfach so hier stehen lassen?"

„Ja, ich kenne einen ihrer Familienoberhäupter und drohte den Kleinen, dass ich mit ihm sprechen würde, wenn sie nicht verschwänden."

„Und wieso kennst du diesen Führer?" So schnell gab ich nicht auf.

„Ich war lange bei der Armee. Glücklicherweise machen wir uns nicht nur Feinde. Es kommt wie immer auf den Einzelnen an. Ach, Sophie, wir haben doch alle unsere Erinnerung."

Wir gingen langsam nebeneinander her, und Jonas erzählte: „Du hattest die Freundschaft mit Sarah, ich hatte Jussuf. Es war 1947, als es noch keinen israelischen Staat gab und ich noch mit meinem Freund Jussuf spielen durfte, der im benachbarten Dorf lebte, in einem palästinensischen Dorf. Unbeschreibliche Eindrücke, wenn morgens früh, noch vor Sonnenaufgang die Beduinen mit ihren Kamelherden aufbrachen. Nie werde ich das Geräusch der weichen Hufe auf Sand und Geröll vergessen. Diese Stille in der Dämmerung eines heraufziehenden Tages, nur unterbrochen von den fast lautlosen Bewegungen der Karawanen. Das waren Gerüche, Geräusche und Gesichter in einer Welt, die mir vertraut war. Oft war ich bei den Festen von Jussufs Familie dabei. Ich erinnere mich an unsere einfachen Mahlzeiten, bei denen ich so oft ein schlechtes Gewissen hatte, weil ich nicht nach den jüdischen Regeln koscher aß. Aber meine Eltern ließen mich gewähren."

Er schwieg, bevor er wehmütig schloss: „Nur einen Hund durfte ich nicht haben, Hunde sind dem jüdischen Glauben zufolge unrein. Ich hing so an Jussufs kleinem struppigen Hund, der einfach zu unserer Freundschaft dazugehörte."

Wieder machte er eine Pause, ich spürte, welche Überwindung es ihn kostete, weiter zu sprechen. Seine Stimme war ganz rau, als er hinzufügte: „Es war so furchtbar für mich, später auf dieses Volk schießen zu müssen."

Ich blieb stehen und nahm sein Gesicht in beide Hände. „Verzeih mir, Lieber. Ich lerne allmählich, dass nicht nur wir eine schreckliche Vergangenheit haben. Wir wissen so wenig. Dabei holt uns die Wirklichkeit immer wieder ein. Wir sind unschuldig. Und doch fühlen wir uns schuldig an der Schuld der andern."

Wir waren mittlerweile vorsichtig weiter über einen steinigen Abhang hinuntergestiegen. Einzelne Steine lösten sich unter unseren Schuhsohlen und stürzten polternd in die Tiefe. Um uns das Licht der gleißenden Sonne, flirrend erhitzte Luft, die sich über die Kahlheit der Felsen und Berghänge breitete, die geprägt waren von jahrtausendealten Spuren halbwilder Ziegenherden. Tief unten im Tal ein Wasserviadukt mit einer kleinen Palme. Fast ein Wunder in dieser Wüstenlandschaft.

Ich fühlte mich plötzlich klein und unbedeutend. Die Einsamkeit und Weite um mich herum und mein innerer Zustand entsprachen nicht mehr den Erfahrungen meines bisherigen Lebens.

Haltsuchend griff ich nach Jonas' Hand. Eine dünne, ausgewaschene gelblich graue Erdschicht bedeckte den ausgedörrten Boden. Vertrocknetes Dornengestrüpp unter unseren Füßen. Und überall herumliegende Steinbrocken. Aus denen der ständige Wind seltsame Skulpturen geformt hatte.

Unerwartet in dieser Landschaft tauchten die Türme eines Klosters auf. Es schien an der gegenüberliegenden Felswand zu kleben. Weiß leuchteten seine Mauern. Blau die Kuppeln. Unerreichbar für jeden Eindringling.

Ein steiler Abgrund trennte die Mauern von ihrer Umwelt.

Mir entfuhr ein Ausruf der Überraschung. Auf diesen Anblick war ich nicht gefasst. Totenstille lag über der Ungeheuerlichkeit der Wüste. Wieder fasste ich nach Jonas.
Meine Ergriffenheit konnte ich nur durch Berührung ertragen.

„Das St. Georgskloster", erklärte er. „Über tausend Jahre
war es zerstört. Und erst im letzten Jahrhundert bauten es
griechisch-orthodoxe Mönche wieder auf. Komm, wir setzen uns hierhin. Wir haben ja noch viel Zeit. Bis Jerusalem
ist es nicht mehr weit."

Eine seltsame Behauptung, dachte ich, denn in der leeren
Weite deutete nichts auf die Nähe einer Stadt hin.

Vorsichtig suchten wir uns einen festen Halt und ließen uns
auf dem weißen Kalkstein nieder.

Ich staunte immer noch über seine Worte. „Über tausend
Jahre unbewohnt! Ich finde, jeder Stein hier atmet Ewigkeit,
aber auch Erbarmungslosigkeit. Ob Gott sehr wütend gewesen ist, als er diese Wüste erschuf?"

Er lächelte. „Ein alter jüdischer Spruch sagt: *Als Gott lachte,
schuf er den Berg Hermon, wo die Quelle des Jordan entspringt,
und als er wütend war, tötete er ein Meer!*"

Ich stützte das Kinn in die Hand. „Wieder diese Nähe. Gott
wird einfach in das Geschehen einbezogen. Er scheint all-
gegenwärtig. Es ist mir unfassbar, und doch erdrückt es
mich nicht. Solche Empfindungen gehören einfach zu diesem Land."

Lange Zeit saßen wir schweigend. Jeder in sich selbst ver-
tieft. Es war mir, als strömten meine Gedanken ohne Worte.
Meine Gefühle ohne Höhen und Tiefen. Ein schwebender
Zustand des völligen Losgelöstseins.

Die Zeit verrann. Eingefangen in körperloser Stille.

Plötzlich erscholl vom Turm des Klosters wie aus unirdischer Ferne der dünne Ton einer Glocke zu uns herüber.

„Findest du es seltsam, dass ich mir vorstellen kann, in einer solchen Einsamkeit zu leben?" Ich hatte geflüstert. Als sollten meine Worte nicht das Schweigen der Wüste brechen.

Und dachte: ‚Jeder hat eine Landschaft, die zu ihm passt. Meine Landschaft ist die Wüste, so unerbittlich und unveränderlich, mit ihren sanften Schwüngen und klaren Linien. Ob Jonas mich verstehen kann?'

Auch seine Stimme war sehr leise, als er jetzt antwortete.

„Mein Gott, Sophie, du bist so erfüllt von Lebenserwartung. Du hast vor Tagen von einem zweiten Leben gesprochen. Glaubst du, du könntest es hier verwirklichen? In dieser Endlosigkeit aus Stein, Hitze und Leere?"

„Ich weiß es nicht. Ich stelle es mir als endgültige Selbstfindung vor. Wobei das eigene Ich gar keine Rolle mehr spielt. Wo nichts Äußerliches mehr wichtig ist."

Er nickte. Schwieg aber.

Ich versuchte Klarheit in meine Gedanken zu bringen. Ich wollte ihm unbedingt sagen, was ich empfand. Warum die Einsamkeit mich mit seltsamer Verführung anzog. Als berge sie Erfüllung und sogar eine Art Erlösung. Aber wovon wollte ich eigentlich erlöst sein? Ich wischte alle Grübeleien beiseite und wandte mich Jonas zu.

„Vielleicht hast du recht. Wollen wir hier das letzte Kapitel des Briefes lesen? Möglicherweise kann ich dann verstehen, warum ich so lange angelogen worden bin."

Es sollte nicht bitter klingen. Und doch merkte ich, dass ich noch immer aufbegehrte.

Fast stolz blickte er mich an. „Du hast Mut, das finde ich

toll. Ich wollte dich nicht danach fragen. Aber ich glaube, es ist ein guter Augenblick, um auch noch das Ende zu lesen."

Ich nahm das Heft aus der Tasche. Ich hatte mir angewöhnt, es ständig bei mir zu tragen, empfand es wie ein Testament, und unvermutet war all meine Verbitterung ausgelöscht.

Wie musste meine Mutter unter dieser Situation gelitten haben. Wo sie jetzt wohl ist? Ob ihr Leben anders geworden ist? Aber was heißt denn Leben? Woher kamen plötzlich diese Gedanken, die mir bisher immer so fremd waren? Verwirrt schaute ich Jonas an.

„Mir ist fast andächtig zumute. Was ich vor einigen Tagen nur aus einer Laune heraus gesagt habe, erscheint mir hier nicht mehr so undenkbar. Als würde die Tote bei uns sein. Darf ich noch etwas sagen, was mir gerade eingefallen ist, ohne dass du lachst?"

„Mut und Unsicherheit, bei dir liegen beide sehr nah beieinander. Ein bisschen kennst du mich doch schon, ich lache nicht über etwas, das dir wichtig ist."

„Danke. Ich habe das Gefühl, als könnte meine Mutter keine Ruhe finden, bis ich diesen Brief zu Ende gelesen habe. Ich denke manchmal an sie wie an einen Menschen in Ketten, verstehst du? Die Hände und Füße sind gefesselt, und es ist mir", nun zögerte ich doch, bevor ich ganz leise hinzufügte, „es ist mir, als würde sie mich anflehen, ihr endlich Frieden zu geben."

„Warum soll das so absurd sein? Sie hatte noch die Aufgabe, dir die Wahrheit zu sagen. Also konnte ihr Geist wahrscheinlich nicht die Ruhe finden, die er sich ersehnt. Ich glaube, das Geheimnis liegt in den paar letzten Seiten."

Ich begann, und es war mir, als hallte meine Stimme von den weißen, heißen Felswänden wider, durcheilte das Tal der Todesschatten und stieg in die dicken Klostermauern hinab.

„Ich musste einige Tage verstreichen lassen, bevor ich wieder schreiben konnte. Mit achtzig Jahren bin ich all den Emotionen, die plötzlich auf mich einstürmten, nicht mehr gewachsen. 55 Jahre sind seitdem vergangen. Ich kramte in alten Bildern, aber ich habe keines von Yoshua gefunden. Ich habe damals auch Tagebuch geführt. Die Aufzeichnungen sind in einer einzigen Nacht von den Bomben zerstört worden, wie alles andere auch

Diese Tagebücher waren mein einziger Widerstand, Widerstand gegen die Zeit, gegen das Grauenhafte, das dann geschah, aber auch gegen mein Schicksal. Sie waren sogar auch mein Widerstand gegen Wilhelm. Aber ich will Dir der Reihe nach berichten, damit Du alles verstehen kannst.

Als ich nach dieser Woche mit Yoshua in Wien nach Hause kam, erwartete mich Wilhelm völlig aufgelöst und verzweifelt.

Ich stellte erst einmal meine eigene Entscheidung zurück, ich hatte ja noch mein ganzes Leben vor mir, so jedenfalls dachte ich.

Wilhelm beichtete mir, dass er seit Jahren bei der Firma Unterschlagungen gemacht hatte und dass er, als er merkte, dass er das Geld niemals zurückzahlen könne, angefangen hatte, zu spielen.

Sophie, meine wunderbare Woche in Wien hatte er mir nur gestattet, weil er in dieser Zeit in Baden Baden auf der Spielbank war, um sein Glück zu versuchen und so eventuell seine Schulden zurückzahlen zu können.

Wie verzweifelt muss er gewesen sein. Und dann hat er auch noch verloren. Und jetzt?

Er stammelte etwas davon, dass er mir den Lebensstandard habe geben wollen, den ich von meinen Eltern her gewöhnt wäre. Ich sollte doch glücklich sein. Mit einem Wort, alles hatte er nur für mich getan. Und dass jetzt sein Leben zu Ende sei. Er wüsste gar nicht, woher er diese Unsummen nehmen sollte, immerhin waren es zehntausend Reichsmark, das war 1935 ein Vermögen. Aber das sei noch nicht alles, durch ihn käme ich jetzt ins Elend und außerdem, was würden denn seine Freunde aus der Verbindung sagen.

Sophie, bitte, staune nicht, heute klingt das alles furchtbar banal, heute würden wahrscheinlich viele Frauen ihrem Mann ins Gesicht lachen und endlich ihren Weg gehen.

Ich aber hörte nur seine Verzweiflung, ich empfand nur meine Unreife, meine Verantwortungslosigkeit.

Ich hatte mich um nichts gekümmert, hatte das Leben, das er mir bot, genauso selbstverständlich hingenommen, wie ich es von meinen Eltern gewohnt war. Also waren wir durch meine Schuld in diese Lage gekommen. Ich weiß heute, dass ich falsch dachte, dass ich Kristina hätte nehmen und gehen sollen, aber das war damals für mich überhaupt kein Thema mehr. Jetzt hatte ich bei meinem Mann auszuhalten, der für mich all das auf sich genommen hatte.

Nachdem Wilhelm gebeichtet hatte, war für ihn offensichtlich der schlimmste Moment überstanden. Damals wurde mir erst wirklich klar, welch ein schwacher Mensch er war und dass er immer auf die Hilfe von starken Menschen angewiesen sein würde. Die er dann allerdings auch für alles verantwortlich machen konnte, wenn einmal etwas schief ging. Er hatte sein Gewissen erleichtert, nun sollte ich wohl zusehen, woher Hilfe kommen könnte.

Ich war furchtbar entsetzt, als ich mir all dieser Gedanken bewusst wurde. Aber gleichzeitig erfüllte mich ein irrsinniges

Pflichtbewusstsein. Ich musste jetzt an der Seite meines Mannes
bleiben. Welch eine dumme Entscheidung, welch ein Irrtum! Und
dann erniedrigte ich mich auf eine fast unvorstellbare Weise.
Ich wusste, dass Yoshua reich war, und ich bat ihn, Wilhelm zu
helfen.
Sophie, liebe Sophie, welch eine grauenhafte Schuld habe ich da-
durch auf mich genommen. Ich werde es Dir später erklären, lass
mich erst weitersprechen. Sprechen von meinem Verzicht. Ich
schwor mir, wenn Yoshua uns helfen würde, dann wollte ich auf
ihn verzichten. Dann wollte ich mit meinem Glück, das in so
unerreichbare Ferne gerückt war, diese Hilfe bezahlen. Kannst
Du mir folgen? Wenn es möglich war, Wilhelm vor dem Gefäng-
nis zu bewahren, wollte ich mich opfern. Klingt das zu über-
trieben?
Oh Gott, es war viel mehr als ein Opfer, ich gab mich selbst auf.
Wilhelms Unterschlagungen waren in der Firma bekannt gewor-
den, und man hatte ihm eine Woche gegeben, seine Schulden zu
begleichen. Natürlich wurde ihm außerdem fristlos gekündigt.
Nun, ich will Dir nicht all mein Elend von damals beschreiben.
Ich kann es selbst heute in der Erinnerung und mit dem Abstand,
den ich davon habe, noch nicht einfach nur hinnehmen. Vielleicht
heute weniger als zu jener Zeit. Denn heute finde ich das Opfer
von damals noch viel schlimmer, weil es so schrecklich unnütz
war.
Aber als junge Frau hatte all das, was da so plötzlich über mich
hereingebrochen war, etwas Märtyrerhaftes an sich. Also doch
immer noch im Innern katholisch?
Schuld. Selbstopferung. Wiedergutmachung als „Ablass". Das
Schicksal der Märtyrerin?
Es wundert mich gar nicht, dass ich mich so völlig von jedem
Glauben abgewandt habe.

Selbst heute, wo der Tod wohl nicht mehr so weit entfernt ist.

Ich bin abgeschweift, eine schlechte Angewohnheit alter Menschen, entschuldige.

Ich sprach Wilhelm von meiner Absicht, Yoshua um Hilfe zu bitten. Ich glaube, damals kam ihm zum ersten Mal ein vager Verdacht, dass Yoshua nicht der Freund Johannas sei, sondern mir sehr nahe stand. Ich kann das natürlich nicht beweisen, aber ich glaubte, ein hassvolles Glitzern in seinen blauen Augen zu entdecken, das allerdings sofort wieder erlosch, denn auch er konnte sich dadurch eine Lösung seiner wirklich verzweifelten Lage ausmalen.

Nein, er nahm das nicht etwa selbst in die Hand. Er ließ mich an Yoshua schreiben.

Für ihn war mit seiner Beichte das Thema eigentlich so gut wie abgeschlossen. Nun sollte ich, die bis dahin behütete und umsorgte Frau, die Initiative ergreifen.

Und ich ergriff sie. Ich war von einem Tag zum andern „erwachsen" geworden. Ich konnte die Lösung aus einer völlig verfahrenen Situation finden! Warum sollte ich dann nicht auch in mir selbst anders werden, selbstsicher, reif, selbstverantwortlich?

Aber ich wurde auch hart. Das war wohl meine Rüstung, die ich mir von diesem Tag an zulegte, dem Tag, als ich aus Wien zurückgekommen war und meine eigenen Träume begraben hatte. Als ich als einziges Zeichen meiner verzweifelten Liebe nur Dich hatte, Dich – mein Kind von Yoshua. Und niemand durfte jemals etwas davon erfahren, auch Du nicht.

Ich möchte nicht darüber sprechen, wie Yoshua auf meine Eröffnungen reagierte. Er schaffte es sogar fast, mich noch einmal umzustimmen, als er meinte, dass er alles bezahlen würde, aber dass ich dann auch ein Recht auf meine Freiheit und auf meine Liebe hätte.

Doch er sprach mit einer Tauben. Ich verschloss mich all seinen Argumenten. Dennoch half er uns. Begreifst Du, was er für ein Mensch war?

Er fuhr nach Wien zurück, und ich sah ihn bis zu dem schrecklichen Jahr 1942 nicht mehr. Ich schickte all seine Briefe zurück. Und sagte ihm auch nicht, dass ich sein Kind erwartete. Ebenso wenig ließ ich ihn wissen, dass ich eine wunderbare Tochter bekommen habe.

Mein Leben mit Wilhelm war danach lange Zeit irgendwie tot. Ist es das richtige Wort, das unsere Lage erklärt? Ich weiß es nicht. Wir lebten nebeneinander her. Er ging in seinem Verbindungsleben auf. Geachtet und geehrt. Er hatte wieder eine Arbeit gefunden. Und er war ein guter Deutscher und hasste die Juden, vor allem, nachdem ihn die Hilfe durch einen Juden seiner Meinung nach so sehr gedemütigt hatte. Im Großen und Ganzen wurde er einer der vielen, vielen Mitläufer, bis 1942.

Als 1939 der Krieg ausbrach, war er einer der ersten, die sich freiwillig zum Militär meldeten. Wenn er mir schon nicht durch eine blendende berufliche Laufbahn hatte imponieren können, wollte er sich im „heiligen" Kampf fürs Vaterland hervortun.

Du spürst meinen Spott? Er war sehr lange Zeit meine einzige Waffe. Denn auch hier gelang es ihm nicht, zu „hohen Ehren" zu kommen. Als kleiner Gefreiter kehrte er mit einer starken Gelbsucht schon 1940 nach dem Frankreichfeldzug nach Hause zurück und war danach kriegsuntauglich. Eine Schande für den deutsch-nationalen Wilhelm.

Dennoch, damals machte ich noch einmal einen Versuch, ganz in meine Ehe zurückzukehren.

Ich wollte mich nicht umsonst geopfert haben. Meine Entscheidung gegen Yoshua sollte einen Sinn haben. Ich wollte wenigs-

tens eine einigermaßen gute Ehe führen und dachte, ein Kind könnte vielleicht noch einmal eine Chance für uns sein. So wurde Anfang 41 noch euer Bruder Christoph geboren."

Erschüttert hörte ich auf zu lesen.

„Das erscheint mir alles wie ein grausiges Gespenst, das plötzlich hinter Vorhängen auftaucht, die vor der Vergangenheit zugezogen waren."

Jonas antwortete nicht. Er hatte den Kopf in beide Hände gestützt, als lauschte er der Stimme der Toten, die aus diesen Zeilen sprach.

Nach einer Weile meinte er: „Ob dieses Leben wohl noch irgendeinen Sinn bekam? Wie viel ungelebte Gefühle. War das nicht auch Schwäche? Nicht nur Wilhelm war schwach. Er war nur der Opportunist, der für sich die scheinbare Stärke deiner Mutter ausnutzte, und sie sein ganzes Leben lang als Krückstock benutzte. Und das nennt man dann Liebe! Ich kann dich so gut verstehen. Zu diesem Mann gab es keinen inneren Weg. Selbst wenn er dein leiblicher Vater wäre. Aber wie wird ein Mensch so?"

Wie aus weiter Ferne antwortete ich: „Ich erinnere mich, dass Mutter manchmal von seinen Eltern sprach. Er musste eine sehr harte Kindheit gehabt haben. Seine Schwester war eine Lügnerin. Mit ihren Lügen schaffte sie es, die Eltern völlig auseinanderzubringen. Sie müssen in einer Wohnung gelebt haben, aber einer Wohnung mit zwei Eingängen. Zwei Schlafzimmern. Aber einem gemeinsamen Essraum. Meine Mutter erzählte von den Mittagessen damals."

Ich versuchte, mich genau zu erinnern. „Stell dir ein Esszimmer vor mit dunklen Möbeln vollgestopft. Ein langer Esstisch. Die Mutter an einem Ende. Der Vater am anderen.

Und dazwischen die beiden Kinder. Die schweren Samtvorhänge sperrten jedes Licht aus. Keiner sprach bei Tisch. Stumm wurden die Schüsseln herumgereicht. Kein Wort. Kein Lachen. Kein Lob für das Essen. Während des ganzen Jahres gab es jeden Montag Rühreier und Bratkartoffeln. Jeden Dienstag Kohlrouladen. Jeden Mittwoch Hackbraten, usw. Die Kinder brauchten nur das Essen zu riechen und wussten, welcher Wochentag war. Nach dem Essen erhob sich der Vater und wortlos ging die Familie auseinander."

Ich sprach jetzt sehr hastig, fast gehetzt.

„Bis auf ein Mittagessen. Mein Vater, entschuldige, Wilhelm, hatte sich Hasen angeschafft. Weiße und gefleckte und braune Hasen. Aber sein Herz hing vor allem an einem schneeweißen Hasen. Mit ihm schmuste das kleine Kind, das sich in der Kälte und Lieblosigkeit des Elternhauses krümmte." Ich zitterte vor Empörung.

„Dieser kleine Hase hörte schon auf die Schritte des Jungen, wenn er nach der Schule angelaufen kam, um nicht zu spät zu kommen. Denn neben dem Vater lag dessen Taschenuhr und wenn der Sohn nur eine halbe Minute zu spät zu Tisch kam, gab es bis zum nächsten Tag nichts mehr zu essen. Wurde vor ihm der Tisch abgeräumt, nachdem die andern drei fertig gegessen hatten. Und wie hungrig ist ein Zehnjähriger. Aber ob er überhaupt gewagt hat, sich solche Empfindungen einzugestehen? Ich denke immer an eine Gruft, wenn ich mir das Elternhaus von Wilhelm vorstelle."

Ich schwieg. Spürte wieder unsägliche Traurigkeit, wenn ich an den Rest der Geschichte dachte.

„Eines Tages reichte die Zeit nicht mehr, noch vor dem Essen seinen Hasen zu begrüßen. Er stürzte an den Tisch und kam gerade noch pünktlich. Hungrig verschlang er den

Braten. Allerdings wunderte er sich, wieso es diesmal mittwochs kein Hackfleisch, sondern einen Braten gab. Plötzlich unterbrach sein Vater die lähmende Stille am Tisch und fragte seinen Sohn, ob ihm das Essen schmecke. Erschrocken wegen der ungewohnten Stimme, wagte er nur zu nicken. Da meinte der Vater: du hast eben deinen weißen Hasen gegessen."

Ich merkte nicht, dass mir Tränen über das Gesicht liefen.

„Großer Gott!" Jonas Stimme klang fassungslos.

„Dass es so etwas gibt. Wie viel Hass und Sadismus und das einem Kind gegenüber. Bestimmt hat deine Mutter Wilhelm deshalb auch viel nachgesehen. Aber warum ändert ein Mensch sein Leben nicht, wenn er selbst so schreckliche Erfahrungen gemacht hat?"

Ich schwieg. Wie kann ein Mensch denn Liebe geben, wenn er nie welche bekommen hat, fragte ich mich erschüttert.

13

Nach einer Weile meinte Jonas: „Willst du weiterlesen? Wir haben noch Zeit. Deine erste Begegnung mit Jerusalem soll im Abendlicht sein."

„Gut!" Mühsam kehrte ich in die Gegenwart zurück.

„Es sind nur noch ein paar Blätter. Was wohl mit Yoshua geschehen ist? Ob er sich wirklich so widerspruchslos in die Entscheidung meiner Mutter gefügt hat?"

Zögernd las ich weiter.

„Und dann geschah das Unfassbare. Ich glaube, es gibt Geschehnisse in unserem Leben, die wir nie überwinden können. Sie begleiten uns, zuerst stündlich und täglich und dann sind sie irgendwann schattenhaft Teil unseres Selbst geworden.

Es war im Januar 1942, morgens gegen zehn Uhr. Es schellte an der Tür. Wilhelm war bereits zur Arbeit gegangen. Ihr beiden Mädchen wart in der Schule und im Kindergarten. Christoph spielte in seinem Zimmer. Es war ein ruhiger Wintermorgen, eine blasse Sonne versuchte die Wolken zu verdrängen. Ich schälte Kartoffeln und hörte im Radio ein Cellokonzert von Antonin Dvorak.

Aus meiner Beschreibung kannst Du ersehen, dass mir jede Minute noch immer lebhaft gegenwärtig ist. Ich ging zur Tür und öffnete. Vor mir stand Yoshua.

Fünf Jahre hatte ich ihn nicht gesehen. Jeden Tag an ihn gedacht. Aber vor mir stand nicht der strahlende Geliebte meiner Erinnerung. Ängstlich schaute er sich um, stieß mich fast zur Seite, um so schnell wie möglich in die Wohnung zu kommen.

Bat mich, die Tür sofort wieder zu schließen.

Ich zitterte, war fassungslos. Nicht nur wegen der Überraschung des völlig unerwarteten Wiedersehens. Viel mehr noch über die Verstörtheit Yoshuas. Über die offensichtliche Panik, die ihn geradezu schüttelte.

Obgleich ich mich an jedes unserer wenigen Worte erinnere, gebe ich Dir hier nicht unser Gespräch wieder. Nur so viel, er war gekommen, um uns um Hilfe zu bitten. Wir sollten ihn verstecken und ihm irgendwie zur Flucht aus Deutschland verhelfen. Er hatte sich nach der Annexion Österreichs durch Hitler verstecken können und, in mir unverständlicher Arglosigkeit, geglaubt, nicht wirklich in Gefahr zu sein. Dabei fühlten sich die Österreicher mit Begeisterung Deutschland zugehörig. Er hätte wachsamer sein müssen. Aber dank seines Vermögens, das ein Freund für ihn verwaltete, brauchte er nicht zu arbeiten, so dass er ein eher unauffälliges Leben führen konnte. Vor ein paar Tagen nun war er von irgendjemandem verraten worden.

Wieder war es ein Freund, der ihn kurz vor der Verhaftung durch die Gestapo warnen konnte. Yoshua ließ alles liegen und stehen und flüchtete. In seiner ersten Panik waren nur wir ihm eingefallen.

Sophie, wie er so hilflos und ängstlich vor mir saß – ich hätte sofort alles verlassen mögen und mit Dir an der Hand ihm folgen, wohin ihn auch sein Weg und seine Flucht führen würden. Aber nichts von all dem äußerte ich. Wie konnte ich ihn mit uns belasten? Wie durfte er gerade jetzt von Dir erfahren?

Auch das war wieder ein Fehler von mir. Vielleicht hätte er dann ganz anders gekämpft. Ich dachte nur daran, wie ihm zu helfen sei, wie er zu retten wäre. Denn längst war die Verfolgung der Juden kein Geheimnis mehr. Spätestens seit der Reichskristallnacht, wie diese fürchterliche Nacht zynisch von den Nazis genannt wurde, gab es keine Zweifel mehr daran, dass die Juden aus Deutschland und allen von Deutschen besetzten Gebieten verschwinden mussten. Es wunderte mich, wie er es so lange verstanden hatte, einer Abschiebung und den Arbeitslagern, wie harmlos das klang, was doch die Hölle war, zu entkommen.

Manchmal erzählte Johannas Mann, wenn er von der Ostfront auf Urlaub kam, hinter vorgehaltener Hand von unglaublichen, entsetzlichen Dingen. Von Todeslagern und Massensterben, von brutalem Mord und Ausrottung. Ich sträubte mich, daran zu glauben. Aber jetzt schnürte mir die Angst die Kehle zu.

Nur einer konnte helfen, Wilhelm. Er war als Deutscher völlig unbescholten, und im Grunde war er Yoshua schließlich noch heute zu Dank verpflichtet. Ich rief ihn in der Firma an und bat ihn, so schnell wie möglich nach Hause zu kommen.

Das war der schlimmste Fehler, den ich in meinem Leben gemacht habe.

Eine halbe Stunde später öffnete er die Haustür und blieb wie erstarrt stehen. Alle seine Empfindungen spiegelten sich in Sekundenschnelle auf diesem Gesicht. Erstaunen, Hass, Triumph und nationalistische Überheblichkeit gegen einen solchen Untermenschen, der hier in seinem schönen Heim, auf seinem Stuhl saß. Er hörte sich Yoshuas Bericht scheinbar ruhig an, stand auf und versprach zu helfen.

Der Ton seiner Stimme hätte uns warnen sollen, die Härte in seinen Augen, die kaum verhohlene Verachtung. Mit einmal war mir klar, dass er von uns wusste, wenn ich auch bis heute annehmen kann, dass Du für ihn seine Tochter warst. Er hätte nie und nimmer ertragen, sich so etwas einzugestehen. Er ging zum Telefon. Unsere Augen hingen gebannt an ihm. Und dann wurde mir mit einem Schlag bewusst, was er tat.

Ich schrie, ich fiel ihm in den Arm, ich drückte die Gabel des

Telefons nieder, aber es war bereits zu spät.

Mein liebes Kind, es waren die fürchterlichsten Augenblicke in meinem Leben. Es war nicht nur der Verrat an einem Freund. Es war nicht nur die Feigheit Wilhelms, die endlich seinen erbärmlichen Charakter aufzeigte. Es war das Bewusstsein, meine Liebe hat den Menschen, der mir am allermeisten in meinem Leben etwas bedeutet hatte, an die SS ausgeliefert.

Schon hörten wir ein Auto vorfahren. Hörten das energische Türenschlagen. Die genagelten Stiefel auf der Treppe. Yoshua war völlig ruhig sitzengeblieben. Seine vorherige Angst war einer mir unbegreiflichen Gefasstheit gewichen. Er wusste wohl, dass jede Flucht unsinnig wäre. Aber es war keine ergebene Ruhe. Er war gewiss kein Fatalist. Ich hatte vielmehr das Empfinden, als wäre er am Ende seines Weges angekommen. Als hätte auch sein Leben mit unserer Liebe angefangen und musste, irgendwie folgerichtig und zwanghaft, hier bei mir enden. Und das empfand ich als eine erdrückende und unerträgliche Schuld.

Fast größer noch als Wilhelms Verrat, der irgendwie noch entschuldbar war, denn endlich konnte er sich an dem verhassten Rivalen rächen.

Ich wollte mit meinem Körper Yoshua decken. Wollte ihn beschützen. Wilhelm riss mich zurück. Nebenan heulte Christoph. Im Radio spielten sie einen Walzer von Johann Strauss.

Die Männer verhöhnten Yoshua, der noch immer ruhig auf seinem Stuhl saß. Sie rissen ihn hoch, stießen ihn vor sich her. Er rollte die Treppe hinunter. Und dann hörte ich doch noch einmal seine Stimme. Sophie, es war ein grauenhafter Schrei.

Seine ganze Verzweiflung, seine Auflehnung, aber auch seine Liebe und Sehnsucht lagen in diesem einen einzigen Wort, im Schrei meines Namens.

Frag mich nicht nach den nächsten Tagen, ich weiß nicht, wie ich sie überlebte. Zuerst lief ich von Amt zu Amt, um zu erfahren, wohin man Yoshua verschleppt hatte. Aber bald spürte ich, dass ich begann, für meine Kinder eine Gefahr heraufzubeschwören, wobei mir Wilhelm völlig gleichgültig war und ich mir selbst auch. Aber für Euch fürchtete ich. Daraufhin unterließ ich alle Nachforschungen.

Irgendwann nach dem Krieg konnte ich herausbringen, dass Yoshua erst nach Dachau und dann nach Auschwitz gebracht worden war."

„NEIN!" Der Schrei sprang über auf die Hänge. Prallte an den Klostermauern ab. Fing sich in dem engen Tal. Kehrte doppelt und dreifach zurück. Verzerrt und verzweifelt.

Jonas saß wie erstarrt. Dann spürte ich seine Arme. Er umschlang mich, wiegte mich wie ein kleines Kind. Ein langes Schweigen.

Viel später erst: „Arme Sophie, musstest du das alles erfahren? Warum hat deine Mutter nicht für immer geschwiegen." Er zögerte, überlegte. „Nein, das wäre schlimmer gewesen. Es ist so lange her. Du musstest erfahren, wer dein Vater war. Und was mit ihm geschah."

Seine Worte erreichten mich nicht wirklich. Sie umgaben mich wie hörbare Stille.

Erst langsam wurde ich mir wieder meiner Umgebung und der Wärme von Jonas' Nähe bewusst. Und dann hörte ich seine Stimme. Verstand Worte.

Er hatte das aufgeschlagene Heft mit der einen Hand aufgehoben und las nun die letzten Absätze.

Wie schlafend und gleichzeitig hellwach lauschte ich dem Klang seiner Stimme und dem Inhalt der Worte.

„Liebe Sophie, es sind doch Wochen geworden, in denen ich an diesen paar Blättern an Dich schrieb. Oft musste ich unterbrechen, holte mich das Grauen von damals ein. Hatte ich nicht genug Kraft, die Vergangenheit so deutlich wieder aufleben zu lassen. Aber ich habe es zu Ende gebracht, und ich bin froh, dass ich nun doch noch den Mut hatte, Dir die Wahrheit zu sagen.

Über mein Leben, Du kennst es, ist nicht mehr viel zu sagen. Ich trennte mich, mir selbst unverständlich, nicht von Wilhelm, zumindest äußerlich. Ich machte alle Stationen seines leeren Lebens mit und selbst sein Tod – Ihr habt das nicht so mitbekommen, denn Ihr wart bereits alle aus dem Haus – war so erbärmlich wie sein Leben. Ich weiß, er war schwer krank, und er litt. Klagend und jammernd überließ er sich seinen Schmerzen. Er ertrug nichts, er war für nichts, für gar nichts in seinem Leben stark genug. Ich sollte seine Schwäche tragen. Aber es machte mir nicht mehr viel aus. Ich war damals, in jenem fernen Januar gestorben.

Von da an gab es nur noch Euch, und Euch wollte ich zu starken, zu selbstständigen Menschen erziehen. Zumindest in dem Grade, wie es mir möglich war.

Eine einzige Woche im Jahr machte ich allerdings zu einer festlichen Zeit. Die zweite Woche im Juli. Die Woche, die ich zum letzten Mal mit Yoshua in Wien zusammen gewesen war. Die Tage, in denen wir Dich zeugten. Ich gab nie eine Erklärung dafür ab, warum wir diese Woche feierten. Es war unser Sommeranfang, das musste Euch als Grund genügen. Aber es sollte ein unvergesslicher Teil Eurer Kindheit und Jugend sein.

Ansonsten wehrte ich mich gegen jede gefühlsmäßige Bindung. Obgleich ich mich so oft besonders nach Deiner Liebe gesehnt hatte. Und doch warst gerade Du diejenige, die am wenigsten *davon wissen sollte. Deshalb war ich oft genug mit Dir am strengsten.*

Wie viel habe ich mir in meinem Leben selbst zerstört, weil ich meinen Gefühlen nie nachgegeben habe

Lass es mich Dir heute einmal sagen: Ich liebe Dich, Sophie. Du bist der einzige Mensch, dem ich seit mehr als fünfzig Jahren noch ein solches Empfinden entgegenbringen kann. Das schmälert nicht die Liebe zu meinen beiden anderen Kindern. Sie war nur anders, so völlig anders.

Sei nicht zu traurig. Wenn der erste Schock über all diese Eröffnungen verklungen sein wird, ist es sogar möglich, dass Du dankbar dafür bist, nicht die Tochter Wilhelms zu sein.

Du hattest einen wunderbaren, großzügigen und sehr geliebten Vater. Leb wohl, Sophie.

14

Lange dauerte das Schweigen zwischen uns. Die Zeit war für mich stehengeblieben und in der Wärme von Jonas' Arm fühlte ich mich beschützt. Eine tiefe Ruhe war über mich gekommen.

Dass er die letzten Seiten des Briefes vorgelesen hatte, war mir ganz natürlich erschienen, so kam der Trost nicht nur von den liebevollen Worten meiner Mutter, sondern gleichzeitig von diesem Mann, den ich zwar als Mann liebte, aber in einem seltsamen Schweben zwischen Traum und Wachen dachte, er könne der so schnell wieder verlorene Vater sein. Und, vielleicht zum ersten Mal in meinem Leben, fühlte ich mich aufgefangen. Empfindungen, die mir bis jetzt fremd gewesen waren. Möglicherweise hatte ich noch nicht einmal gewusst, dass ich dieses Erleben des Angenommenwerdens so schmerzlich vermisst hatte.

In meine Gedanken drang leise die Stimme von Jonas: „Sophie, du magst doch so sehr Gedichte. Es gibt ein ganz großes Poem über den Untergang des jüdischen Volkes. Es fängt so an.

Sing, – nimm die Harfe in die Hand, – nackt, leer und zwing – auf ihre dünnen Saiten – dein Finger schwer – Wie Herzen – schmerzzerquält das Lied – das letzte sing – sing von den letzten Juden auf Europas Erd.“

„Wer hat das geschrieben?“ Wie schwer mir das Sprechen fiel.

„Eigentlich war er nur ein Lehrer, der gern dichtete, unser Jizchak Kazenelson. Und dann kamen die Nazis. Er wurde

146

verfolgt. Er kam ins Getto nach Warschau. Verlor seine Frau und zwei seiner Söhne. Da muss etwas in ihm aufgebrochen sein. Er fand plötzlich Worte, um Geschehnisse aufzuschreiben, die eigentlich nicht aussprechbar waren. In Vittel, in einem Konzentrationslager in Frankreich, schrieb er den großen Gesang über die Ermordung des jüdischen Volkes. Er vergrub das Manuskript. Es überlebte ihn, denn noch 1945 wurde er zusammen mit seinem letzten Sohn Zwi nach Auschwitz gebracht und dort ermordet."

Wieder war es lange Zeit zwischen uns still.

Ich spürte die Leere der Wüste. Ihre Kargheit war für mich zu einem Ort der Wahrheit geworden. Es gab keinen Fluchtpunkt in ihr, an dem ich mich festhalten konnte. Ich musste mich mich meinen eigenen Gedanken und Gefühlen stellen. Und fühlte mich entsetzlich verloren. Wieder war es Jonas' Stimme, die diese Verlorenheit durchdrang.

„Der Tod deines Vaters steht für so viele Tode, genauso wie die Ermordung Kazenelsons. Ich habe einen kleinen Gedichtband. Darin findest du über viele Dichterinnen und Dichter eine kurze Biographie und hinter fast jedem Schicksal steht: Ermordet in Auschwitz. Umgekommen in Warschau. Ermordet von ukrainischen Nationalisten in Galizien. Erschossen im Warschauer Getto. Hingerichtet in Wilna bei der deutschen Invasion. Aber immer und immer wieder: Ermordet in Auschwitz, umgekommen in Auschwitz."

Seine Stimme klang jetzt fast prophetisch: „Auschwitz wird wie die Stätten des frühen Judentums für alle Zeit mit dem jüdischen Volk in Verbindung gebracht werden. Deine Eltern sind ein Teil dieses Leides, und um das nicht allein ertragen zu müssen, bist du nach Israel gekommen. Ich glaube, wenn du das, was in diesem Brief gesagt wird, annehmen kannst, wirst du dankbar sein."

„Dankbar?" Abrupt hatte ich mich von ihm gelöst. „Für was denn? Für das Leid meiner Mutter? Für die Ermordung meines Vaters? Für den Verrat Wilhelms?"

„Sophie, erinnerst du dich, du hast einmal gesagt, du seist als Suchende gekommen. Ich glaube, alles musste so geschehen, wie es geschehen ist. Vorbestimmung ist doch nicht unbedingt nur positiv."

Ich schaute auf das nahe und doch so ferne Kloster St. Georg. Blickte über die hellen Wüstenhänge. Verlor mich einen Augenblick in der Endlosigkeit des Himmels, bevor ich mich Jonas zuwandte.

„Ich kann dir nicht folgen. Begreifst du denn nicht, es geht um meine Eltern. Der Mann, den ich bisher für meinen Vater hielt, war das Urbild des Nazis. Und die haben nicht nur die Juden, Russen oder Polen zu Untermenschen erklärt und ausgelöscht. Was haben sie denn mit meinem eigenen Land gemacht? Sie haben in nur zwölf Jahren Deutschland in diesen Abgrund der Unmenschlichkeit gerissen. Das erschüttert mich. Es macht mich aber auch grenzenlos wütend. Ich muss mich heute dafür entschuldigen, eine Deutsche zu sein! Hier, in deinem Land, habe ich mich nicht gewagt, deutsch zu sprechen! Das ist ein furchtbares Empfinden. Und immer wieder die bohrende Frage. Wie konnte das geschehen? Und jetzt die Lebensgeschichte meiner Mutter. Ich begegne einem solchen Nazi, und er ist scheinbar ein ganz normaler Mensch." Ich schwieg, bevor ich irgendwie abschließend noch hinzufügte: „Ich möchte so gern die Spur meines Vaters suchen. Wenn es auch nicht seine persönliche ist, aber vielleicht ihn in seinem Volk finden. Hilf mir dabei, bitte."

Er schaute mich grübelnd an. „Es muss ein schreckliches Erbe sein, unschuldig verantwortlich gemacht zu werden für eine Vergangenheit, die einen immer wieder einholt. Vielleicht ist es für mich wirklich schwer, zu begreifen. Mein Volk war immer das verfolgte. Es ist leichter, sich damit zu identifizieren."

Etwas später meinte er: „Komm, wir fahren nach Yerushalayim. Weißt du noch, wie ich dir die Farben von Nazareth beschrieb? Es ist die weiße Stadt Israels. Jerusalems Steine dagegen sind rötlich, und die Legende meint, es sei der Widerschein des vielen Blutes, das hier schon vergossen wurde. Trotzdem ist die Stadt immer wieder aufgebaut worden, achtzehnmal seit ihrem Bestehen. Gibt das nicht Mut?"

Wir hatten uns bei seinen letzten Worten erhoben. Mir schien es, als hätten wir auf diesem kahlen weißen Felsen Tage verbracht. Die Gegenwart war mir, für eine mir endlos erscheinende Zeit, abhandengekommen.

Ich bückte mich nach einer kleinen, irisähnlichen Blüte, die sich lilafarben aus dem kargen Gestein drängte und steckte sie zwischen die Seiten des Heftes der Mutter.

Schweigend legten wir den Weg nach Jerusalem zurück. Die Straße stieg immer weiter an. Zu beiden Seiten Wüste. Stein und flimmernde Luft.

Am Rand der Straße eine Siedlung. Eingezäunt mit Stacheldraht. Vor uns die ersten Anzeichen einer Stadt. An beiden Seiten der Straße Steinhäuser, Schrebergärten und ein Kirchturm, mit einer kleinen schiefergedeckten Kuppel. Und dann waren wir auf einer breiten Autobahnanfahrt mit hektischem Verkehr und Benzingestank.

„Ich fahre noch nicht zum Hotel", unterbrach Jonas das

Schweigen, „sondern zuerst zum Ölberg. Ich möchte dir Jerusalem so zeigen, dass du es nie mehr vergessen wirst."

Ich konnte nur nicken, fühlte mich zweigeteilt. Noch war ich in der Wüste vor dem St. Georgskloster. Konnte mich nicht vom Brief der Mutter lösen. Duckte mich innerlich unter den Eröffnungen, denen ich mich so plötzlich ausgeliefert fühlte. Andererseits war ich hier und hatte mit allem gerechnet, nur nicht mit diesem Großstadtgewirr. Obgleich ich nicht genau wusste, was ich erwartet hatte. Die Großartigkeit von El Kuds – der Heiligen?

Die Andersartigkeit von Yerushalayim, der Stadt der Juden oder Jerusalem, die Stätte der Christen mit Grabeskirche und Via Dolorosa? Ich hatte mir vorgestellt, dass das Einmalige, was Jerusalem in der ganzen Welt bedeutet, diese Stadt so geprägt habe, dass sie nicht alltäglich wirken könnte.

Erstaunt musste ich feststellen, wie wirklichkeitsfern meine Vorstellungen gewesen sind, mit denen ich mir diese Reise ausgemalt hatte.

Und dann lag Jerusalem vor uns, und es war alles so, wie ich es mir erträumt hatte. Die Abendsonne tauchte die Stadt in ein Licht, das verklärte und gleichzeitig allem eine helle Deutlichkeit gab. Am Abhang des Ölbergs breitete sich der große jüdische Friedhof mit seinen blendend weißen Grabsteinen aus. Und auf diesen Gräbern lagen unzählige kleine Steine. Keine Blume. Kein Kranz. Keine Kerze. Nur die hellfarbigen Kiesel.

„Wir Juden legen keine Blumen auf unsere Gräber, sondern Steine."

Jonas war hinter mich getreten, nachdem er mich einige Minuten allein gelassen hatte, damit ich den ersten

Eindruck von dieser Stadt ungestört in mich aufnehmen konnte.

Er fuhr fort: „Und über unseren Friedhöfen darf auch nicht gebaut werden, wenn sie auch noch so alt sind. Straßen müssen mit Brücken über die Anlagen geführt werden, damit die Toten am Tag des Jüngsten Gerichts mühelos auferstehen können."

Er schien in Erinnerungen zu versinken. Schweigend standen wir nebeneinander, als er nach einer Weile anfing zu erzählen: „Ich war schon lange verheiratet und lebte längst in London. Meine Mutter war tot. Der Vater starb wenige Jahre später. Damals, als ich nach Jahren wieder nach Jerusalem zurückkam, lebte er allerdings noch. Er führte mich zu einem der großen internationalen Hotels und meinte: Da liegt deine Mutter begraben.

Ich verstand nicht, was er wollte. Aber dann begriff ich: den kleinen Friedhof, auf dem meine Mutter beerdigt war, hatten sie plattgewalzt und ihren Luxusbau darauf errichtet. Es war eine der wenigen Male, wo ich mit unwahrscheinlicher Intensität meine jüdische Erziehung empfand. Ich hasste die Fremden, die eine Tradition verhöhnten, ohne Rücksicht, ohne Achtung. Ich wollte damals sogar prozessieren, aber ich kämpfte umsonst gegen die Macht des Geldes. Über das Grab meiner Mutter trampeln seither Tausende von Touristen. Erhebt sich vielleicht die Bar des Hotels oder das Restaurant. Seitdem habe ich die großen Hotels gemieden. Außer vor ein paar Tagen in Tel Aviv. Aber Tel Aviv ist nicht Jerusalem."

Ich griff nach seiner Hand. Wie gut konnte ich seine Ohnmacht nachempfinden.

Gedankenverloren schaute ich den Menschen zu, die

zwischen den Gräbern eine Trauerfeier abhielten. Schwarz gekleidete Gestalten mit breitkrempigen Hüten zwischen grell-weißen Gräbern.

'Mein Vater hat kein Grab und für die vielen Millionen in den Lagern umgebrachten Juden gab es höchstens das Massengrab oder die Kalkgruben', wollte ich sagen. Aber ich schwieg.

Wieder diese innere Spaltung. Würde es mir je wieder möglich sein, mit meinem neuen Wissen so weiter zu leben wie bisher? Mein Vater war Jude und der Mann, den ich sechzig Jahre lang für meinen Vater gehalten hatte, war für seine Ermordung verantwortlich. Mit seinem Verrat hatte er auch einen Teil meines eigenen Lebens ermordet. Ich spürte, wie ich zu versinken drohte in dem Unfassbaren, das in mein Leben getreten war.

Ich war Jonas dankbar, dass er anscheinend nichts von meiner Verwirrung merkte, denn im Ton eines Reiseführers meinte er jetzt: „Siehst du dort das Kidrontal? Der Tradition nach erschallen Posaunen, wenn der Tag der Auferstehung der Toten anbricht. In diesem Tal soll dann das Jüngste Gericht stattfinden."

Wieder schwieg ich, zu sehr von dem beeindruckt, was sich meinen Blicken darbot. Zu unseren Füßen breitete sich das alte und das moderne Jerusalem aus. Gekrönt vom Felsendom mit der im Abendlicht glänzend goldenen Kuppel.

Erstaunt dachte ich, dass die Stadt weder christlich noch jüdisch ist.

Beherrscht vom Felsendom und nicht weit da-von entfernt die silberschwarze Kuppel der Al Aksa Mo-schee schien Jerusalem von hier oben aus El Kuds – die Heilige, die Stadt der Moslems zu sein.

Jonas war nun doch der perfekte Reiseführer, als er mit weiter Geste auf eine weiße Kirche deutete.

„Siehst du die Kirche mit den vielen kleinen goldenen Türmen? Das ist die russisch-orthodoxe Magdalenenkirche. Morgen oder übermorgen setzen wir uns dort unten auf die Mauer und, wenn du willst, erzähl ich dir die Geschichte von Maria Magdalena. Der schwarz-weiße Kirchenbau mit dem seltsamen Dach ist die Dominus flevit Kirche. Sie ist auf dem Felsen erbaut, auf dem Jesus über das Schicksal der Stadt geweint hat. Und gleich in der Nähe die Kirche der Nationen. Besser gefällt mir ihr anderer Name, nämlich ‚Todesangstkirche‘.“

Fragend schaute ich ihn an. „Warum Todesangstkirche?“ Und dachte, ob Yoshua auch Todesangst gefühlt hat – damals? Wie lange sein Sterben gedauert haben mag? Auf was fiel sein letzter Blick? Auf die Toten rings um ihn herum? Vielleicht auf eine kleine Blume, verirrt und einzeln in schwarzer Erde? Was war das letzte, was sein Ohr vernahm? Ein Schrei, ein Gebet, ein Befehl? Oder war es der Wind?

Längst hatte ich meine Frage vergessen, als Jonas antwortete: „Du erinnerst dich an die Worte von Jesus. Vater nicht wie ich will – DEIN Wille geschehe! Nach einer Nacht der Angst und Auflehnung gegen den Tod soll er diesen Satz hier gesprochen haben.“

Ich seufzte. „Das ist für mich der schwerste Satz im ganzen Vater Unser. Wenn ich ihn wirklich annehmen könnte, müsste ich ergeben in mein Schicksal sein. Das bin ich aber oft nicht.“

Und leise für mich fragte ich, ob mein Vater wohl sein Schicksal angenommen hatte.

Worte, wie 'DEIN Wille geschehe' oder 'vergib Ihnen, denn sie wissen nicht, was sie tun', waren mir schon von jeher schwer verständlich. Dazu gehörte eine Größe, die ich mir nicht zutraute. Oder war es gar nicht Größe, sondern Glaube? Gottvertrauen?

Ich wandte mich Jonas zu: „Ob Yoshua zu solchen Gedanken fähig war? Seine Mörder wussten doch ganz genau, was sie taten. Es gibt keine unschuldigen Täter."

Er legte sanft den Arm um meine Schultern. „Sophie, bitte sprich. Sag alles, was dir durch den Kopf geht. Ich möchte dir helfen. Du bist so unvorhergesehen in eine quälende Vergangenheit gestoßen worden. Erinnerst du dich an den See Genezareth und die Worte meines Freundes zum Sonnenaufgang? Yehuda sprach nicht sehr gut deutsch, deshalb wirkte alles so kindlich unschuldig, was er sagte. Aber es hat mich beeindruckt. Er meinte einmal. 'Gott ist unser Vater, doch wir sind sehr viele Kinder – er kann sich nicht gleichzeitig um uns alle kümmern. Aber wenn du kommst und sagst, Vater, ich habe ein Problem, da wird ER sagen, entschuldige, es tut mir so leid, dass ich mich nicht um dich gekümmert habe. Jetzt habe ich alle Zeit der Welt nur für dich, lass uns sprechen'."

Ich beherrschte mich nur mühsam. „Wir haben schon einmal davon gesprochen, aber ich frage wieder, wo war denn dieser Gott damals in Auschwitz? Was wurde seinen Kindern angetan! – und er griff nicht ein. Da ist es leichter für mich, das zu glauben, was deine Rabbiner sagen, Gott ist nicht denkbar, er ist nicht erreichbar."

Unversehens erfüllte mich eine unsagbare Traurigkeit. Gerade dieser Kinderglaube, von dem Jonas eben gesprochen hatte, wäre so hilfreich.

Ich aber näherte mich immer mehr dem Gottesbild der Juden: hier Gott und da seine Schöpfung. Mehr gab es nicht.

Wärme suchend lehnte ich mich an Jonas. Unerwartet war ein eisig kalter Wind aufgekommen und ich fror. Innerlich und äußerlich.

Wie weich seine Stimme klang. „Du musst dir Zeit lassen. Du bist jetzt so traurig und zornig, dass alles andere ausgelöscht scheint. Aber wir Juden", er lächelte mich zärtlich an, „wir haben doch das Überleben gelernt. Und damit meine ich nicht die bloße Existenz. Sondern auch die Lebensfreude."

Er drehte mich sanft in die Richtung, aus der wir gekommen waren. Wo sich endlos die Wüste dehnte. Und deutete mit der Hand in die Weite.

„Schau, von hier sind alle gekommen. Eroberer. Terroristen. Kreuzritter und Heilige. Opfer und Täter und auch Euer Jesus. Und was wollten sie?" Wieder drehte er mich der Stadt zu. „All das hier!" Mit einer alles umfassenden Handbewegung wies er auf Kirchen und Moscheen, Hochhäuser und Friedhöfe, das Kidrontal und den Ölberg. „Und Jerusalem hat alles überlebt. 48 große Belagerungen und Zerstörungen in den vergangenen 40 Jahrhunderten. Und wie oft haben sich die Menschen wohl gefragt: ‚Wo ist Gott'."

Er hatte sehr bewegt gesprochen.

Langsam wurde ich mir mit Verwunderung und einer vorsichtigen Freude wieder bewusst, dass ich auf dem Ölberg stand. Hoch oben über Jerusalem. Wie anders hatte ich mir die Reise in dieses Land vorgestellt. Und nie hätte ich gedacht, dass so viel Intensität des Erlebens überhaupt möglich wäre.

Ich spürte, wie mich Jonas beobachtete. War es so leicht, meine Gedanken zu erahnen? Denn still lächelte er mir zu. Nach einer Weile meinte er: „Komm, wir fahren ins Hotel. Morgen fange ich an, dir die Stadt zu zeigen, aber nicht als Fremdenführer. Du wirst dir die Stadt zu eigen machen, wie ich es auch getan habe."

Sehnsüchtig sagte ich: „Ich möchte diese Stadt riechen, anfassen, sehen, hören. Und mich in ihr verlieren. Glaubst du, dass es möglich ist, stellvertretend für einen Toten etwas zu erleben? Yoshua war gewiss nie in Jerusalem. Ich möchte auch für ihn die Stadt entdecken. Kannst du das verstehen?"

„Ja, ich kann dich verstehen. Jehuda Amichai, einer unserer Dichter, hat einmal gesagt. 'Jerusalem ist eine Hafenstadt am Ufer der Ewigkeit.' Ist es nicht das, was du empfindest? Wir werden sie gemeinsam neu entdecken. Es wird wunderbar werden, Liebes." Aus seiner Stimme klang so viel Zärtlichkeit, dass ich erschauerte. Schnell hatte er den leichten Ton wiedergefunden, als er hinzufügte: „Komm, lass uns fahren. Es ist interessanter bei Tageslicht durch die Stadt zu fahren und vor allem nach Mea Shearim zu kommen."

15

„Wir fahren an der Altstadt entlang bis zur Hanevi'im Straße, die auf das orthodoxe Viertel von Mea Shearim führt und dann zum Central Hotel in der Pines Straße", erklärte Jonas mir den Weg.

Das Hotel lag mitten im Gewühl von Straßen und Wohnungen. Von engbrüstigen Häusern, die sich dicht aneinander drängten. Auf den winzigen Balkons flatterte Babywäsche. Vor den Eingängen der Häuser waren schwere Eisentüren oder Gitter angebracht. Kein freier Blick wie im Paradise Hotel von Tiberias. Kein Seewind wie in Tel Aviv.

Als wir durch den überdachten Vorhof ins Innere des Hotels traten, fühlte ich mich in die Welt des Schtetl aus Polen oder Russland versetzt.

In der Hotelhalle und im schlichten Aufenthaltsraum nur Männer – junge und alte – in dreiviertellangen schwarzen Hosen, weißem Hemd mit Stehkragen, darüber einen langen schwarzen Kaftan. Das ungeschnittene Haar bedeckte ein schwarzer breitkrempiger Hut oder eine Pelzkappe, mit einem Fuchsschwanz verziert. Die durchweg schmalen, blassen Gesichter eingerahmt von dichten Schläfenlocken.

Am Empfang rannten junge Männer hin und her. Was nicht zu ihrer strengen Tracht und den ernsten Gesichtern passte. Sodass ich dachte, irgendetwas Schlimmes wäre geschehen. War es aber nicht. Wir Neuankömmlinge sollten nur ruhig sein. Nicht stören. Bei was denn stören?

Aus einem nüchtern eingerichteten Raum – später merkte ich, dass es der Speisesaal war – erklang eine monotone Stimme. Neugierig näherte ich mich der Tür. Tische und Stühle waren zusammengerückt und in einer Ecke war ein Betpult aufgestellt worden. Von dort drang der monotone Vortrag eines alten Mannes in jede Ecke der düster wirkenden Empfangshalle. Welch ein Unterschied zur leichten Stimmung im sonnendurchzogenen Paradise Hotel.

Ich spürte Fremdheit und gleichzeitig fühlte ich mich belästigt davon, wie wir am Empfang behandelt wurden. Schließlich waren wir hier nicht in einer Synagoge oder einem Privathaus. Es war ein Hotel, aber der Empfangschef flüsterte und der Hotelpage nahm murmelnd Schlüssel und Koffer und begleitete uns zu einem schmalen Aufzug.

Wie musste es hier erst am Shabbat sein, fragte ich mich beklommen. Die Stimmung in diesem Hotel bedrückte mich.

Und nirgends sah ich Frauen oder Mädchen. Nur kleine Jungen. Doch durch die schwarze Tracht und die langen Schläfenlocken in den kleinen ernsten Gesichtern hatten sie nichts Kindliches an sich.

Wenn ich hier allein angekommen wäre! Ein wenig verloren lächelte ich Jonas zu, der mich leicht amüsiert beobachtet hatte.

„Hast du als kleiner Bub auch so ausgesehen", fragte ich fast ängstlich.

„Nein, nein, wir gehörten nicht zu den orthodoxen Juden", wehrte er lachend ab. Und meinte dann: „Wir können ja bald in ein anderes Hotel umziehen. Erst in der Osterwoche ist Jerusalem so überlaufen, dass wir keine Zimmer mehr finden. Lass das alles einfach auf dich wirken. Ruh dich ein wenig aus. Ich hole dich dann später zum Abendessen ab."

Ich konnte nur nicken. Wie müde ich war. Der Tag schien Wochen gedauert zu haben. Am liebsten würde ich nur schlafen. Hunger hatte ich überhaupt keinen.

Das Zimmer war sehr schlicht eingerichtet. Luxus würde ich hier nicht finden. Doch darauf konnte ich leicht verzichten.

Ich lehnte mich weit aus dem schmalen Fenster, um die Straße zu überblicken. Zuerst fiel mir der Schmutz auf. Weggeworfenes Papier. Lose Blätter alter Zeitungen. Eine Dose rollte scheppernd über das Pflaster. Bis jetzt hatte ich Israel als sehr sauber empfunden, so dass mich der Anblick überquellender Schmutzeimer und dreckiger Straßen überraschte.

Unter meinem Fenster schob ein junger Mann einen Kinderwagen mit einem schlafenden Kind vorbei. Es musste ein Junge sein, denn auch bei diesem Winzling ließen sie bereits die Schläfenlocken wachsen. Neben dem Kinderwagen eine junge Frau. Sie hatte ein Tuch fest um den Kopf geschlungen. Ich hatte gelesen, dass sich jüdisch orthodoxe Frauen kahl schoren und auf der Straße entweder ein Tuch oder eine Perücke trugen.

Seltsam – ein trautes Bild – ein junges Paar mit Kinderwagen! Und doch ging nichts Frohes oder gar Jugendliches davon aus. Allmählich verzweifelt fragte ich mich, ob denn das Lachen bei den orthodoxen Juden verboten sei.

Nun tauchten auf der fast ausgestorbenen Straße zwei alte Männer auf, heftig aufeinander einredend und gestikulierend.

Ich erstarrte, denn unversehens erinnerte ich mich eines Zeitungsbildes, das ich in einem Museum gesehen hatte: zwei lachende deutsche Soldaten, Buben fast noch, wie sie einen alten Mann im langen Kaftan, schwarzen Hosen, Schläfenlocken und einem kläglich verrutschten steifen Hut zwangen, die Straße auf den Knien nach seiner zerbrochenen Brille abzusuchen.

Die Nazis nannten die Judenvernichtung in den östlichen Ländern Flurbereinigung ...

Ich fror trotz des milden Abends. Mir fiel ein Brief ein, von dem ich einmal im Zusammenhang mit den Nürnberger Prozessen gelesen hatte. Wegen seines zynischen Inhalts war er mir Wort für Wort in Erinnerung geblieben. Es war ein Schreiben aus dem persönlichen Stab von Heinrich Himmler, in dem es hieß: man habe mit besonderer Freude davon Kenntnis genommen, dass seit 14 Tagen ein Zug mit je fünftausend Angehörigen des Auserwählten Volkes nach Treblinka fahre.

Namenloses Leid! Und dieser unmenschliche Spott.

Schmerzhafter Zorn verdrängte jeden anderen Gedanken. Heute empfand ich diese Vergangenheit, aber vor allem die schamlose Verdrängung nach dem Krieg, noch viel intensiver als zuvor. Jetzt hatte dieses Leid für mich einen Namen. Den Namen meines Vaters.

Wenn ich wenigstens ein Bild von ihm hätte. Warum hatte Mutter nicht mehr von ihm erzählt, damit ich ihn mir hätte vorstellen können.

'Er war Österreicher gewesen, Wiener! Und als Blinde hätte ich in dir sein Kind erkannt.'

Ich ging ins Badezimmer und stellte mich dicht vor den Spiegel. Prüfend betrachtete ich mein Gesicht. Habe ich von meinem Vater den dunkleren Teint? Die braunen Augen und die vollen Lippen? Ich entsann mich Wilhelms Gesicht, seiner blauen Augen und des dünnlippigen Mundes.

Aber waren diese Äußerlichkeiten wirklich wichtig? Doch, mein Vater sollte kein Schatten bleiben. Er hatte das Recht darauf, lebendige Erinnerung zu sein.

Ob ich nach meiner Rückkehr nach Deutschland Nachforschungen anstellen konnte? Vielleicht konnte ich erfahren, ob es noch irgendwelche Angehörige gab. Aber ich wusste ja noch nicht einmal seinen Nachnamen. Wie konnte Mutter den Vater in ihren Aufzeichnungen nur beim Vornamen nennen!

Ich wollte wissen, woher ich kam und wer meine Familie väterlicherseits war.

Lebte vielleicht Mutters Freundin Johanna noch, die so oft geholfen hatte? Konnte ich von ihr Näheres erfahren? Ich wollte das später mit Jonas besprechen.

Wieso eigentlich mit Jonas? War er bereits so wichtig in meinem Leben geworden?

Das Abendessen verlief sehr still. Die Atmosphäre in diesem nüchternen Speisesaal war nicht für Gelächter oder lebhafte Gespräche. An einem langen Nebentisch saß eine amerikanische Reisegruppe, und ich war mir fast sicher, dass es Mitglieder einer Sekte waren. Das hätte mir allerdings nichts ausgemacht, wenn die kleine Gruppe nicht so einen fanatischen Eindruck gemacht hätte.

Unbewusst wehrte ich mich gegen die Hingerissenheit der Menschen, die atemlos an den Lippen eines Mannes hingen, der mit seinem betulichen Gehabe, den weit ausgreifenden Gesten und der laut zu uns dringenden Stimme wie ein religiöser Führer wirkte. Traurig beobachtete ich zwei Kinder, einen Jungen und ein Mädchen von etwa zehn Jahren. Still und in sich gekehrt verschlangen sie ihr Essen. Als wollten sie auf keinen Fall Aufmerksamkeit erregen.

Ein lautloser Lärm von hungriger Sehnsucht nach Liebe.

Die Erwachsenen, vor allem die Frauen, waren in lange altmodische Gewänder gekleidet. Im Haar Schleifen und Bänder. Sie streiften die beiden Kinder mit achtlosen Blicken. Selbst die beiden alten Frauen der Gruppe hatten in ihr glanzloses graues Haar noch auffallend bunte Bänder geflochten.

Jonas unterbrach meine Beobachtungen. „Du bist ziemlich entsetzt über dieses Hotel?"

„Nein, es bedrückt mich. Und dann frage ich mich, ob Frömmigkeit immer so fanatisch ernst sein muss."

„Sieh es doch mal anders." Er beugte sich zu mir hinüber. „Du wolltest die orthodoxe Lebensart kennenlernen, zum Beispiel die Essensgesetze. Hier bekommst du ganz sicher koscheres Essen."

„An was merke ich das, und wer stellt die Regeln auf?" So einfach ließ ich mich nicht überzeugen.

„Das Oberrabbinat bestimmt, was koscher ist. Niemals darf Fleisch mit Milchprodukten in Berührung kommen. Das geht so weit, dass du morgens zum Frühstück ein anderes Geschirr bekommst als mittags und abends. Ein jüdisches Gebot sagt: du darfst das Zicklein nicht in der Milch der Mutter kochen. Das ist die ganze Erklärung. Aber da es ein Gebot ist, halten sich die gläubigen Juden streng daran. Nun, was hältst du davon, wenn wir bis nach dem Shabbat bleiben, und uns danach ein anderes Hotel suchen?"

Ich musste lachen.

„Ich bin doch gar nicht so empfindlich, wie du glaubst. Gut, die Stimmung im Hotel bedrückt mich schon, aber das ist nicht so wichtig. Ich frage mich nur, ob das gehetzt wirkende Verhalten der Menschen und ihr ängstlicher Ernst nicht seit Generationen immer wieder auflebt. Das Gefühl des Verfolgtwerdens und Ausgeliefertseins, das fast jede Generation neu erlebt hat, wird offensichtlich als Erfahrung weitergegeben." Ich stockte und strich mir die Haare aus dem Gesicht, ein Zeichen von Nervosität, wie ich erstaunt feststellte. „Es kann doch sein, dass den orthodoxen Juden hier die Chance einer Art von Wiedergeburt gegeben wird. Endlich ein Recht auf Heimat. Deshalb auch der Kinderreichtum, auf fast allen Balkons und in den Höfen hängt Babywäsche. Aber wenn es so ist, verstehe ich nicht, dass sie sich nicht freuen. Siegerfreude zum Beispiel. Aber alle sind gehetzt. Streng und entsetzlich ernst."

Er hatte mir aufmerksam zugehört. „Du hast recht. Aber du wirst schon noch merken, dass sie gar nicht so ernst sind. Ich glaube, heute Abend gibt es eine Hochzeit im Hotel. Vielleicht änderst du danach deine Meinung."

In der Hotelhalle waren die Vorbereitungen zur Hochzeit im vollen Gang. Im Vorraum war über einer Tribüne ein kleiner Baldachin aufgestellt worden, um den sich Männer jeden Alters drängten. Auf dem Podium unter dem Baldachin eine kleine Gruppe junger Männer. Sie sangen und im Rhythmus ihrer Lieder wiegten sie den Oberkörper vor und zurück, vor und zurück.

Ich staunte. „Aber ich kann ja teilweise die Worte verstehen. Sprechen die Männer denn Jiddisch, nicht Hebräisch?"

Jonas lächelte über meinen Eifer. „Die ultraorthodoxen Juden sprechen Jiddisch, weil ihnen Hebräisch zu heilig ist. Das wird nur in der Synagoge gesprochen."

„Und sind das Hochzeitslieder, die sie singen?"

„Nein, das sind Gebete und Segenswünsche aus der Tora. Weißt du übrigens, dass die jungen Männer normalerweise vor der Hochzeit mit keiner Frau außerhalb der Familie irgendeinen Kontakt hatten? Die Eltern wählen den Ehepartner ihrer Kinder aus."

Ich schaute ihn ungläubig an. „Jonas, wir leben am Ende des zwanzigsten Jahrhunderts. Wie können diese jungen Leute sich das gefallen lassen?"

Geduldig erklärte er: „Ich erzählte dir doch von meinen Eltern. Diese hier sind auch heute noch so erzogen, und es erscheint ihnen richtig. Das junge Paar ist nicht so wichtig, die Gemeinde zählt und natürlich die Tradition. Du hast es ja in Tel Aviv und Tiberias gesehen, dass die orthodoxen Juden nur eine kleine Minderheit sind, die allerdings sehr mächtig ist. Sie bekommen vom israelischen Staat die größte materielle Unterstützung, obgleich sie ihn noch nicht einmal anerkennen. Sie warten ja immer noch auf das Reich Gottes."

Ich begehrte auf: „Und wie verträgt sich das mit ihrem religiösen Fanatismus? Unterstützung und Gelder ja und gleichzeitig den Staat nicht anerkennen."

Er konnte nicht antworten, denn in diesem Augenblick wurde die Braut von zwei Frauen, offensichtlich Mutter und Schwiegermutter, durch die Halle geführt.

Das arme Mädchen, jedenfalls nannte ich die junge Frau in Gedanken so, konnte nichts sehen. Sie trug ein langes grünes Samtkleid und einen dichten Schleier vor dem Gesicht, der sie allen fremden Blicken entzog.

Leise meinte Jonas: „Der Bräutigam hat ihr das Gesicht mit dem Schleier bedeckt. Ich erzähle dir später mehr darüber."

Die Mütter führten die junge Frau zu der kleinen Tribüne, wo der Bräutigam bereits wartete.

Der Gesang wurde immer lauter, aber ich war diesen

ungewohnten Eindrücken ziemlich hilflos ausgeliefert. Ich beobachtete, wie die Braut siebenmal den Bräutigam langsam umkreiste. Dann sprach der junge Ehemann, als würde er einen auswendig gelernten Text vortragen. Ich nahm an, dass es Segenssprüche waren, denn jetzt streifte er in feierlicher Geste einen Ring über den Finger seiner Braut.

Ich merkte, dass die Hochzeitsgäste immer öfter zu uns hinübersahen. Als Fremde schienen wir hier nicht sehr erwünscht.

„Lass uns einen Spaziergang machen. Ich bin gespannt auf deine Erklärungen", drängte ich.

Wir verließen das Hotel und gingen langsam durch die umliegenden Straßen. Es herrschte eine merkwürdige Stille. Aus keinem der weit geöffneten Fenster klang Musik oder hörten wir Fernsehansagen. Ab und an ein Kinderweinen. Das Geraune von Unterhaltungen. Das Geklapper von Geschirr.

Ich machte Jonas auf die Stille aufmerksam, und er erklärte, dass bei den orthodoxen Juden der Fernseher und das Radio verpönt seien. Das mit dem Fernseher fand ich gar nicht so schade, aber auf Musik hätte ich nicht verzichten mögen.

„Erzähl mir mehr von den Hochzeitsriten", bat ich.

„Die Hochzeit ist zwar ein sehr wichtiges Fest, aber sie ist vor allem ein Vertrag. Der Tag der Hochzeit wird übrigens nicht willkürlich festgesetzt, sondern allein danach, wann die Frau ihre Regel bekommt."

Ich war entsetzt und fühlte mich immer mehr in eine Welt versetzt, die mir nicht nur fremd, sondern auch von ganzem Herzen unangenehm war. Ärgerlich fragte ich nach dem Warum dieses Brauches.

Er zögerte, schien zu spüren, dass ich langsam wütend wurde. „Die Frau muss rein sein; ich weiß, dass dir das völlig unbegreiflich ist. Andererseits finde ich den Gedanken, der der jüdischen Hochzeit zugrunde liegt, sehr schön. Kein Mensch kann sich, wenn er dem ersten Buch Moses gehorchen will, als Mensch bezeichnen, wenn der Mann nicht eine Frau gefunden hat. Erst dann haben sie Vollkommenheit erreicht."

„Du meinst, Mensch steht für Mann, denn die Frau hat ja wohl sehr wenig zu entscheiden. Außerdem hast du sehr klar gesagt, 'wenn der Mann eine Frau gefunden hat.' Das finde ich schlichtweg empörend, Jonas, und ich kann auch nicht verstehen, wie dir so etwas gefällt."

Ich rückte merklich von ihm ab. Spürte einen Abgrund zwischen uns, der mich erschreckte. Wir kamen aus zwei völlig verschiedenen Kulturen. Wie konnte ich mir einbilden, ihn zu verstehen? Er schien zu merken, dass ich ihm entglitt, deshalb sprach er schnell weiter.

„Wahrscheinlich hast du recht. Ich habe es wirklich mehr als Mann empfunden, denn es stimmt schon, die Frau hat keine Rechte. Sie muss zwar zur Hochzeit ihre Einwilligung geben, aber bei einer Scheidung genügt die Entscheidung des Mannes, und das bedeutet für viele Frauen wirtschaftliche Not. Sie verliert also auf jeden Fall. Weißt du, manchmal bricht meine jüdische Kindheit durch. Ich wurde als einziger Junge bei drei Schwestern sehr wichtig genommen und verwöhnt."

Ich freute mich, dass er so nachdenklich geworden war und meinte versöhnlicher: „Sieh mal, Jonas, auf dem Frankfurter Flughafen, bei den Grenzkontrollen, in Tiberias oder in Tel Aviv habe ich junge israelische Frauen gesehen. Stolze, selbstständige, vor allem aber selbstbewusste Frauen. Sie haben gefährliche Jobs genau wie die Männer. Sind sogar beim Militär, obgleich ich das nicht unbedingt als Fortschritt sehe. Sie gehen auf die Universität. Sie stellen Führungskräfte. Politikerinnen. Sie sitzen rauchend in den Cafés und diskutierend in den Universitäten. Das sind die Frauen, wie ich sie mir aus den Büchern und Zeitungen, die ich gelesen habe, vorstellte. Das sind die Sabres, die Israel mit aufbauten und es gibt ja bezeichnenderweise für Männer und Frauen nur dieses eine Wort: Sabre. Und jetzt soll ich plötzlich so umdenken?" Ich hatte immer atemloser gesprochen.

Ruhig meinte er: „Diese jungen Frauen, die dich so begeistern, sind auch die Mehrheit der israelischen Frauen. Aber wir sind hier in Mea Shearim, vergiss das nicht."

„Nun gut", auch ich konnte einlenken, „kehren wir zu unserer Hochzeit zurück. Gibt es irgendwann auch mal ein Festessen?"

Er legte den Arm um mich und im Weitergehen meinte er: „Im Gegenteil, die jungen Leute haben gefastet. Und mit der Ringübergabe ist das junge Paar ja noch nicht verheiratet."

„Das ist aber ein spannendes Fest", lachte ich. „Und dann noch all die vielen Regeln!"

Lachend entgegnete er: „Die möchte ich dir heute Abend gar nicht aufzählen. Außerdem kenne ich nur einige, ich habe nicht nach diesen Bräuchen geheiratet. Nur noch so viel: Nachdem der Bräutigam der Braut den Ring gibt, wird der Ehevertrag vorgelesen. Und danach müssen die beiden in einem abgeschlossenen Zimmer allein gelassen werden. Nein, nicht lange genug, um das zu tun, was du jetzt so allwissend lächelnd denkst, sondern nur einfach allein bleiben. Danach erst gilt das Paar als verheiratet."

„Was mir auffällt", ich war auf seinen scherzhaften Ton eingegangen, „ist, dass die Hochzeitsgäste einen eher traurigen Eindruck machen. Die Freude scheint mir eher eine Pflichterfüllung."

„Du beobachtest gut. Es ist tatsächlich die Pflicht der Freunde, sich mit dem Paar an diesem Tag zu freuen. Es gibt kein festliches Essen, keine Musik außer dem Singen, und Geschenke gibt es auch nicht."

„Sind alle jüdischen Feste so kompliziert?", jetzt musste ich doch noch ein bisschen spotten.

Er lachte. „Nun, eigentlich alle. Dafür vergisst sie aber auch keiner mehr, wenn er einmal dabei war. Nimm zum Beispiel den Shabbat. Das ist ein Familienfeiertag und hat wenig mit euren Sonntagen gemein."

Langsam schlenderten wir zum Hotel zurück. Die Hochzeitsgesellschaft war noch laut feiernd versammelt, aber als ich nach diesem langen Tag endlich todmüde ins Bett fiel, herrschte über Mea Shearim eine dörfliche Stille. Es fehlte nur der Nachtwächter, der die Straßenlampen löscht, dachte ich noch, bevor ich einschlief.

16

Ich wachte mitten in der Nacht von einem sonderbaren Geräusch auf. Es war dunkel im Zimmer. Aber jemand hatte doch geweint. Tastend suchte ich nach der Nachttischlampe und spürte dabei, dass mein Kissen feucht war. Erstaunt strich ich mir über die Augen. Mein Gesicht war nass. Erschreckt setzte ich mich im Bett auf.

Der Traum!

Ich hatte ihn schon so oft in meinem Leben geträumt. Nur immer ein bisschen anders. Immer mit neuen Kleinigkeiten. Als würde von unsichtbarer Hand ein Puzzle zusammengesetzt. Ich musste mich erinnern. Musste unbedingt wissen, wie er diesmal war.

Am Anfang war es eine Straße gewesen. Leer, kein Mensch weit und breit. Kein Laut zu hören. Graues Licht in der engen Gasse. Häuser bis zum Giebel rot geklinkert. Alle Fensterläden verschlossen. Die Türen fest verriegelt. Und ich inmitten dieser steinernen Einsamkeit.

Allein.

Verlassen.

Aber verlassen von wem?

Im Traum irrte ich verzweifelt herum. Versuchte die Türen zu öffnen. Rief Namen – welche Namen?

Ich weiß es nicht.

So viele Gefühle in diesem Traum. Angst. Verlust. Einsamkeit. Der Wunsch zu fliehen. Ein Wissen. Aber um was?

Ich hämmerte gegen die schweren Türen. Hohl der Klang in den leeren Häusern. Ein leeres Echo aus leeren Räumen.

Und immer wachte ich weinend, manchmal sogar schreiend auf.

Was bedeuteten die leeren Häuser? Die verschlossenen Fensterläden? Die verriegelten Türen?

Heute war der Traum anders, beängstigender. Wieder war ich durch die Straßen gelaufen. Hatte laut gerufen. Der graue Himmel hing tief zwischen den toten Häusern. Die Straße ein holpriges Kopfsteinpflaster. Die Häuser hatten keine Gärten. Es gab überhaupt nichts Lebendiges. Keinen Baum. Keine Blume. Keinen Strauch. Nur Stein. Als hätte sich das Grauen zu Stein verwandelt.

Als ich wieder gegen eine Tür schlug, verzagt, weil alles so hoffnungslos war, gab diese Tür plötzlich nach.

Erschrocken wich ich zurück, aber die Neugier siegte. Ich drang in das Haus ein. Dumpfer Geruch hing in der Dunkelheit. Ich öffnete die mir zunächst liegende Tür. Stolperte über Gegenstände, die auf dem Boden verstreut lagen, zum Fenster und rüttelte an dem Laden, der nicht nachgeben wollte. Endlich löste sich der rostige Riegel. Weit stieß ich die Fensterläden auf. Die Fenster hatten kein Glas. Ich drehte mich ins Zimmer zurück.

Die Gegenstände, über die ich gestolpert war, waren umgestürzte Stühle. Verwelkte Blumen. Scherben. Ein zerbrochener Bilderrahmen. Der Raum nur spärlich möbliert. In der Ecke des Zimmers ein Kinderstuhl. Einer von denen, die, hochgeklappt, an jeden Esstisch passten. Mit einer Öffnung für das Töpfchen im Sitz.

Ich erinnere mich an meinen Kinderstuhl. Der Sitz war mit blau-grau-kariertem Wachstuch bezogen. Seine scharfen Kanten, die allmählich rissig geworden waren, hatten sich oft in das Fleisch des kleinen Kinderpopos gepresst und rote Spuren hinterlassen.

Einmal hatte Tante Else, die damals bei uns wohnte, mich einen ganzen Morgen darin sitzengelassen, weil ich das Käsebrötchen nicht hinunterbrachte, das es zum Frühstück gegeben hatte. Kristina und Christoph durften längst draußen spielen. Während ich den schlecht schmeckenden, mit Spucke völlig aufgeweichten Brei von einer Backe in die andere schob. Und nicht hinunterschlucken konnte, weil ich mich so schrecklich davor ekelte.

Sophie, weich nicht aus. Was bedeutet dieser Traum?

Ich schlug die Hände vors Gesicht. Das gelbe Licht der Nachttischlampe blendete. Und plötzlich fing ich wieder an, krampfhaft zu weinen. Bilder drängten sich auf. Es nutzte nichts, die Augen zu schließen. Es waren keine äußeren Eindrücke. Keine Fotografien, die ich mit einer Handbewegung hätte wegwischen können.

In dem hohen Kinderstühlchen im Traum saß ein kleines Mädchen. Die blonden Haare waren zu zwei Zöpfen geflochten, die am Ende mit einer roten Schleife gehalten wurden. 'Nie habe ich die Farbe Rot gemocht.' Es war mit einer weißen Rüschenbluse und einem rotkarierten Trägerrock bekleidet, weißen gehäkelten Kniestrümpfen und schwarzen Lackschuhen. Das Mädchen war außergewöhnlich hübsch. Ein zartes Gesicht. Volle rote Lippen. Eine winzige Nase.

„Sophie, du hast gar keine Nase, das ist eine kleine Steckdose!" Wer hatte das nur immer gesagt? Aber riesengroße dunkle Augen. Und diese Augen, angefüllt mit Tränen, an den langen Wimpern hatte sich eine glitzernde Träne verfangen, schauten die Frau mit so viel stummer Angst an, dass dieses stumm schon wieder ein Schrei war.

Ein stummer Schrei von solcher Intensität, dass ich mich nicht von der Stelle rühren konnte.

Plötzlich entdeckte ich, dass das Kind nicht allein im Zimmer war. Neben ihr standen und saßen schemenhaft Gestalten. Ein Mann. Eine Frau. Vor denen das Kind ganz offensichtlich versuchte zu fliehen. Aber es war noch so klein. Es konnte sich nicht allein aus dem Stuhl befreien. Nur seine großen Augen schrien.

Da war ich aus dem Zimmer gerannt. Aus dem Haus. Die Straße entlang. Laut weinend.

Ich saß auf dem Bettrand und zitterte am ganzen Körper. Lieber Gott, was sollte dieser Traum nur bedeuten? Wer war der Mann? Wer die Frau und wer war das Mädchen? Was für eine Botschaft wurde mir aus meinem Unterbewusstsein übermittelt? Und warum hatte sich dieser Traum immer und immer wiederholt. Allerdings bis heute ohne das Kind. Warum war es jetzt aufgetaucht? Aus welchen Tiefen?

‚Dieser Traum hat nichts mit mir zu tun!' Entschlossen erhob ich mich, ging ins Bad und wusch mir das verweinte Gesicht mit eiskaltem Wasser.

Das war die völlig normale Reaktion auf den Brief.

Doch noch während ich mir mit dem harten Hotelhandtuch das Gesicht abtrocknete, sah ich neue Bilder aufsteigen. Nicht die Traumbilder. Sondern Erinnerungen aus der Kindheit. Die Wohnung in Stuttgart. Es war in dem Jahr, von dem Mutter geschrieben hatte. Als Yoshua, als mein Vater, verraten worden war. Aus dem Kindergarten war ich gekommen. Sie hatten mich in diesen mir eigentlich schon zu engen Kinderstuhl gesetzt. Ich fühlte mich weggeschoben. Aus dem Weg geräumt.

Jetzt erinnerte ich mich wieder ganz deutlich an den Tag. Ich hatte ihn nur vergessen wollen. Die erstarrte Mutter. Der Vater, anscheinend sehr wütend, hatte brummig und mit geballten Fäusten auf einem Stuhl gesessen. Ein anderer war umgeworfen worden. Die Decke war vom Esszimmertisch gerissen. Auf dem Boden lag eine zertrümmerte Blumenvase. Mutter liebte Chrysanthemen. Der Strauß lag irgendwie tot zwischen den weißen Scherben der Vase. Christoph schrie in seinem Zimmer. Das Essen war nicht gekocht. Und ich hatte die überall lauernde Angst fühlen können wie etwas Körperliches, Klebriges. Angst und noch etwas, das ich mir nicht erklären konnte. Ich verdrängte.

Aber nicht verdrängen konnte ich das Weinen von Mutter. Tagelang drang es aus einem der vielen Zimmer. Ich kann manchmal heute noch das klagende Schluchzen hören. Und fühle die Dunkelheit, die damals im Haus herrschte. Als hätten wir nie die Fenster geöffnet. Als fürchteten die Eltern das Licht.

Ich sah mich als kleines Mädchen vor dem Zimmer der Mutter. Ich wagte nicht einzutreten. Nur manchmal klopfte ich zaghaft an die verschlossene Tür. Niemand hörte mich. Ich spüre noch, wie ich das Gesicht gegen das Holz presste. Wie ich flüsternd die Mutter rief. Doch instinktiv schien ich auch gewusst zu haben, dass es in dieser Zeit keinen Platz für mich gab. Meine Sicherheit war zerbrochen!

Ich öffnete weit das Fenster. Draußen rumpelte der Müllwagen durch die Straßen. Morgen würde Mea Shearim sauber sein. Was mich heute so abgestoßen hatte, war nur der Schmutz eines Tages gewesen, der jede Nacht abgeholt wurde. Ich fror in meinem dünnen Nachthemd. Dennoch ließ ich das Fenster offen. Dann wusste ich wenigstens, warum ich so zitterte.

Wieder sah ich mich in dem Kinderstuhl sitzen. Und ich erinnerte mich der stummen Verzweiflung, die den dunklen Raum erfüllte. Ich musste damals versucht haben, aus dem Stühlchen zu klettern. Wollte fliehen vor dem Unfassbaren, das zwischen Vater und Mutter geschah.

Und unversehens war mir klar, dass ich seit jenem Tag die Wahrheit gekannt hatte, die mir meine Mutter erst heute in ihrem Brief mitgeteilt hatte.

Ich erinnerte mich des zerbrochenen Bildes eines Mannes, das zwischen den Resten der Chrysanthemen und den Scherben der Vase auf dem Boden lag. Das musste Yoshuas Bild gewesen sein.

Und noch etwas anderes erkannte ich. Ich hatte so lange auf meine Mutter gewartet und weiß erst jetzt, dass ich nicht vergeblich gewartet habe. Ganz am Schluss ihres Lebens hatte sie mir diesen Brief geschrieben. War sie doch noch zu mir gekommen. Ich spürte ihre streichelnden Hände – Zärtlichkeiten, die sie nur dem schlafenden Kind geben konnte. Aber meine Haut erinnerte sich.

Ich nahm das Tagebuch hervor und las noch einmal jeden Abschnitt, in dem Mutter von Yoshua geschrieben hatte. Und plötzlich sehnte ich mich mit einer solchen Heftigkeit nach diesem Vater, den ich nie gekannt habe, nach seiner Liebe, nach seinem Schutz, dass ich nun doch wieder anfing zu weinen.

Nach einer Weile merkte ich, wie das Bild des Vaters, es war ja gar kein klares Bild, es war ein Sehnsuchtsbild, mit der Erscheinung von Jonas verschwamm. Es löste sich auf, und es blieben das zärtliche Gesicht von Jonas, die lächelnden Augen, die warmen Lippen, die Berührung seiner Hände.

Meine Tränen versiegten. Ich fühlte eine seltsame Befreiung und ahnte, dass es diesmal keine Flucht war. Ich würde versuchen, niemanden mehr anzuklagen, nicht Mutter, nicht Wilhelm. Und die Rolle des Opfers wollte ich auch nicht übernehmen. Yoshua war Opfer, er hatte nicht überlebt.

Ich empfand zum ersten Mal in meinem Leben, dass meine Seele frei war. Der erste Aufbruch aus der inneren Verlorenheit war meine Scheidung gewesen.

Und nun stand ich wieder vor einem neuen Weg. Ich spürte Sehnsucht auf der Haut. Sehnsucht nach Jonas. Nach seinem Geruch. Seiner Zärtlichkeit und Begierde. Sehnsucht in den Händen. Sie wollten streicheln, anfassen, einhüllen, erforschen, verweilen.

Meine uralte Angst vor Nähe, unter der meine Ehe gelitten hatte, war ausgelöscht, weil ich die Verlustangst des Traumes endlich zugelassen hatte. Was auch immer aus meinen Gefühlen für Jonas werden sollte, ich wollte sie erleben.

Ob es eine Zukunft gab, das war nicht wichtig. Ich fragte auch gar nicht ernsthaft danach. Was war schon Zukunft? Ich wollte die Gegenwart.

Weit ließ ich das Fenster offen. Es war mir nicht mehr kalt.

17

Mit einem Taxi, das für mindestens neun Menschen Platz gehabt hätte, fuhren wir am nächsten Morgen zum Ölberg. Nur für heute hatten wir uns auf ein Programm geeinigt. Den Garten Getsemané aufsuchen. Kirchen und Moscheen besichtigen. Die ersten Eindrücke von Jerusalem erspüren. Danach sollte alles dem Augenblick überlassen bleiben. Nichts mehr planen. Nur die Stimmung und Atmosphäre der Stadt in sich aufnehmen.

Ich hatte die äußerlichen Spuren der schlaflosen Stunden mit etwas Schminke getilgt, und Jonas machte, nach einem besorgt-forschenden Blick, keine Bemerkung über die dunklen Ringe unter meinen Augen. Wofür ich ihm dankbar war. Er begrüßte mich nur ganz besonders zärtlich an diesem Morgen, und ich merkte, dass ich mir heute seelisch nicht viel zumuten durfte, denn seine Fürsorglichkeit trieben mir sofort Tränen in die Augen. Wieder etwas, das ich bei mir nicht gekannt hatte. Woher auch, Beherrschung war mir beigebracht worden. Und ich hatte die Erfahrung gemacht, dass ich damit eigentlich am bequemsten lebte. Nur irgendwie war meine Seele immer kleiner geworden.

Jerusalem im Morgenlicht. Nur zögerlich erreichten die ersten Sonnenstrahlen den schmalen Turm der Dormitiokirche und gaben ihm eine durchsichtige Unwirklichkeit. Rot glühte die goldene Kuppel des Felsendoms, während die einzelnen Türme der Maria Magdalenenkirche hell aufblitzten. Rosa überhaucht die weißen Grabsteine. Der Jerusalem-Stein, von dem Jonas gestern erzählt hatte, leuchtete in der Farbe des Sonnenaufgangs – Jerusalem, die Wüstenstadt, Jerusalem, die Heilige.

Und das Jerusalem jahrtausendalter Gedanken, intensiver als in jeder anderen Stadt die Verbindung von Geist und Seele. Der Wind, heißer Atem der Wüste, der fast jeden Abend durch die Straßen fegte, hatte sich gelegt.

Wir setzten uns auf die Mauer der Aussichtsterrasse des Ölberges. Mir war noch ein wenig benommen zumute nach den inneren Erlebnissen der letzten Nacht, so dass ich das gute Schweigen, das zwischen uns ausgebreitet lag, tief in mich einsog. Ich hatte mir vorgenommen, Jonas nichts von meinem Traum zu erzählen. Er war nur ein Fetzen meiner Vergangenheit, die er durch den Brief meiner Mutter ohnehin kannte.

Nach einer langen Pause unterbrach ich das Schweigen. „Du wolltest mir von Maria Magdalena erzählen. Erinnerst du dich?"

„Als dein Reiseführer? Denn die Legende um Maria Magdalenas ist christlich. Wir sind also wieder bei deinem Glauben."

„Stört dich das?" Ich war verwundert, dass er so viel Wert auf christlich oder nichtchristlich legte, wo er doch immer behauptete, aufgeklärter Jude zu sein. Dann fiel mir ein, dass ich doch auch keine jüdischen Legenden kannte außer dem Alten Testament? Würde ich sie erzählen? Warum dann er?

Während ich noch darüber nachdachte, meinte Jonas: „Maria Magdalena als Auftakt zu unserem heutigen Jerusalemtag. Eigentlich eine gute Idee. Die Legende ist aber ein wenig länger, sie wird uns Zeit kosten."

„Haben wir denn keine?" Ich lachte. Legte mich auf die Mauer, bettete meinen Kopf auf seine Oberschenkel. Und erschrak über die Berührung. Die Sehnsucht der letzten Nacht wurde wieder lebendig. Ich spürte seine harten Oberschenkelmuskeln. Den rauen Stoff seiner Jeans ... wie intim Nähe war! Ich schaute in sein Gesicht, das so nah über mir war. Er lächelte liebevoll. Und mit diesem Lächeln schwand meine Beklemmung.

Menschen gingen vorüber. Manche schmunzelten über uns auf der Mauer. Andere schüttelten indigniert den Kopf. Waren wir etwa beide zu alt? Unser Benehmen in der Öffentlichkeit nicht schicklich? Spießer!

Ich musste lachen, fühlte mich im Augenblick genauso jung wie jede Siebzehnjährige und doch mit sechzigjähriger Lebenserfahrung. Ein Regenbogen, der von meiner Jugend bis zum Alter reichte und in allen Farben schillerte.

Jonas hatte seine Hand auf meine Schulter gelegt. Durch die Jacke drang allmählich seine Wärme. Strömte in meine Brüste, in meinen Leib, in jede Zelle meines Körpers. He, Sophie, du wolltest Jonas zuhören! Ich kehrte in die Gegenwart zurück, wollte nichts von Jonas' Erzählung versäumen.

„Nach Jesus' Tod kauerte Maria Magdalena noch lange unter dem Kreuz und auch später war sie von seinem Grab kaum wegzubringen. Sie konnte nicht fassen, dass Pontius Pilatus Jesus hatte umbringen lassen. Nach einigen Tagen der verzweifelten Trauer fasste sie einen Entschluss. Sie wollte den Tod Jesus rächen."

Jonas schwieg eine Weile.

Langsam strich er meinen Arm hinunter. Umschloss meine Hand. Spielte behutsam mit meinen Fingern. Schmiegte seine Faust in mein Handinneres.

Wie warm seine Stimme klang. Er hätte Märchenerzähler werden sollen. Ich sah die junge Frau vor mir, eingehüllt in weiße Gewänder, das schmale Gesicht verborgen unter einem weißen Tuch, das sie um den Kopf geschlungen hatte. Zeitlosigkeit verband Vergangenheit und Zukunft.

Mittlerweile hatte Jonas seine Erzählung wieder aufgenommen. „Sie wollte nach Rom reisen. Die Ungeheuerlichkeit der Geschehnisse dem Kaiser selbst erzählen. Und gerechte Strafe für die Täter fordern".

Ich kam ins Grübeln. Als ob es so etwas gäbe, gerechte Strafe für die Täter. Wie viel Frauen hatten sie nach dem Krieg für ihre ermordeten Männer gefordert, für ihre getöteten Kinder. Ein ganzes Volk hatte sie gefordert, das Volk, dem ich mich jetzt zugehörig fühle. Und es hatte sie nicht bekommen. Weder die Bestrafung der Täter noch gar Gerechtigkeit. Gab es sie überhaupt? Oder gab es nur einfach die Macht? Und die bestimmte, was Recht und Gerechtigkeit war.

Allmählich drang Jonas Stimme wieder in mein Bewusstsein. „... reiste sie nach Rom. Nachdem sie sich von den Strapazen der Reise erholt hatte, zog sie sich ein aufreizendes Gewand an und ging in die Kneipen und Wirtshäuser der Stadt. Die anwesenden Männer blickten erstaunt, als eine Frau eintrat, die in so auffallender Weise die Aufmerksamkeit auf sich zog. Sie wiegte sich in den Hüften, die ausgeschnittene Bluse gewährte so manchem tiefe Einblicke.

,He Leute, wollt ihr, dass ich für euch tanze?'

Leicht hatte sie den Rock angehoben und machte die ersten Tanzschritte. Die Männer lachten und johlten und waren mit ihrem Angebot sofort einverstanden. Welch eine Abwechslung in ihrem eher tristen Leben. So tanzte Maria Magdalena jeden Abend in den Kneipen Roms. Sie sang und lachte und keiner merkte, wie traurig ihre Augen blieben.

Eines Tages trat ein fein gekleideter Herr auf sie zu und fragte sie, ob sie nicht auch einmal vor dem Kaiser tanzen wolle. Dieser hätte von ihr gehört und sei neugierig, sie kennenzulernen. Maria Magdalena spürte ihr Herz bis in den Hals hinauf schlagen. War sie so schnell am Ziel ihrer Reise angekommen? Hocherfreut bejahte sie die Frage des Abgesandten, und schon am nächsten Abend sollte sie vor dem Kaiser tanzen."

Jonas machte eine Pause. Ich hatte mich aufgesetzt und schaute auf die goldenen Türme der Maria Magdalenenkirche hinunter, als er mit seiner Erzählung fortfuhr.

„Am nächsten Tag machte sich Maria Magdalena mit noch größerer Sorgfalt zurecht. Sie badete in Wasser mit Rosenöl. Sie zog ihre besten Kleider an und begab sich an den Hof des Kaisers Tiberius."

Längst hatte sich eine kleine Ansammlung deutscher Touristen um uns geschart. Jonas erzählte aber auch so lebendig mit lauter Stimme, als hätte er wirklich die Rolle des Märchenerzählers übernommen.

„Am Hof angekommen, wurde sie aufgefordert, mit dem Tanz vor dem Herrscher zu beginnen. Und Maria Magdalena tanzte ... Sie tanzte, wie sie noch nie in ihrem Leben getanzt hatte. Auch damals nicht in ihrem eigenen kleinen Wirtshaus in Magdala, vor den Toren Jerusalems. Sie legte all ihre Trauer, ihren Schmerz, aber auch ihren Zorn in diesen Tanz. Sie tanzte für Jesus und empfand es nicht als

Blasphemie, war es doch das einzige, was sie geben konnte. Am Ende des Tanzes sank sie erschöpft zusammen und blieb auf der Tanzfläche liegen. Es herrschte atemlose Stille. Keine Hand rührte sich. Niemand klatschte Beifall. Alle schienen gespürt zu haben, dass das, was sie eben gesehen hatten, viel mehr als nur ein Tanz war.

Aber die Höflinge erschraken, denn auch Kaiser Tiberius rührte sich nicht. Hatten sie etwas falsch gemacht? Hatte ihm die Darbietung nicht gefallen? Sollten sie die Frau so schnell wie möglich fortschaffen, damit er nicht noch wütender auf sie alle würde? Doch da erhob sich der Kaiser und ging auf die am Boden Liegende zu. Half ihr, aufzustehen und sprach sie an. 'Du hast wunderbar getanzt! Aber warum bist du dabei nicht fröhlich und ausgelassen? Du hast geweint, du bist traurig.'

'Ja, Herr, ich bin sehr traurig, denn eine schlimme Geschichte ist in Eurem Reich geschehen.' Und sie erzählte ihm von Jesus. Sie berichtete, dass er brutal umgebracht worden wäre, obgleich er doch allen Menschen nur immer geholfen und niemandem jemals ein Leid zugefügt hätte."

Jetzt donnerte Jonas Stimme über seine Zuhörer hinweg. Ich musste lächeln über diesen alten und doch lebenssprühenden Mann, der sich so ganz in seine Rolle hineinversetzte. Die Umgebung hatte er offensichtlich vergessen.

„'Weib, weißt du, was du da sagst? Wenn deine Worte nicht wahr sind, muss ich dich töten lassen'."

Jonas machte nun die feine Stimme Maria Magdalenas nach.

„'Herr, glaubst du wirklich, ich hätte mich dir genähert und dich mit meiner Geschichte belästigt, wenn sie nicht der Wahrheit entspräche? Ich weiß, welche Strafe mir droht, wenn ich dich anlügen würde'."

Jonas machte eine kleine Pause und schloss dann die Geschichte mit den Worten: „Nun, Tiberius forschte dem Bericht Maria Magdalenas nach, hörte von der Mitschuld Pontius Pilatus, ließ ihn nach Caesarea Maritima versetzen, wo er als Unbekannter starb."

Die Menschen um Jonas begannen Beifall zu klatschen.

Fast verlegen schien er aus seiner eigenen Geschichte zu erwachen. Ich musste über seine Verlegenheit lachen, fand ihn liebenswert wie nie zuvor.

„Bist du sicher, dass du im früheren Leben nicht einer der alten Männer warst, die irgendwo in den orientalischen Städten an einer Straßenecke saßen, Geschichten erzählten, den Schreibunkundigen ihre Briefe schrieben und Märchen nicht nur erzählten, sondern selbst erfanden?"

Seine Zuhörer hatten sich inzwischen zerstreut.

Er grinste, immer noch ein wenig verlegen, und meinte: „Du glaubst mir wohl nicht? Ich kann dir das mit Tiberius' Nachforschungen natürlich nicht beweisen. Aber ist es nicht sonderbar, dass dieser Pontius Pilatus nur ein einziges Mal erwähnt ist. Und zwar auf dem Stein, den ich dir in Caesarea Maritima gezeigt habe?"

Wir begannen, den Weg am jüdischen Friedhof entlang hinunterzusteigen. Am Straßenrand stand ein verbeultes Auto, das als Ladentheke diente. Über der Karosserie lagen Waren verteilt: Schals, Heiligenbilder, Gefäße, Postkarten, Nachbildungen der verschiedenen Kirchen als Aschenbecher, auf Tellern oder auf großen Tassen.

Ein alter Bettler, gestützt auf seinen Stock, tastete sich an der Mauer entlang. Statt seines rechten Beines ragte ein dünner Holzstumpf aus dem Hosenbein. Sein Gesicht war mit Ausschlag bedeckt. Und außerdem schien er blind zu sein. Ich kramte, gegen den Protest Jonas', der mich wieder einmal warnte, dass ich damit alle Bettler Jerusalems anziehen würde, nach Scheckel. Ich hatte mir angewöhnt, sie immer lose in der Jackentasche zu tragen, damit ich an so offensichtlichem Leid nicht mit leeren Händen vorübergehen musste.

Wir setzten uns in den Garten Getsemané. Knorrig verzweigte Olivenbäume spendeten Schatten.

Ob es die gleichen Bäume der biblischen Geschichte waren? Bäume, die im Gedächtnis ihrer Rinde Seufzer und Tränen bewahrten? Bloßgelegtes Wurzelgeflecht hatte den ausgetrockneten Boden aufgebrochen.

Die Todesangstkirche beeindruckte mich wegen ihrer besinnlichen Dunkelheit, der wertvollen Lampen und der eisernen Dornenkrone, die den nackten Felsen, über dem die Kirche erbaut war, umspannte.

Anrührend das Relief, das mir Jonas zeigte. Jesus, der sich angstvoll von einem Kelch abwendet, um dann – ergeben in sein Schicksal – doch die Entscheidung seines Gottes anzunehmen.

Durch das halbkreisförmige Fenster der Dominus flevit-Kirche der weite Blick über Jerusalem, vor allem auf den Felsendom. So viel Streit zwischen den Religionen, und hier hatte der Baumeister, vielleicht nur unbewusst, das Bild des Felsendoms in die christliche Kirche hineingezogen, dachte ich und machte Jonas darauf aufmerksam.

Wir gingen durch das Stephanstor zur Altstadt, zur St. Annenkirche. Ich setzte mich in eine der Bänke. Mir gefiel die schlichte Einfachheit der Kirche. Ein wohltuender Gegensatz zu dem Prunk der meisten anderen Bauten, die ich bisher in Israel gesehen hatte.

Suchend schaute ich mich nach Jonas um. Entdeckte ihn vorn am Altar. Er stand in der Mitte des vorderen Kirchenschiffs, eine eindrucksvolle Gestalt. Mit seinem weißen Haar und dem weißen Bart hätte er einer der Jünger Jesu sein können, fiel mir ein. Plötzlich fing er an zu singen.

Still wurde es. Menschen suchten sich hastig einen Sitzplatz. Lauschten diesem vollen Bariton, der das Ave Maria von Bach-Gounod sang. Die Stimme hallte von der Decke wider. Drang in die entferntesten Winkel. Voll und weich bezauberte die Melodie.

Ich merkte gar nicht, dass mir Tränen über das Gesicht liefen. Spürte nur eine befreiende Erlösung aus Zorn und Traurigkeit. Das schwarze Loch, das mich manchmal zu verschlingen drohte, seit ich den Brief meiner Mutter gelesen hatte, wurde weiter, öffnete sich. Ich konnte nach dem Sinn des Lebens fragen, Ich konnte Schicksal annehmen. Aber wenn ich Leben und Schicksal trennte, was blieb dann?

Jonas hatte seinen Gesang beendet und setzte sich neben mich in die Bank. Er ergriff meine Hand und beugte sich besorgt zu mir hinüber.

„Hat es dich erschreckt, dass ich gesungen habe?"

„Erschreckt, nein, aufgewühlt. Wieso kennst du so viel von unserer westlichen Kultur, wenn du hier in Israel aufgewachsen bist?"

„Ich habe dir doch von meinen Eltern erzählt. Wir hatten viel Respekt vor unserem Vater, aber mehr beeinflusste uns unsere Mutter. Sie hatte aus der Heimat ihrer Eltern ein Klavier mitgebracht, die meiste Zeit war es ziemlich verstimmt. Das störte sie jedoch nicht, sie spielte und sang alles, was ihr in den Sinn kam, was sie noch von ihrer Mutter her wusste. Und dazu gehörten deutsche Kinderlieder, gehörte auch dieses Ave Maria. Und das hier", er wies mit der Hand ins steinerne Rund der Kirche, „ich habe als Reiseführer die wunderbare Akustik entdeckt und seitdem singe ich immer, wenn ich in die St. Annenkirche komme."

Er sah mich fragend an. „Warum bist du so traurig, Sophie?" Behutsam legte er den Arm um mich.

Nein, vor diesem Mann konnte ich nichts verheimlichen. Ich lehnte mich an ihn und versuchte es ihm zu erklären.

„Ich bin gestern in ein schwarzes Loch gefallen und versuche verzweifelt, den Himmel zu sehen. Die Sonne zu spüren. Sterne zu entdecken. Dein Gesang war so ein Stern."

„Und dabei war ich zum ersten Mal gehemmt. Hier zu singen war nicht mehr anonym, weil du da warst."

Nach einer Weile meinte er: „Wir haben nicht mehr die Zeit, alles zu sehen, was wir uns vorgenommen hatten. Wollen wir irgendwo gemütlich essen, dann ins Hotel zurückkehren und vielleicht am Abend einmal in die große Synagoge gehen? Heute Abend beginnt der Shabbat. Was hältst du davon?"

Ich war damit einverstanden. Wieder einmal fragte ich mich, was Zeit war. Sie schien mir durch Jonas' Gegenwart unbegrenzt.

Shabbat – wie würde ich ihn in unserem Hotel erleben?

18

Es war kurz vor fünf Uhr, als wir ins Hotel kamen. In der Halle war ein Tisch mit einer weißen Decke geschmückt, auf dem weiße Kerzen standen. Ein alter bärtiger Jude mit Kippa und großem Betschal zündete mit bedächtiger Vorsicht die Kerzen an.

„Feuer machen ist Arbeit, am Shabbat unmöglich. Deshalb zündet er die Kerzen vor Sonnenuntergang an", flüsterte Jonas mir zu.

Um Punkt fünf Uhr erscholl über Mea Shearim das Schofarhorn, mit dem der Shabbat eingeblasen wurde. Sein zittriger Klang stieg an, besitzergreifend und mir sehr fremd. Das flackernde Kerzenlicht verbreitete ein eher düsteres Licht in diesem schmucklosen Vorraum. Der alte Mann beugte sich etwas vor, bedeckte seine Augen mit den Händen und sprach ein Gebet, das Jonas mir übersetzte.

Gelobt seist DU, Ewiger! Unser Gott. König der Welt, der DU uns geheiligt hast durch DEINE Gebote und uns befohlen, das Shabbatlicht anzuzünden.

Weit öffnete er danach die Augen, als wollte er uns alle mit einem Blick umfassen und begrüßte uns mit einem „Shabbat Shalom."

Leise sprach ich es nach: „Shabbat Shalom." Durfte ich das überhaupt?

Computer, Telefon, alle modernen Anlagen des Hotels waren mit grauen Tüchern verdeckt. Der Aufzug abgestellt. In unser Zimmer kamen wir über enge Treppenaufgänge, es roch nach Desinfektionsmittel und aufgewärmtem Essen.

Der Speisesaal dagegen war festlich geschmückt. Und im kleinen Empfangsraum herrschte eine ausgelassene Stimmung, wie ich sie bisher hier noch nicht erlebt habe.

Familientag. Plötzlich gab es in diesem Hotel auch Frauen. Sonntäglich herausgeputzt, lachend und ganz die stolzen Mütter.

Mir fiel Weihnachten zu Hause ein. Mutter, wie sie sich für Heilig Abend zurechtgemacht hat. Dunkles Samtkleid, ein wenig Schminke und beim Friseur war sie auch gewesen. Vor der Bescherung mussten wir Schwestern immer erst mit Christoph einen langen Spaziergang machen. Ich konnte noch die Kälte fühlen, wenn wir durch die schneematschigen Straßen Stuttgarts stapften, erinnerte mich an die Ungeduld wegen der Geschenke und die Wut auf den kleinen Bruder, den wir für diese blöden Spaziergänge verantwortlich machten.

Ich kehrte wieder in meine Gegenwart zurück. Kinderlachen, die Jungen hatten dunkle Anzüge an und eine Kippa auf ihren kleinen Köpfen. Mit den langen Schläfenlocken sahen sie aus wie kleine Greise. Die Mädchen in weiten Röcken oder langen Kleidern, Miniaturausgaben ihrer Mütter. Auf dem Boden lag Spielzeug. Der Vergleich mit Weihnachten war gar nicht so schlecht. Und dabei wiederholte sich diese Stimmung doch jede Woche einmal.

Sonntage zu Hause. Nur keine Umstände. Ein Paar alte Jeans, ein saloppes Hemd. Lange schlafen. Viel essen. Vielleicht kleine Reparaturen im Haus. Selten ein Spazier-gang. Sonntägliche Kirchgänge höchstens zu Weihnachten oder Ostern. So zumindest hatte ich sie in der Stadt erlebt, diese tristen, endlosen Sonntage, als wir noch im Hochhaus in Frankfurt lebten, wo sich im Treppenhaus die Gerüche von

Sauerbraten oder Weißkraut mit Kuchendüften und dem Geschrei der Fußballübertragungen mischten.

Erst in unserem kleinen Dorf war es anders. Samstags wurden die Straßen gefegt. Die Blumenkästen gesäubert. Die Treppen geputzt. Und am Sonntag traf man sich im Wirtshaus oder in der Kirche.

Mit Rebecca und David wollte ich es so gern anders machen. Aber ein Familienfest war der Sonntag nie.

Eigentlich hatte ich von jeher Angst vor den Sonntagen. Einsamkeit und Oma, die auf meinem Bett ihre Mittagsruhe hielt. Ich mit einem Buch auf dem Klo, um wenigstens allein sein zu können.

Heute lachte ich darüber, auch nicht ganz echt. Und seit der Scheidung verkroch ich mich an diesen langen Tagen erst recht in ein spannendes Buch.

Das hier war Familienleben. Shabbat – wie hieß nur das Lied? Meine kleine Sammlung jüdischer Musik. Gebetsgesänge zum Versöhnungstag, Prayers from Jerusalem oder die verzauberte Klarinette von Giora Feidman.

Ach ja, jetzt fiel mir der Titel wieder ein: Die Klage über Rivkele. Das Getto von Bialystok am Shabbat des 12. Juli 1942. Ein unvergessenes Datum. Ein kleines, friedliches Städtchen. Die Ruhe vom Shabbat. Familien, sitzen zusammen, Kinder lachen. Der Vater liest aus der Tora, die Mutter entspannt, da sie heute nicht kochen muss.

Das Baby in einer zum Kinderbett umgebauten Holzkiste, grapscht mit den Händchen neugierig nach einer Fliege.

Es war einer dieser seltenen warmen Sommertage, sie ließen das Getto ein wenig vergessen. Plötzlich Stimmen. Brutal zerstören sie die Shabbatruhe. Brüllen Befehle. Schwarze glänzende Stiefel stürmen die kleinen Häuser.

Soldaten in deutschen Uniformen treiben die Männer und Jungen auf die sonnenbeschienen Straßen. Als sie wieder abziehen, liegen fünftausend tote Väter, Brüder, Söhne im blutgetränkten Straßenstaub.

Es war nicht das Böse, es war das unfassbar Teuflischste – danach gab es in Bialystok keine Familien mehr. Die Frauen dieses Shabbatmorgens wurden Shabesdike, genannt und Rivkele war eine von ihnen.

Immer und immer wieder die Vergangenheit. Die Vergangenheit meiner beiden Länder.

Doch plötzlich schämte ich mich ... meine beiden Länder! Dachte: 'Mit welcher Überheblichkeit hast du denn dieses Hotel hier erlebt? Ach, du glaubst, es hätte niemand gemerkt? Und Jonas? Wie oft hat er gesagt, dass wir in ein anderes Hotel umziehen könnten.'

Warum hatte ich nur so reagiert? Steckte denn in jedem von uns ein Rassist? Nein, so hart durfte ich mich auch nicht verurteilen. Ich hatte einfach Angst vor jedem Fanatismus, auch wenn er noch so gut verkleidet als Religion daherkommt.

Ich beugte mich zu einem kleinen Mädchen nieder. Versuchte, irgendwie mit ihm zu sprechen. Nahm seine Puppe in den Arm, war dem Mädchen ganz nah, das mich mit unwirschen Augen betrachtete. Erst als ich die Puppe tanzen und mit piepsiger Stimme sprechen ließ, fasste die Kleine Zutrauen und brach in helles Lachen aus.

War Sprache wirklich notwendig? Die Mutter des Mädchens lächelt mir zu. Ein kurzer Augenblick nur und das Gefühl, dazuzugehören.

Ich suchte Jonas, der nicht weit von mir entfernt stand und mich anscheinend die ganze Zeit über beobachtet hat. Was hatte er gedacht?

Ich legte meinen Kopf an seine Schulter. „Jonas, was war ich taktlos. Es tut mir so leid."

Wie gut er heute Abend aussah. Einmal keine Jeans, ein dunkler Anzug mit einem dünnen weißen Rollkragenpulli. Es war schon so lange her, dass ich einen Mann wirklich wahrgenommen hatte. Und plötzlich stellte ich mir vor, ich könnte ihn mit meiner Sehnsucht berühren. Und das war fast mehr, als ich im Augenblick ertragen konnte.

Ich ließ mir nichts von meiner Verwirrung anmerken, sondern sprach schnell weiter: „Selbstverständlich ziehen wir in kein anderes Hotel um, ich war wirklich ziemlich dumm."

Er wusste sofort, was ich meinte. „Mach dir keine Vorwürfe. Du hast ja gemerkt, dass ich auch nichts mit dem orthodoxen Judentum anfangen kann. Allerdings respektiere ich es, nur nicht wenn es fanatisch ist." Er zog eine Kippa aus seiner Jackentasche und befestigte sie auf seinem weißen Haar. „Gehen wir vor dem Abendessen noch in die Synagoge?"

Wir mussten Mea Shearim zu Fuß verlassen, bevor wir ein Taxi bekamen. Ab fünf Uhr Freitagabend wagte sich kein Auto mehr in dieses Viertel. Verkehrte auch kein Autobus oder irgendein anderes Fahrzeug. Meine Handtasche ließ ich im Hotel, sie zu tragen wäre Arbeit. Auf der Straße fiel einem alten Mann das Taschentuch aus der Hand. Er hob es nicht auf, ging weiter. Sich zu bücken, wäre Arbeit.

In der Großen Synagoge wurden wir getrennt. Ich musste auf die Frauenempore, die zwei Stockwerke über dem nur für Männer bestimmten Kirchenraum lag.

Ich suchte mir meinen Platz hinter einer hohen Brüstung. Erst wollte ich gegen diese Trennung meutern, jetzt konnte ich sie fast verstehen.

Jonas hatte zwar gesagt, sie wäre wegen der Ablenkung. Frauen und Männer zusammen, unmöglich!

Das war aber gewiss nicht der einzige Grund. Unten bei den Männern, ich konnte sie über die Brüstung hinweg beobachten, spürte ich Sammlung. Gebete wurden gemurmelt. Wiegendes Vor und Zurück der Körper. Hier oben war davon nichts zu spüren. Kinder rannten durch die Bankreihen. Die Frauen unterhielten sich lachend. Als der Gottesdienst anfing, Flüstern, Kichern und Herumlaufen.

Und doch ging es auch anders. Vor mir drei junge Frauen, andächtig und tief versunken in ihre Gebetsübungen. Ich schloss die Augen. Lauschte der klangvollen Stimme des Rabbiners. Ergriffen vom Gesang des Chors.

Neben mir saß ein Mädchen, vielleicht zehn Jahre alt. Ernsthaft las es in seiner Tora. Ob die Kleine Englisch verstand? Ich versuchte es einfach. Sprach sie an. Und staunte, sie verstand mich nicht nur, sie antwortete mir in einem fehlerfreien Englisch. Und konnte mir auch nicht erklären, was dort unten am Altar vor sich ging und worüber der alte Rabbiner in seinem weißen Gewand so heftig predigte. Aber sie kannte das Lied, das mir so gefiel. Es gehörte zum Shabbat Vorabendgottesdienst, und war die Begrüßung der Königin Shabbat.

Die Synagoge war ein heller, lichter Raum. Ganz anders als die mystische Dunkelheit der christlichen Kirchen, die wir heute gesehen hatten. Er strahlte eine kühle Schweigsamkeit aus. Und gab mir ein erhebendes Gefühl. Diesmal spottete ich nicht über das Wort erhebend, das mir eingefallen war. Später am Ausgang traf ich wieder auf Jonas. „Bitte erklär' mir den Shabbat."

Ich war plötzlich süchtig nach Wissen. Wie sonst konnte ich denn ein Volk verstehen wollen?

„Das ist gar nicht so anders wie bei euren Sonntagen", meinte er nachdenklich: „Ihr sollt auch den Feiertag heiligen, und genauso ist es mit dem Shabbat. Nur strenger. Übrigens gibt es über diesen Tag eine Geschichte. Lass uns noch ein wenig gehen, dann erzähle ich sie dir."

Er hängte sich bei mir ein, fing an zu erzählen: „Also – Shabbat tritt vor Gott und beklagt sich. Jedem Wochentag hast Du einen Partner gegeben, nur ich muss allein sein, und er zählte auf. Die sechs Tage der Schöpfung hast DU in drei Paare aufgeteilt. Sonntag bedeutet: Es werde Licht. Er bildet ein Paar mit dem Mittwoch Lichter am Himmel. Der Montag ist in der Schöpfungsgeschichte dem Meer und Himmel gewidmet, er geht zusammen mit dem Donnerstag, von dem es heißt: Es sollen die Wasser wimmeln. Die Vögel sollen am Firmament des Himmels fliegen. Am Dienstag sagt Gott: Es erscheine das trockene Land. Und dem Dienstag ist der Freitag beigegeben, an dem es heißt: Es bringe die Erde hervor lebendige Wesen nach ihren Arten! So gibt es zwischen den Tagen eine innere Übereinstimmung. Nur ich, der Shabbat, bin ganz allein. Da antwortete Gott dem klagenden Shabbat: Das Land Israel sei Dein Partner. Und damit hatte Gott das Volk Israels mit dem Shabbat vereint."

Ich lächelte Jonas an. „Deine kleinen Geschichten machen einfach alles lebendig."

„Das ist der Schreiberling in mir, ich merke mir gern Legenden und Anekdoten. Aber lass uns jetzt zum Abendessen ins Hotel gehen. Du wirst dich wundern, wie sich die Stimmung dort verändert hat."

Laut und lustig ging es im weiß gedeckten Speisesaal zu. Selbst die amerikanische Reisegruppe wirkte heute Abend gelöster. Die Kinder konnte ich nirgends sehen.
Jonas trug noch immer die Kippa. Er zwinkerte mir verschwörerisch zu. Warum nur? Plötzlich verstand ich, denn der Kellner kam an unseren Tisch – heute war es ein Araber – und servierte ihm eine besondere Flasche süßen Rotweins, den Shabbatwein.
Die anderen Gäste bekamen ihn nicht. Sie waren heute Abend die Ausländer. Wir prosteten uns zu, und ich fühlte mich ganz jüdisch. Wie einfach die Dinge doch sein konnten.
Köstlich das Menü, allerdings nichts Frisches. Ein Eintopf aus Gemüse, Früchten und Fleisch, vorgekocht. Für den Kaffee nach dem Essen gab es keine Milch. Fleisch- und Milchprodukte, ich erinnerte mich und trank meinen Kaffee schwarz.

Nach dem Essen machten wir wie gestern einen Spaziergang durch Mea Shearim. Ein ganz runder Vollmond, sein gelbes Licht umarmte die schmalbrüstigen Häuser mit ihren vergitterten Eingängen. Eine Katze wühlte im Abfall eines umgestürzten Mülleimers. Aus einer der vielen Betschulen klang unermüdlich der Gesang der Gebete. Das irdische und das himmlische Jerusalem, war es hier vereint?
Es war ein so anderes Jerusalem, erinnerte an Osteuropa, und ich dachte betroffen, dass mir hier in Jerusalem nichts wirklich fremd war. Das konnte doch gar nicht sein.

Ich gehörte nach Deutschland. Die geistige Enge und der Fanatismus, die neben Tradition und Religiosität von diesem jüdischen Viertel auch ausgehen, hatten nichts mit mir gemein.

Und dennoch – warum sollte meine Seele eigentlich nur nach Deutschland gehören? Außerdem hatte es mit Jonas zu tun. Warum war ich ausgerechnet ihm begegnet? Seit acht Jahren lebte ich allein, von den zuvor vergangenen zwanzig Jahren Einsamkeit mit Ulrich nicht zu sprechen.

„Sophie, du bist so weit fort", unterbrach Jonas meine Gedanken, und ich erzählte ihm von meinem seltsam vertrauten Verhältnis zu Jerusalem. Selbst zu diesem fremden und mysteriösen orthodoxen Viertel.

Er erinnerte mich an unseren ersten Tag, als er mir von der Kraft gesprochen hatte, die von diesem Land ausgehe.

„Und dann noch deine eigene Geschichte. Deine unbestimmte Sehnsucht ist nicht mehr körperlos. Die Empörung über das, was den Juden angetan wurde, nicht mehr anonym. Sie hat Namen und Erinnerung bekommen."

Eng umschlungen kehrten wir zum Hotel zurück.

Wie schwer, heute Abend vor meiner Zimmertür Gute Nacht zu sagen. Es war doch erst Stunden her, da hatte ich anders empfunden. Hatte mich gesehnt und ...

Aber immer wieder verließ mich der Mut. Ich wusste, dass Jonas wartete, doch ich konnte nicht, noch nicht.

Bevor ich in mein Zimmer ging, berührte ich vorsichtig die Mesusa, die rechts an der Tür hing. Ich kannte ihre religiöse Bedeutung. In ihr steckten Auszüge aus dem fünften Buch Moses, und bevor man einen Raum betrat, wurde man durch sie daran erinnert, dass Gott existierte. Was noch nicht alles war.

Es gab eine kleine Geschichte dazu. Natürlich hatte sie mir Jonas erzählt:

Ein Rabbiner erhielt von einem Freund ein teures Geschenk. Als Dank schickte ihm der Rabbiner eine Mesusa. Worüber sich der Freund ärgerte, weil er meinte, im Vergleich zu dem, was er dem Rabbiner geschenkt habe, sei das doch ein recht ärmliches Geschenk. Als er sich beschwerte, antwortete der Rabbiner: 'Du hast mir ein Geschenk gemacht, das ich ständig im Auge behalten muss. Ich aber habe dir etwas geschickt, das über dich wacht.'

Seitdem berührte ich immer diese kleine Hülle, wenn ich mein Zimmer verließ oder von irgendwoher zurückkam. Von wem wollte ich beschützt sein? Gab es also auch für mich einen Gott, an den ich glauben konnte?

Ich schloss Jonas in meine Bitte mit ein.

19

Die nächsten Tage vergingen mit Besichtigungen. Ich hatte das nicht vorgehabt, aber ich konnte mich dem Zauber der Moscheen, der Innerlichkeit mancher Kirchen, der Herrlichkeit der Chagallfenster im Hadassahhospital nicht einfach entziehen. Das alles war auch Jerusalem, ich wollte es als Bilder in meiner Erinnerung bewahren.

Der nackte Felsen in der Omarmoschee, drei Religionen beanspruchten ihn für sich – strahlendes Rot und glänzendes Gold im Innern, außen Kacheln mit Arabesken aus blauer Majolika und darüber die goldfarbene Kuppel.

Die Grabeskirche, der heiligste Ort der Christenheit. Ich stand vor dem flachen Stein, auf dem der tote Körper Jesu gesalbt worden sein soll. Eine junge Frau kniete davor, küsste den Stein – ich konnte nichts empfinden.

Fünf christliche Kirchen teilten sich diesen Ort, manchmal schlugen sie sich um vereinbarte Vorrechte. Heute sollte es angeblich nicht mehr ganz so streitbar zugehen.

Wir verloren uns im Gewirr der Via Dolorosa, in ihren Gerüchen und ihrer Farbigkeit. Menschen eilten im frommen Eifer von Station zu Station des Leidensweges Jesus. Ich fühlte mich dazugehörig und doch weltenfern, das war nicht mein Glaube.

Der blecherne Gesang des Muezzins und die Glocken der Dormitiokirche, vereint schwang sich der Klang über die Dächer der Stadt. Ihre Menschen aber waren nach wie vor getrennt durch Hass.

Ob die Bemühungen um ein einigermaßen erträgliches

Zusammenleben wieder in Hoffnungslosigkeit enden würden?

Fast wütend dachte ich: ‚Eigentlich müssten die Israelis doch wissen, wie Demütigung und Gettoisierung schmerzten. Wie sie den Menschen ihre Würde nahmen und sie nur noch mit Feindschaft erfüllten. Würde jemals irgendein Volk aus seiner Geschichte lernen? War Israel da eine Ausnahme?' Ich bezweifelte es, behielt aber solche Gedanken Jonas gegenüber noch für mich. Erst später merkte ich, dass ihn die gleichen Zweifel quälten.

Und dann standen wir an der Westmauer. Ehrfürchtig schaute ich an der achtzehn Meter hohen Klagemauer empor.

„Die Mauer ist wieder getrennt für Männer und Frauen, der größere Teil ist für die Männer, der kleinere für die Frauen", baute Jonas gleich meinem möglichen Protest vor.

Ich hatte gar nicht an Widerspruch gedacht. Konnte nur schauen und staunen und immer wieder fotografieren. Das allerdings brachte einen der vielen orthodoxen Juden in Wut. Empört schüttelte er die Faust gegen mich und einen Augenblick habe ich Angst um meine Kamera. Menschen schoben sich zwischen ihn und mich. Sie stehen an und vor der Mauer, Weiße, Schwarze, Japaner und Amerikaner. Im Stimmengewirr deutsche Laute.

Juden, nur die Kippa kennzeichnete sie, orthodoxe Juden in ihrer mir nun schon vertrauten Tracht. Auf der Männerseite ein etwa dreizehnjähriger Junge. Festlich herausgeputzt, auf seinem schwarzen Haar saß die Kippa wie festgewachsen. Auf seinen dünnen Armen balancierte er eine große Tora aus wundervoll geschnitztem Holz. Sein Gesicht strahlte. Es war der Tag seiner Bar Mitzvah, und ich fühlte mich an Konfirmation und Kommunion erinnert. So verschieden waren die Religionen doch gar nicht. Wie erschauerte ich damals vorne am Altar vor Frömmigkeit, als der Pfarrer mir die Hand auf den Kopf legte und mich segnete. Ob der Junge heute das gleiche empfand?

An der Mauer eine Frau, das Gesicht an den hellen Stein gepresst – stumm.

Nur wenige Meter entfernt wiegte sich eine junge Negerin vor und zurück, hell klang ihre klagende Stimme zu mir herüber.

Eine sehr modern angezogene Japanerin ließ sich vor der Mauer fotografieren. Daneben eine alte Frau, regungslos in dunkle Gewänder gehüllt. Nur ihre Hand strich unentwegt über den weißen Stein. Die abgebrochenen Fingernägel schienen Botschaften in das Mauerwerk zu ritzen.

Ich musste über Frauen lächeln, die auf wacklige Stühle kletterten, die an der Abgrenzung zwischen den beiden Gebetsbereichen aufgestellt waren, um von dort oben das Treiben auf der andern Seite zu beobachten. Aber das Lächeln verging mir, als ich merkte, es waren die Mutter und Schwestern oder Tanten des Jungen, der auf der männlichen Seite der Trennwand seine Bar Mitzvah feierte.

Ganz unerwartet war ich wieder die Frau aus Deutschland. Wehrte mich wütend gegen die Ausgrenzung der Frauen. In jeder Religion das gleiche. Die Frau in der Religion als Heilige, aber ansonsten hatte sie die Rolle der Untergebenen, der Nichtgleichberechtigten zu spielen, und das wiederum ganz besonders in der Kirche. Sehr schnell vergaß ich die Gedanken der letzten Tage, als ich mir manchmal vorstellte, Jüdin zu werden. Nein, nicht wieder meine Identität verlieren. Lange genug hatte ich um mein Ich, um ein bisschen Selbstsicherheit gekämpft, als dass ich nun wieder dieses ungerechte Rollenspiel mitmachen wollte. So weit konnte ich meine eigenen Überzeugungen nicht abstreifen. Für keinen Glauben der Welt. Als ich darüber gerade mit Jonas sprach, näherte sich mir eine zierliche Frau. Sie musste in meinem Alter sein.

„Sie sprechen deutsch?", fragte sie schüchtern und klemmte ihre Handtasche fest unter den Arm.

„Ja, ich bin aus Deutschland."

Zögernd meinte die Fremde, und ihre Stimme klang noch leiser als zuvor: „Ich habe auch einmal in Deutschland gelebt. Aber 1939 sind wir geflohen. Seither war ich nicht mehr dort."

Ich war zu betroffen, um rasch eine Antwort zu finden.

Die Frau sprach auch schon weiter: „Ich wünsche Ihnen einen wunderschönen Aufenthalt in Jerusalem und eine gute Rückkehr in Ihr Land."

Was sollte ich nur machen? Schon wollte die Frau sich umdrehen. Da ging ich spontan auf sie zu. Sie erschrak. Merkte, was ich wollte und stumm umarmten wir uns.

Worte können so hilflos machen. Ich spürte, dass die Frau mir eigentlich etwas ganz anderes hatte sagen wollen, irgendetwas, das viel tiefer ging, als was die einfachen Sätze ausdrückten. Was sollte ich ihr sagen?

Sie musste 1939 etwa drei Jahre alt gewesen sein, ein ebenso kleines Mädchen wie ich selbst damals. Das wollte ich ihr sagen und dass ich sie verstehen konnte, vielleicht auch nur, es tut mir leid. Etwas in mir bäumte sich auf. Ich war es doch nicht. Wie sollte ich das vermitteln?

Nur eine Umarmung!

Die Fremde war längst wieder in der Menge verschwunden. Ich stand noch immer mit herunterhängenden Armen auf dem gleichen Fleck und schluckte aufsteigende Tränen hinunter.

Jonas kam verblüfft auf mich zu. „Was war denn das?"

Ich konnte ihm nicht antworten. Ließ ihn einfach stehen. Drängte mich durch die Menschenmenge an die Mauer im Frauenbereich. Beide Hände presste ich gegen den rauen Stein. Beachtete nicht die Hunderte von Zetteln, die in den Ritzen der Mauer steckten. Ich hatte selbst so viele Wünsche aufzuschreiben, aber jetzt konnte ich nur beten.

Ich betete mit einer Inbrunst, wie ich sie noch nie gefühlt hatte. Stammelnd. Schluchzend: „Lieber Gott, bitte, bitte lass es nie mehr zu, dass die Menschen so etwas tun. Schau nicht mehr weg bei solchen Ungeheuerlichkeiten. Es heißt doch 'Dein ist die Macht'. Und verzeih, wenn ich noch nicht sagen kann, wie ich vergebe meinen Schuldigern. Es war zu furchtbar, was geschehen ist. Es hilft auch nichts, dass ich noch ein Kind war, damals. Und gib mir Mut, Ungerechtigkeit immer zu erkennen. Dagegen anzukämpfen. Gleichgültig, ob es gefährlich ist oder ob ich dabei draufgehe."

Ich brauchte eine Weile, um wieder Luft zu bekommen. Legte meine Stirn an die hellen Steinquader, ihre winzigen spitzen Körner drückten sich in die Stirn. Alle meine Zweifel waren stumm geworden, ich war Teil jahrhundertealter Gebete.

Nachher sah ich mich suchend nach Jonas um. Er stand nicht weit von mir entfernt. Verwirrt. Ratlos.

Jetzt konnte ich ihm wieder zulächeln. Konnte von der Frau erzählen und sogar von meiner Betroffenheit sprechen.

Er schloss mich spontan in die Arme.

„Ich liebe deine Empfindsamkeit." Fragte nach einer Weile: „Wollen wir ins jüdische Viertel gehen? Es ist im letzten Krieg von den Jordaniern fast völlig zerstört worden. Noch sind sie am Aufbauen und Ausgraben. Die kleinen Gässchen oder die Läden im Cardo werden dir gefallen. Und danach gehen wir zu Kaiphas Haus."

Wir schlenderten zur Jewish Quarter Road. Vorbei an der einsam aufragenden Mauer der Hurva Synagoge. Durch den hohen steinernen Fensterbogen flogen Tauben ein und aus.

Auf dem großen Hurvaplatz saß eine junge Malerin. Sie versuchte, die weißen Mauern der Synagoge, ein paar halb welke Gräser, die aus dem Kopfsteinpflaster der anschließenden Straße sprossen und die modernen Wohnhäuser aufs Blatt zu bannen. Vielleicht war sie von dem Gegensatz genauso geschockt wie ich.

Wir stiegen die kleine Treppe zwischen dem offenen und dem geschlossenen Cardo hinauf. Gingen unter den ausgegrabenen, teils neu aufgebauten Säulen des Cardo entlang: steinerne Zeugen menschlicher Ewigkeiten und das Jetzt! Ich spüre es fast körperlich, wie sie sich in Jerusalem vereinigen.

Die Einkaufsarkade. In einem kleinen Laden kaufte ich ein silbernes Jerusalemkreuzchen, während Jonas eine Kopie der Madaba Karte aus dem 6. Jahrhundert studierte. Heimlich steckte ich ihm das Kreuz in die Jackentasche. Glaubte ich etwa an die Kraft eines Talismans?

Wir gingen wieder zurück zum Zionsberg. Kamen zu Kaiphas Haus.

Ich blieb vor einem Relief stehen, das in die Mauer, die an der Straße entlangführte, eingelassen war.

Jesus auf Treppenstufen – gefesselt an den Händen. Einen dicken Strick um den Leib, an dem ihn Soldaten mit brutalen Gesichtern vorwärts ziehen. Andere schlagen auf die gebeugte, fast zusammenbrechende Gestalt ein.

Heute ging ich selbst die ausgetretenen Stufen hinauf. Mir war beklommen zumute.

War das die Treppe, über die sie Jesus geschleift und gestoßen haben, um ihn vor den Hohenpriester Kaiphas zu bringen?

Wir stiegen die schmale Treppe zu den Verliesen im Keller von Kaiphas Haus hinunter. Ich bekam Gänsehaut. Von tief unten der hohle Gesang einer spanischen Pilgergruppe „Aus tiefer Not schrei ich zu DIR."

Jonas zeigte mir zwei Löcher über einem steinernen Türrahmen. Darin wurden die Gefangenen mit den Armen aufgehängt und ausgepeitscht. Grausamkeit als stete Begleiterin des Menschen, seit er aus dem Paradies vertrieben worden war. Ich ahnte, was die Gefangenen litten. Aber was dachten die Henker?

Als die Pilgergruppe das Kellergewölbe verließ, konnten wir in die Enge hinabsteigen. Mir schauderte vor der schmalen Öffnung in der Decke über mir, durch die man die Verurteilten in das Dunkel hinabgestoßen hatte.

Ich stand in dem dumpf riechenden Kellerverlies, das nur spärlich durch eine nackte Glühbirne erhellt war. Unsere Körper waren schwankende Schatten an den feuchten Wänden.

An einer grob herausgehauenen Mauer hing ein Kruzifix aus rotbraunem Holz mit einer schwarzen, gekrümmten Gestalt am Kreuz.

Plötzlich entdeckte ich den Abdruck eines gekreuzigten

Körpers an der Wand. Entsetzt hielt ich den Atem an. Nein, ich dachte nicht, dass es der Abdruck von Jesu Körper sei und doch erfasste mich eine fast andächtige Ergriffenheit, die ich bisher noch an keinem anderen Ort in Jerusalem empfunden hatte.

„Jonas, ich möchte heute nach Yad Vashem."

Wir waren allein in diesem Verlies unter der Erde. Jonas nahm mich ganz fest in den Arm, und so blieben wir stehen, bis wir Stimmen von oben hörten.

Schweigend erklommen wir wieder die steilen Stufen nach oben, und nahmen, nachdem wir aus der Altstadt hinausgefunden hatten, ein Taxi zum Herzl Berg.

Wir gingen die achthundert Meter vom Parkplatz aus an der Vortragshalle vorbei in den Kindergedenkgarten.

Ich stand wie versteinert vor dem Denkmal für Janusz Korczak und den Kindern des Gettos.

Erzieher war er und statt der Freiheit hatte er mit den zweihundert Kindern seines Warschauer Waisenhauses den Tod gewählt. Er wusste, was ihn im Todeslager der Nazis erwartete.

Licht und Schatten machten die Kindergesichter auf makabre Weise lebendig. Das schmerzzerquälte Gesicht des Mannes, ein Aufschrei gegen Grausamkeit und Gewalt. Sahen so die Heiligen Gottes aus?

Sanft schob Jonas mich weiter. Doch ich verhielt schon vor dem nächsten Denkmal. Aus schwarzem Stein eine hohe Frauengestalt – das zum Himmel emporgereckte Gesicht ein offener Mund. In den Armen trug sie ein Kind.

„Bitte, was steht auf dem Gedenkstein?" Ich konnte kaum sprechen

„Gott! Kinder auch?" übersetzte Jonas.

So viel Entsetzen! Das war doch einfach unmöglich ...
War es aber nicht.

„Wollen wir zum Hotel gehen? Du wirst es nicht ertragen können."

Ich schüttelte nur stumm den Kopf. Draußen schien warm die Sonne, wir betraten einen mit hellem Marmor gestalteten Gang. In den Marmor gemeißelt ein Kindergesicht. Später sagte mir Jonas, dass es das einzige Kind eines jüdischen Arztes gewesen war. Ermordet. Der Arzt hatte Yad Vashem diesen Gang gestiftet.

Der marmorkalte Gang führte in ein unterirdisches Gebäude. Tiefe Nacht umfing uns. Nur erhellt durch Hunderte von kleinen Lichtern. Es waren Flammen von wenigen, auf dem Boden des Gebäudes aufgestellten Kerzen, die sich in schwarzen Glaswänden spiegelten.

Sonst keine Beleuchtung. Nur die flimmernden Kerzen. Überall. Wie Irrlichter aufleuchtend.

Schwarze spiegelnde Dunkelheit und irgendwo aus der Tiefe die monotone Stimme eines Mannes. Sarah – fünf Jahre alt, Jonathan – drei Jahre, Aaron – zwölf Jahre.

Ich war gelähmt. Fassungslos der Dunkelheit, den Flammen und den Namen der Kinder ausgeliefert. Das war kein Alptraum. Das war Wirklichkeit.

Ich konnte nicht weinen. Tränen wären Erlösung. Für dieses Entsetzen, das durch die Haut tief in meinen Körper drang, gab es keine Erlösung.

Oder gab es sie doch?

20

Noch halb im Traum erwachte ich am nächsten Morgen und lächle. Neben mir die gleichmäßigen Atemzüge von Jonas. Ich konnte mich gestern Abend unmöglich vor meiner Zimmertür von ihm trennen. Die Trauer war allein nicht zu ertragen.

Mit großer Zärtlichkeit dachte ich an den Mann an meiner Seite. Die Bangigkeit noch vor wenigen Stunden. Fast sechzig Jahre war ich alt. Würde er vergleichen? Was würde ich fühlen? Scham? Schüchternheit? Bis ich verwundert feststellte, dass mir ein Vergleich nicht mehr wichtig war. Dass ich lieben wollte. Ohne zu fragen.

Es war Staunen und Aneinander-Freuen. Streichelnde Hände und liebkosende Lippen. Jeder Augenblick das kostbare Entdecken des andern.

Wir hatten uns bedächtig geliebt, ohne die wilde Begierde, die allein lässt. Zwischen den Liebkosungen zärtliche Worte und tastende Blicke. Lächeln, das die Haut streifte und sich in die Erinnerung grub. Mir fiel der Satz von Gabriela Mistral ein Wenn du mich anblickst, werde ich schön. Und zum ersten Mal spürte ich, dass in diesen Worten keine Abhängigkeit lag. Sondern Erfüllung.

Leise erhob ich mich und duschte. Inzwischen war auch Jonas erwacht. Das helle Tageslicht machte mich verlegen. Hastig bedeckte ich mich mit dem weißen Hotelbadetuch. Nach kurzem Zögern ließ ich es wieder fallen und bot meine Nacktheit seinem zärtlichen Blick dar.

Hemmung und Angst hatten mich schon einmal allein gelassen. Das wollte ich mir nicht wieder antun.

Nach einer liebevollen Umarmung fragte er, was ich heute am liebsten tun würde. Wie aufregend die neu entdeckte Einheit war. Aber gerade deshalb wusste ich nicht, ob er meinen Wunsch verstehen würde. Ich scheute mich zuzugeben, dass ich heute am liebsten allein sein wollte. Warum eigentlich so viel Schüchternheit?

„Jonas, bitte, versteh mich! Ich möchte heute ... nein, ich muss heute einmal allein sein."

Sanft streichelte er mein Gesicht. „Wie jung du noch bist. Ach Sophie, hab doch nicht so viel Angst. Wir haben ein ganz neues Wir, aber du bleibst doch ein selbstständiger Mensch. Vielleicht brauchen wir sogar beide einige Stunden des Alleinseins."

Er erstaunte mich immer wieder. Spürte er doch offensichtlich, warum ich gerade heute Raum zwischen mich und ihn legen wollte. Es war eine völlig neue Erfahrung für mich, dass Männer so einfühlsam sein konnten.

Nach einem ausgiebigen Frühstück umarmte ich Jonas.

„Ich habe jetzt schon Sehnsucht nach unserem Wiedersehen heute Abend."

Fast tat es mir nun leid, dass ich dieses Alleinsein gewollt hatte. Aber ich hatte so viel zu bedenken.

Ich war in den letzten acht Jahren fest entschlossen gewesen, nie mehr eine Bindung einzugehen.

Hier in Israel aber schien nichts mehr Gültigkeit zu haben, von dem ich einmal geglaubt hatte, es sei für immer.

Meine Kindheit war auseinander gebrochen. Und meine Zukunft?

Ich brauchte diesen Tag der Besinnung.

Und mit Verwunderung dachte ich: Es ist der erste Tag in Israel, den ich allein verbringen werde.

Mit einem Anruf bei der israelischen Fluggesellschaft verschob ich meinen in einer Woche geplanten Abflug um zwei Wochen. Mit dem glückhaften Gefühl, noch drei Wochen vor mir zu haben, und Jonas heute Abend damit zu überraschen, machte ich mich auf den Weg.

Ich hatte Stadtplan und Reiseführer im Hotel gelassen. Wollte Jerusalem durchstreifen. Riechen. Hören. Anfassen. Allein auf mich angewiesen.

Ich schlenderte durch Mea Shearim. Beobachtete Kinder, die keine waren. Erwachsene, die in einer anderen Welt zu leben schienen. Vermisste in den engen Straßen mit den schmalen grauen Häusern und den schwarz gekleideten Menschen die Farbigkeit des orientalischen Jerusalems. Fühlte mich angezogen und abgestoßen gleichzeitig. Ein Zustand, der mir allmählich schon vertraut war.

Ich bog auf die breite Shivte Yisra'el und nahm von dort ein Taxi zum Jaffator. Tauchte ein in die Altstadt. Machte einen langen Spaziergang auf dem Wall. Stand dort oben, Jerusalem unter mir. Endlos der Blick. Schmeckte den Wind, der mir das Kleid eng an den Körper presste. Die Haare zerzauste. Ich möchte ihm von meiner neuen Lebensfreude sprechen. Mit seinem heftigen Wehen soll er mir alle Zweifel zerstreuen. Glücklich bin ich, so glücklich.

Ich blickte weit über die judäische Wüste, die im Morgenlicht fast golden schimmerte. Hörte die Worte von Jonas, dass von dort alle gekommen waren, um Jerusalem zu erobern.

Die Stadt erobern? Nein, so vermessen war ich nicht. Nur als andere aus der Begegnung mit Jahrhunderten, mit

Kirchen und engen Gassen, mit Geschichte und Menschen, mit Vergangenheit und ungewisser Zukunft wieder auftauchen.

Ich ging die Via Dolorosa entlang. Unter dem Ecce-Homo-Bogen hindurch. Händler saßen vor ihren kleinen Läden. Warteten auf Kundschaft und machten doch einen irgendwie uninteressierten Eindruck.

Ein dreirädriger Lieferkarren suchte lärmend seinen Weg durch die Menschenmengen.

Plötzlich lautes, erbostes Geschrei eines dicken Amerikaners: „Diebe, Diebe, mein ganzes Geld ist weg!"

Pech für ihn, es regte mich nicht auf.

Durch die runzligen Hände eines Arabers glitten die glänzenden Kugeln seiner Gebetskette.

Ich wurde hineingezogen in die kleinen Geschäfte. Manchmal überrannt von den Touristenströmen. Ließ mich nicht beeinflussen von den Hinweisen auf die Stationen des Kreuzweges im alten Pflaster der Straße.

Ich wanderte über den Tempelplatz. Betrat nicht eine der vielen Kirchen oder Moscheen und bin dennoch eingebunden in eine religiöse Verzauberung, die in der Luft zu schwingen und keiner bestimmten Religion anzugehören schien. Fragte mich wieder einmal, ob Gottglauben überhaupt etwas mit Religion zu tun hatte.

Ich fand mich wieder im Jüdischen Viertel. Machte ein Foto vom verschnörkelten Straßenschild Jewish Quarter. Schaute mir die Fortschritte der Malerin von gestern an. Sie lag auf der Bank neben ihrer Staffelei. Schnarchte. Neben ihr eine leere Ginflasche. Sie hatte den blauen Himmel Jerusalems mit schwarz übermalt. Schade.

Ich hatte Hunger und wollte mir in einer winzigen, dunklen Bäckerei ein mit Sesamkörnern bestreutes Gebäck kaufen. Ein alter Mann mit unzähligen Runzeln im Gesicht bedeutete mir, ich möge einen Augenblick warten. Neugierig schaute ich ihm zu, wie er auf großen Schaufeln neues Backwerk in die Flammen des alten, eisernen Backofens schob und nach einer Weile mit einem noch warmen Begalach – so nannte er das Sesambrot – zu mir kam.

Beim Weitergehen fiel mir ein kleines Stückchen des Brotes auf die Straße. Ein europäisch gekleideter Mann eilte aus seinem mit buntfarbigen Stoffen vollgestopften Laden auf mich zu, hob das Stückchen Brot auf und hielt es mir hin.

In gebrochenem Englisch meinte er: „Bei uns Brot heilig, nichts auf Boden werfen!"

Halb beschämt und halb belustigt steckte ich den Krümel in den Mund. Hygiene war mir im Moment völlig gleichgültig.

So hatte ich mir Jerusalem gewünscht. Die Altstadt mit ihrem verwunschenen Licht, den kleinen Geschäften und Werkstätten.

Das rote Lammfleisch am Haken im Metzgerladen und daneben orientalische Stoffe in ihrer prachtvollen Farbigkeit. Der verführerische Geruch nach Obst und frischem Backwerk. Der alte Jude in langem Kaftan und schwarzem Tuch, der eine Tasche voller Brot schleppte.

Der dunkelhäutige Priester oben auf dem Dach der Grabeskirche, wo die abessinische Gemeinde ihre kleinen, eng aneinander gelehnten Häuschen hatte. Eine Frau wusch ihre Wäsche in einem Holzzuber, während ein Mönch – als ich die Gasse fotografieren wollte – schnell in einem der niedrigen Hauseingänge verschwand.

Kreuz und Davidstern und der arabische Händler, der sein süßes Mandelgebäck anbot.

Ich merkte gar nicht, wie schnell der Morgen vergangen war, nur die Füße brannten mir allmählich. Ich erinnerte mich an ein Restaurant, von dem Jonas gesprochen hatte, hoch über dem Hinnomtal.

Wieder nahm ich eines der riesigen Taxis und konnte dem Fahrer mit Gesten und einigen englischen Hinweisen erklären, wohin ich wollte. Er schlängelte sich durch das Gewühl des Stadtverkehrs. Autos hupten. Ein kleiner Junge, der hoch auf seinem Eselskarren thronte, störte sich nicht am wilden Gebrüll ungeduldiger Autofahrer. Busfahrer fluchten ohne Wut und lachend.

Es war ein Selbstbedienungsrestaurant, wo mich der Taxifahrer absetzte. Obgleich sich Menschenschlangen vor den Theken stauten und es schien, als sei auch der letzte Platz schon besetzt, konnte ich mir an einem winzigen Tisch noch einen Stuhl ergattern, nachdem ich mir mein Tablett wieder mit Pitas, Humus und einem Salatteller gefüllt hatte.

Eigentlich aß ich nicht gern auf offenen Terrassen, aber hier in Israel hatte ich schon so manches gemacht, was ich eigentlich sonst zu Hause vermied.

Ich genoss die warme Mittagssonne und den Blick über das schmale schluchtartige Tal.

Im Schatten knorriger Olivenbäume weideten Ziegen, am gegenüberliegenden Hang erhob sich ein Kloster. Und weiter schweifte mein Blick über einen Teil der alten Stadtmauer. Im Westen der Ölberg mit dem darunter liegenden jüdischen Friedhof, der mich am ersten Abend so beeindruckt hatte.

Ich saß am Rand des Höllentals, dachte an Jonas' Erklärungen, dass am Tag des Jüngsten Gerichts über dieses schmale Tal ein Seil gespannt würde, und alle Menschen darüber gehen müssten. Die Guten würden die andere Seite des Tals erreichen, die Sünder in den Abgrund stürzen. Ich war mir völlig sicher, heute über jedes Seil bis zum Ende der Welt gelangen zu können. Nichts könnte mich in meiner glücklichen Beschwingtheit aufhalten. Voller Sehnsucht dachte ich an Jonas. Fragte mich, was er wohl mit diesem ersten Tag unseres neuen Lebens anfangen würde.

Aber war es denn wirklich ein neues Leben? Das bedeutete doch, dass ich wieder eine Gemeinschaft eingehen möchte.

Nein, nach Zukunft war mir auch nicht zumute. Wir hatten noch genügend Zeit, darüber nachzudenken.

Vor allem nachdem ich meinen Aufenthalt hier verlängert hatte. Sonst hätte ich in der nächsten Woche schon zurückfahren müssen! Entsetzt stellte ich mir Abreise und Trennung vor. Und damit meinte ich diesmal nicht nur Jonas. Fast trotzig begehrte ich auf: Noch konnte ich einfach nicht nach Deutschland zurück.

Was hielt mich in Jerusalem?

Ich dachte an die letzten Tage, und es fiel mir ein. Yoshua! Ich hatte viel zu selbstverständlich das Schicksal meines Vaters hingenommen. Vor Yad Vashem war ich geflohen, hatte mich in Jonas Arm verborgen. Wollte nicht vergessen, aber vielleicht hinauszögern, was mir doch so wichtig war – die Begegnung mit Deutschlands Vergangenheit in Israel.

Ich beschloss, heute noch einmal nach Yad Vashem zu gehen – allein.

Entschlossen ließ ich mich von einem Taxi zum Herzl Berg bringen.

Doch dann erfasste mich eine seltsame Beklommenheit und fast ängstlich betrat ich die weite Gedenkstätte. Wo sollte ich anfangen?

Ich ging eine breite baumbestandene Allee entlang, las: Allee der Gerechten unter den Völkern.

Legte mein erhitztes Gesicht an die raue Rinde eines Baumes, der ein Namensschild trug. Pierre Charrière. Einer der vielen Menschen, der einem Juden in der Nazizeit das Leben rettete. Hier hatte er einen Baum gepflanzt bekommen.

Ich ging an einem Relief entlang, auf dem Menschen abgebildet waren, die von Soldaten zusammengetrieben wurden. In Stein gehauenes Leid.

Die Soldaten hatten keine Gesichter.

Ob ich diese Stunden allein durchstehen werde?

Ich kam zu einer Gedenkhalle. Die Mauern aus gewaltigen Basaltsteinen. Wie hatte Jonas gesagt. Basaltsteine sind zu Stein erstarrte Tränen. Die Worte begleiteten mich wie ein Refrain.

In der Mitte der Halle ein großer zerbrochener Bronzekelch. Das Metall schimmerte bräunlich-golden im Schein der ewigen Flamme. Licht zuckte in unruhigen Schatten über Mauern und Boden, in dem die Namen der zweiundzwanzig größten Konzentrationslager eingelassen waren. Neben dem Kelch eine Gruft mit Asche. Gesammelt aus den Öfen verschiedener Lager. Das Grab so vieler unzähliger Namenloser.

Ich kniete nieder. Legte meine beiden Hände auf die kalte Grabplatte. „Yoshua. Wie bist du gestorben? Vergast? Verbrannt? Ist vielleicht ein wenig Asche von dir hier aufbewahrt?"

Trauer überschwemmte mich und noch einmal bäumte ich mich in wilder Wut auf. Wilhelm war ja nur einer dieser Verbrecher gewesen. Woher hatten sich die Nazis das Recht genommen, Menschen zu vernichten? Einfach auszulöschen! Und woher hatten sie sich das Recht genommen, es im Namen der Deutschen zu tun. Ein ganzes Volk schuldig werden zu lassen?

Ich legte den Kopf auf die Platte, spürte das kalte Metall an meiner brennenden Stirn. In diesem Augenblick waren in mir beide Väter in fürchterlicher Schicksalshaftigkeit vereint, der Täter, an den ich als Vater geglaubt hatte und das Opfer, der Vater, den ich nie lieben konnte. Wenig wusste ich von ihm, nur die Liebe zwischen ihm und meiner Mutter. Kein Bild und kein Grab. Trauer im Vakuum.

Ich taumelte aus der Halle. Das Sonnenlicht blendete.

Ich suchte Halt, merkte, dass ich mich an ein Denkmal klammerte. Entzifferte die Schrift. Die trockenen Knochen. Blickte an den Säulen hoch. Und starrte in ein Gewirr von Armen, Beinen und zu Knochen abgemagerten Körpern. Die Gesichter in namenloser Qual emporgereckt.

Entsetzt wich ich zurück und ließ mich erschöpft mitten auf dem Weg nieder: 'Das halt ich nicht aus. Das schaffe ich einfach nicht.'

Also auch ich eine der vielen, die wegschauten, die verdrängten? Ich hob einen rötlichen Kieselstein auf und hörte Jonas Stimme. Wir Juden legen keine Blumen auf die Gräber, nur Steine.

Mühsam erhob ich mich und legte den Kiesel in eine der steinernen Knochenhände.

Auf einem Wegweiser stand: Museum.

'Ich bin so müde, so schrecklich müde.'

Sah Bilder vor mir aufsteigen, das Lager Ravensbrück.

Ein Frauenlager, nur ein Arbeitslager. Gefangene – meist Widerstandskämpferinnen!

Ausgehungerte, zu Skeletten abgemagerte Frauen. Gezwungen von Aufseherinnen mit Hunden, Sand, den man ihnen zuvor mit Wasser besonders schwer gemacht hatte, in großen Kübeln einen Berg hinaufzuschleppen. Rennend! Und als aller Sand oben ausgeschüttet war, mussten sie ihn im Laufschritt wieder hinunter tragen.

Organisierte Sinnlosigkeit. Mit dem Ziel der Vernichtung. Wenn sie hinfielen, die Karins und Juttas oder Elfriedes, jagte man die Hunde auf sie. Danach standen sie nie mehr auf.

Wütend über meine eigene Schwäche, die mir so wenig berechtigt schien, ging ich in das Museum. Meine Augen gewöhnten sich langsam an das gedämpfte Licht. Ich erkannte Menschen, die stumm von Bildern zu Schaukästen gingen. Manche weinten leise vor sich hin.

Kühl war es hier drinnen und frierend wickelte ich mich in meine Jacke. Betrat den ersten Raum und sah Bilder von Hitlers Aufstieg. Las Texte über die Ausbreitung Deutschlands.

Es gab viele Räume in diesem Museum mit Bildern, Berichten und Fotografien, die den Massenmord, die Todestransporte, Gaskammern und Krematorien aufzeigten. Ich kam nur langsam vorwärts. Immer wieder lähmte mich das Entsetzen. Und die Fassungslosigkeit.

Starr blieb ich vor einer Fotografie stehen, die eine junge Frau mit ihren beiden kleinen Kindern auf dem Weg in die Gaskammern zeigte. Das hätte ich sein können mit Rebecca und David ...

In Gedanken fand ich mich unversehens auf dem jüdischen Friedhof in Frankfurt. Es war ein dunkler, nebliger Regentag im letzten November. Ich war an diesem Nachmittag die einzige Besucherin des Gedenkgottesdienstes, der jedes Jahr an diesem Ort gehalten wird.

Für jeden ermordeten Frankfurter Juden ist eine kleine Metallplatte in die Friedhofsmauer eingelassen. Der evangelische Pfarrer hatte an diesem grauen Novembernachmittag den Stein des kleinen Yoshi Aumann ausgesucht.

Ich schauderte. Yoshi! Das war doch die Verkleinerungsform von Yoshua ... Zufall?

Dieser kleine Yoshi war neun Monate alt, als sie ihn mit der Mutter und der Schwester abholten. Mit elf Monaten haben sie ihn umgebracht. Genau wie die Schwester und die Mutter.

Ein innerer Zwang trieb mich weiter. Ich betrachtete Fotografien junger Männer in Uniform. Lachend und übermütig trieben sie ihr grausames Spiel mit einem alten Juden, ähnlich dem Bild, an das ich mich in meiner ersten Nacht in Mea Shearim erinnerte.

Ich stand vor großen Schaukästen.

Hinter Glas gelbe Judensterne. Gebisse. Haare. Und ich sah den riesigen Berg Kinderschuhe vor mir, rote, schwarze, braune Schnürschuhe und Sandalen und zierliche Halbschuhe. Alle ordentlich aufgehäuft im Lager von Auschwitz. Und spürte, wie mich alle Kraft verließ. Ich lehnte mich an eine Wand, zitternd und tränenüberströmt. Vor dieser Dimension des Grauens versagte mein Vorstellungsvermögen.

Jäh fühlte ich mich von zwei Armen umschlungen. Hörte Jonas' Stimme, der flüsternd auf mich einsprach: „Ich wusste, dass ich dich hier finden würde. Warum tust du dir das allein an. Ich möchte dir doch helfen. Warum lässt du mich nicht?"

„Du! Hier?" Ich barg mein verweintes Gesicht an seiner Schulter. „Ich hab mich doch heute so stark gefühlt."

Lange hielt er mich stumm umfangen. Dann drang seine Stimme in mein Weinen. „Komm, ich zeige dir etwas, das kann dir vielleicht helfen."

Erst wollte ich mich wehren. Ich konnte heute nichts mehr verkraften. Dann folgte ich ihm doch. Am Abhang des Gedenkhügels, umgeben von Bäumen befand sich eine Höhle. „Was ist das?" Ich zögerte, bevor ich Jonas folgte.

„Es ist die Höhle des Gedenkens. Wir wollen doch alle, dass unsere Toten begraben werden." Wieder hatte er fest den Arm um mich gelegt, als wir tiefer in den Raum eintraten. Jonas sprach leise weiter: „Für die ermordeten Juden gab es aber kein Grab, auch keinen Stein. Ihre Knochen, ihre Asche sind verstreut im Nirgendwo. Und die Angehörigen haben keinen Ort, an dem sie ihre Gedanken festmachen können. Deshalb wurde diese Höhle geschaffen. Hunderte von Gedenksteinen wurden schon hierher gebracht, die den Namen der ermordeten Verwandten tragen. Jeder kann einen solchen Stein hinterlegen. Das wollte ich dir nur noch zeigen."

Stumm stand ich vor den vielen viereckigen oder runden Steinen, vor wertvollen Platten oder schlichten Natursteinen. Sie lagen auf dem Boden. Lehnten am nackten Fels. Schmerz stieg auf. Füllte meine Zellen und Blut. In meinen Adern wurde er in jeden Winkel meines Körpers getragen und überschwemmte. Ich drohte zu versinken in dem Gedanken: Es war einmal ein Volk ...

Als ich glaubte, es nicht mehr auszuhalten, spürte ich unvermutet eine innere Helligkeit, ein weiches Licht, das mich einhüllte, tröstlich und beschützend und erkannte, dass Tod nichts Sinnloses sein konnte. Dass er unmöglich das Ende des Lebens bedeutete, dass er Teil des Lebens ist, vielleicht sogar seine Vollendung.

In dieser spärlich erleuchteten Höhle, in der feucht-dumpfen Luft, die erfüllt war von Trauer und Tränen und Klagen so vieler hilflos Zurückgelassener, ergriff mich die Ahnung von Ewigkeit, die umarmte.

21

In den Nächten entdeckte ich mit Jonas die Liebe. Hingabe und Nehmen. Jede Regung unserer Körper war bloßgelegt, jede Linie nachgemalt von Zärtlichkeit. Wir wurden ein Geruch und ein Schweiß, ein Begehren und eine Lust.

Die Tage angefüllt mit Jerusalem und Bethlehem, jüdischer Geschichte und christlichen Stätten. Reisen durch Jahrtausende und ins helle Licht der Wüste.

Nachts stiegen wir in die Tiefen der Endlosigkeit. Nahmen den Atem der Schöpfung wahr, die Eruptionen von Vulkanen oder das stille Treiben auf dunklen Wassern.

Tage später bat Jonas, ich solle meine Koffer packen.

Erstaunt sah ich ihn an. „Meinetwegen? Bitte nicht, ich mag Mea Shearim mit seiner kleinstädtischen Mittelalterlichkeit."

„Ich habe aber eine Überraschung für dich, es ist nicht so weit von hier." Er freute sich ganz offen über sein kleines Geheimnis.

In unserem alten Chrysler fuhren wir in Richtung Norden. Bogen nach einer Weile in die St. George Straße ein und hielten vor einem Palast.

Erstaunt las ich den Namen. American Colony Hotel. Jonas genoss mein Staunen, als wir dem Hotelpagen in eine helle Eingangshalle folgten.

Schnell waren die Formalitäten erledigt. Jonas hatte uns, mit einem fragenden Blick auf mich, als Ehepaar Ben-Yadin eingetragen. Wieder einmal spürte ich diese sinnliche Welle des Glücks, das seltsam ziehende Begehren. Die Sehnsucht, schwerelos durch alle Strömungen in die Fülle der Leidenschaft einzutauchen.

Wir bekamen eines der modernisierten Zimmer mit Blick auf einen Palmengarten. Orangefarbene Papageienblumen züngelnden Flammen gleich. Kleine Beete mit gelben Margeriten. Üppig wuchernde Bougainvillea. In der weichen Wärme des späten Morgens vereinzelt träge Vogelstimmen. Auf den Wiesen waren weiße Bänke aufgestellt.

„So muss es in einem Park aus Tausendundeiner Nacht aussehen", murmelte ich.

Jonas strahlte. „Dieser Palast hat natürlich seine eigene Geschichte. Er gehörte einem reichen Palästinenser, dem Rabbah Effendi, der für seinen Harem und sich vor der Stadt diese Villa bauen ließ. Er hatte schon drei Frauen, war aber immer noch kinderlos. Also musste eine vierte Frau her. Das Haus wurde noch prächtiger ausgebaut. Doch umsonst. Er starb in der Bedeutungslosigkeit eines Mannes ohne männlichen Erben." Aus dem letzten Satz klang offener Spott.

Ich nickte. „Tröstlich, dass man sich nicht alles für Geld kaufen kann. Und was geschah mit dem Haus?"

Jonas hatte sich in einen der bequemen, blaugrauen Sessel niedergelassen, während ich in der Nische des hohen Fensters sitzenblieb und in den Garten schaute.

Auf dem gepflegten Rasen räkelte sich eine rot getigerte Katze wohlig im Sonnenlicht. Ein kleiner Vogel putzte sein Gefieder im glitzernden Wasser eines steinernen Brunnenbeckens.

Jonas erzählte weiter: „Jetzt geht die Geschichte nach Chicago zu Anna Spafford, die gegen Ende des letzten Jahrhunderts entschied, mit ihren vier Töchtern eine Reise nach Europa zu machen. Das Schiff sank. Sie selbst überlebte, aber ihre vier Töchter ertranken."

„Wie grauenhaft! Diese Anna hat wahrscheinlich mit dem Palast zu tun. Liegt auf dem Haus ein kinderfeindlicher Fluch?"

Jonas zuckte mit den Schultern: „Ich weiß nicht! Jedenfalls kehrte Anna Spafford nach Chicago zurück und entschied, zusammen mit ihrem Mann, nach Jerusalem auszuwandern. Sechzehn Freunde, eine kleine Gruppe von Weltverbesserern schlossen sich ihnen an. Sie träumten einen unmöglichen Traum, nämlich Hass und Gewalt in der heiligen Stadt überwinden zu können. Als noch mehr Einwanderer kamen, war das Viertel, das sie in der Altstadt Jerusalems besaßen, überfüllt. Der Palast des Rabbah Effendi stand leer, also kaufte ihn diese amerikanische Kolonie. Jerusalem kam in Mode, ein Hotelbesitzer aus Jaffa interessierte sich für die prunkvolle Villa. Er mietete sie von den Amerikanern. So entstand das American Colony Hotel."

Ich erhob mich. „Komm, wir schauen uns das Hotel an. Ich bin jetzt neugierig geworden. Und, Jonas, es ist eine wunderschöne Überraschung, danke!"

Leicht schmiegte ich mein Gesicht in die warm-duftende Kuhle seines Halses.

Wir schlenderten durch den Innenhof. Palmen spendeten Schatten. Die laue Luft war erfüllt vom Duft seltener Blumen.

Der Swimmingpool lag wie aus glänzendem Buntpapier ausgeschnitten in der Mittagshitze. Unbeweglich das blaue Wasser des Swimmingpools. .

Wir wollten Touristen sein. Baden. In der Snackbar essen.

Und am Abend bei israelischem Wein im Restaurant Arabesque speisen – ein völlig neues Erlebnis im arabischen Israel. In der Nähe des Hotels vermutete ich eine Moschee, der Gesang des Muezzins drang bis hinter die Mauern des Palastes.

Wir lernten das moderne Jerusalem kennen und lasen Gedichte jüdischer Dichter bei Kerzenlicht.

Kapitelle und zerbrochene Säulenstücke – verstreut wie Schachfiguren – in einem im Zorn unterbrochenen Spiel ...

Ich tauchte jeden Tag ein wenig mehr in die Stadt ein, in ihr sonnengelbes Leuchten am Tag und ihr mondsilbriges Licht bei Nacht. Ich war glücklich, und wusste gleichzeitig um die Endlichkeit dieses Glücks. Und dieses Wissen gab jeder Stunde eine melancholische Süße.

Und Jonas versicherte mir, dass auch er die Stadt neu kennenlernte. So oft hätte er sie begierigen Touristen und frommen Pilgern gezeigt. „Ich habe sie mit der Waffe und meinem Leben verteidigt und doch noch nie so erlebt wie in diesen Tagen und Stunden mit dir."

Wie ich ihn für solche Worte liebte.

Bis ich eines Morgens in seinen Armen erwachte und sagte: „Es bleiben uns noch acht Tage, lass uns nach Masada fahren."

Die Zeit der Leichtigkeit war vorüber. Ich wollte wieder ins Israel meiner Sehnsucht zurückkehren. Und das fand ich nicht in der internationalen Welt mit arabischer Atmosphäre des American-Colony Hotels.

Wir fuhren nach Qumram, wo ein Schafhirte in einer der vielen Höhlen die ältesten hebräischen Handschriften gefunden hatte. Angerührt von dem Wunsch nach Einsamkeit, der die Luft zu füllen schien, streiften wir durch die

Ausgrabungen der ehemaligen Klosteranlage der Essener, einer jüdischen Sekte, die sich lange vor Jesus Geburt in diese Einöde zurückgezogen hatte. Verwischte Spuren einer verborgenen Vergangenheit.

Plötzlich fiel mir eine Begebenheit ein, die ich schon lange vergessen hatte. Warum war sie mir nicht früher eingefallen, gerade hier in Israel? Beklommen fragte ich mich, ob es auch die verborgenen Spuren meiner Vergangenheit waren? Vor einigen Jahren – wann war das nur?, nach meiner Scheidung?, als die Kinder aus dem Haus gingen und ich die Einsamkeit fürchtete? –, war ich zu einem Medium gegangen.

Mir fiel der sonderbare Nachmittag wieder ein. Angst hatte ich vor meinem eigenen Mut. Die Szene im Haus dieser Frau malte ich mir fast schaurig aus. Erwartete eine unförmige Alte mit einer schwarzen Katze auf dem Schoß und schummrigem Licht im Raum.

Erstaunt begrüßte ich wenig später eine moderne, braun gebrannte schmale Frau, die mir an diesem Nachmittag Seltsames aus einem früheren Leben erzählte. Komisch, dass ich nie mehr an dieses Erlebnis gedacht habe.

War es Scham darüber, dass ich, die nüchterne und pragmatische Sophie eine solche Erfahrung machen wollte? Da war es wohl leichter, dieses Erlebnis einfach zu verdrängen.

Ich hatte damals danach gefragt, warum ich mich so nach Israel sehnte. Sie hatte die Augen geschlossen. Fing leise an zu sprechen. Erklärte, dass es Städte und Länder gäbe, an die sich unsere Seelen erinnerten.

Das konnte ich verstehen. Meine Beklemmung wich. Es gab nur noch die seltsam gutturale Stimme dieser Frau, die aus unbekannten Tiefen aufzusteigen schien: „Unser Bewusstsein hat die Ereignisse aus früheren Leben vergessen. Erst dadurch, mein Kind", sie nannte alle Menschen mein Kind, „dass du dich intensiv mit Israel befasst, kommt die Erinnerung zurück."

Ein langes Schweigen, danach schien es, als spräche sie wie aus einem Traum: „Ich sehe dich in Israel. Nicht dem Israel von heute. Ich sehe dich in der Wüste. Du lebtest mit einem Nomadenstamm zusammen. Nein, nicht in einem Dorf. Es gab noch keine richtigen menschlichen Ansiedlungen. Ihr wart ganz von der Natur abhängig."

Diese Erinnerung! Warum und woher tauchte sie so unvermutet auf? Erregt schaute ich mich um.

War ich hier schon einmal gegangen? Hatte sich die Energie dieser Landschaft in mein Sein eingebrannt? Unauslöschlich! Hatte nur darauf gewartet, von mir wieder erinnert zu werden?

Stockend erzählte ich Jonas von dieser Frau.

Erstaunt sah er mich an. „Glaubst du denn an so etwas?"

„Ich weiß es nicht. Damals bin ich weggegangen und habe gedacht, was für ein Quatsch. Aber eigentlich hatte mir die Vorstellung von diesem Nomadenleben sehr gefallen. Das Verwirrende für mich aber war, dass diese Frau mich überhaupt nicht kannte. Nichts von meinen Träumen wusste? Nichts von meinen Problemen. Ich hatte nur eine ganz kleine sachliche Frage gestellt. Sonst nichts. Findest du das nicht seltsam?"

„Ich finde es höchstens seltsam, dass dir das nicht früher eingefallen ist. Du scheinst dich wirklich sehr heftig gegen alles zu wehren, was du gedanklich nicht erfassen kannst."

„Hm, höre ich da einen leichten Vorwurf?"

Er schüttelte heftig den Kopf. „Vorwurf wirklich nicht. Ich

wundere mich nur. Das sind doch sehr starke Eindrücke, die man nicht einfach vergessen kann."

„Doch, nämlich dann, wenn du glaubst, dass du selbst damit nichts zu tun haben willst. Sie hat mir noch etwas gesagt, langsam fällt mir alles wieder ein. Sie sprach in einem fremden altertümlichen Deutsch und meinte, ich wäre mit einer Gruppe von Menschen in Berührung gekommen, die einen Zugang zu einem geheimen Wissen, zu kosmischen Gesetzen gehabt hätten."

Ich schaute zu den Berghängen auf. Kegelförmig waren sie gerundet. Nackt und kahl der gelbliche Stein. Es musste unzählige Höhlen dort oben gegeben haben. In welcher hatte mein früheres Ich gelebt?

„Und wann soll das gewesen sein?" Jonas' Stimme klang überhaupt nicht spöttisch.

War es möglich, dass ihm Gedanken von Wiedergeburt und einem anderen Leben zu anderen Zeiten und in anderen Ländern gar nicht so fremd waren?

„Ich weiß es nicht so genau. Dieser Frau waren unsere menschlichen Zeitbegriffe fremd. Aber sie sah mich in einer sehr frühen Zeit. Noch vor der Entstehung des Christentums. Bevor es Dörfer und Städte gegeben habe."

Ich war sehr nachdenklich geworden. „Warum fällt mir das gerade jetzt ein und warum ausgerechnet hier in dieser Wüste?"

„Nimm es doch einfach einmal als etwas hin, das so gewesen sein könnte. Es bringt dir das Land noch näher. Das ist doch ein gutes Erleben."

Ich fühlte mich sehr verwirrt, so, als hätte ich an etwas gerührt, das für mich nicht mehr begreifbar war.

Dennoch musste ich es glauben oder einfach ablehnen.

Einen anderen inneren Weg sah ich nicht. Und im Stillen wunderte ich mich, weil es mir unversehens nicht mehr schwerfiel, diese Worte von damals anzunehmen. Obgleich es nach wie vor keine logischen Erklärungen dafür gab.

Auf einer der Mauern, die die Reste der Siedlung der Essener bildeten, lag ein kleiner runder Stein. Er schmiegte sich sandfarben und rau in meine Hand, als ich ihn verstohlen in die Tasche steckte.

22

Wir fuhren auf der Straße am Toten Meer entlang. Ich hatte mir das Tote Meer weit und flach vorgestellt. Aber nicht diese einsame Endlosigkeit erwartet, fast 400 m unter dem Meeresspiegel. Weiße, auf der grünen Oberfläche des Meeres treibende Salzberge. Ich spürte Salz auf den Lippen. Ein lebloses Wasser ohne Fische, ohne Algen. Hohe Temperaturen verdunsteten die Feuchtigkeit. Durchsichtig weiße Schleier lagen über der Landschaft. Ein unwirkliches, fast beklemmendes Bild. Trostlosigkeit von Horizont zu Horizont.

Wir hielten an, und ich machte Aufnahmen von einem Beduinen mit seinem bunt geschmückten Kamel gegen die hellsandigen Berge der Wüste. Alles Lebendige bekam zwischen Staub und Stein seine eigene Einzigartigkeit.

Und Jonas erzählte mir, dass er damals in dem kleinen palästinensischen Dorf zusammen mit Jussuf gelernt hatte, wie überlebenswichtig das Verstehen zwischen Mensch und Kamel war.

Mit einer fast verächtlichen Gebärde deutete er auf die Tiere vor uns: „Das hier ist nur der touristisch aufgemachte Eindruck vom Dasein der Beduinen. Das Leben in der Wüste aber hängt oft genug davon ab, ob man im Gesicht seines Kamels lesen kann. Jede Bewegung des Tieres ist wichtig, um vor Gefahren gewarnt zu sein."

Vor meinen geschlossenen Augen tauchten die leise schaukelnden Karawanen auf.

Lautlosigkeit im leeren Raum auf der Suche nach dem Ziel.

Unvermittelt erhob sich vor uns, steil die sanften Schwünge der Wüste überragend, das Felsplateau von Masada.

Nachdenklich meinte Jonas, als er auf dem Parkplatz am Fuß der Kabinenbahn parkte, die die Besucher auf das Felsplateau hinauf brachte: „Der Name Masada steht für so viel in Israel. Er symbolisiert den Kampf der letzten fast tausend Zeloten. Sie hatten drei Jahre einem mehr als zehntausend Mann starken Heer standgehalten. Bis sie von den Römern besiegt wurden. Masada wird kein zweites Mal fallen ist sogar als Versprechen in das Ritual der Vereidigung unserer Soldaten aufgenommen worden."

Ich betrachtete ihn schweigend. Er schien ganz nach Israel zurückgekehrt. Ein Jude unter Juden. Ein Nomade zwischen Orient und Europa. Er war nicht nur geographisch meilenweit von London entfernt. Ich konnte ihn mir überhaupt nicht in dieser lauten, überfüllten Stadt vorstellen.

Wir fuhren mit der gelben Kabine auf die Höhe von Masada. Das letzte Stück mussten wir laufen. Aber als ich den abschüssigen Schlangenpfad betrachtete, den die Menschen vor dem Bau der Seilbahn hochsteigen mussten, fand ich den Aufstieg heute sehr bequem und segnete insgeheim den Fortschritt.

Immer wieder blieb ich stehen. Aus jedem Winkel wollte ich die Faszination des weiten Blickes in mich aufnehmen. Wolken waren aufgezogen und verdeckten von Zeit zu Zeit das klare Sonnenlicht. Über der weiten Ebene, die am Horizont im grünen Wasser des Toten Meeres endete, malten Sonne und Schatten Lichtspiele in die Landschaft.

Eine kleine Ansammlung von Beduinenzelten, errichtet in den schmalen Tälern zwischen steinigen Hügeln, leuchtete im gelben Sand. Wenig später glitten Wolkenschatten, wie von Geisterhand getrieben, über die weite Fläche. Eine zerzauste Palme stand als schwarze Silhouette gegen den hellen Hintergrund, um im nächsten Augenblick im Dunkel zu versinken.

Als wir die hundert Stufen erklommen hatten, entdeckte ich, dass der Gipfel keine Spitze bildete, sondern dass er sich in einem weiten Hochplateau ausdehnte.

Wir wanderten durch die Königspaläste von Herodes. Berührten behutsam Mosaike und Fresken. Trockenheit und Hitze hatten sie die Jahrhunderte über erhalten.

Wir betraten die Reste der großen Synagoge. Setzten uns auf die Stufen des Amphitheaters, wo sich zahllose Vögel tummelten, die zutraulich näher trippelten, schwarzfarben mit rot und gelb gemusterten Flügeln. Menschen hatten ihnen offenbar noch kein Leid angetan.

So eindrucksvoll die steinernen Zeugen der Vergangenheit auch waren, verlieren mochten wir uns in die einmalige Aussicht. Der Blick wanderte in dieser Höhe ungehindert bis zur Oase Ein Gedi am Toten Meer. Und weiter zu den Höhen des Berges Moab. Wie eine helle Narbe durchschnitt die Rampe, die den Feind zur fast uneinnehmbaren Festung führte, die Landschaft.

Wir lehnten an einer der dicken sonnenbeschienenen Mauern. Eine schmale Palme bog sich fast bis zur Erde unter dem ständigen Wind, der hier oben blies.

Jonas Stimme erreichte mich wie aus weiter Ferne: „Kannst du dir vorstellen, wie es den Menschen zumute war, als sie diese Rampe, die ihnen den sicheren Untergang bringen würde, unaufhörlich wachsen sahen?"

Er hatte den Arm wärmend um mich gelegt. Ich konnte mir

die letzten Stunden dieser Zeloten sehr lebhaft ausmalen. Hörte die steinernen Wurfgeschosse, die von Flavius Silva auf der todbringenden Rampe hinauf transportiert wurden, dröhnend gegen die Mauern donnern. Hörte gleichzeitig die entsetzten Schreie der fast tausend Menschen, als ein Teil der Mauer einbrach.

Jetzt gab es kein Entrinnen mehr. Sie hatten beschlossen, gemeinsam in den Tod zu gehen, statt ihr Leben als Sklaven zu beenden.

Ich fror, als mir Jonas erzählte, wie die Männer erst ihre Kinder, dann die Frauen und zum Schluss sich selbst umbrachten. Stolz wären sie gewesen, diese jüdischen Kämpfer. Es war ihnen so wichtig, das Lager voller Lebensmittel zu hinterlassen, damit der Feind sich nicht einbilden könnte, er hätte die Menschen hier oben ausgehungert.

Er meinte noch: „Als die Römer anstürmten, natürlich gefasst auf einen letzten Angriff, empfing sie Totenstille. Hinter der letzten der drei Mauern lagen sie alle – neunhundertfünfzig Männer, Frauen und Kinder."

Ich hatte ihm aufmerksam zugehört. Nachdenklich, fast ein wenig verzweifelt war ich. Wie sollte ich ihm meine Gedanken erklären? Er schien so stolz auf den Kampfesmut dieser frühen Juden.

Vorsichtig fing ich an: „Das kann ich alles verstehen, Jonas. Für die Freiheit zu sterben, das überzeugt. Aber – wir haben schon einmal davon gesprochen – ich dachte eigentlich, die Israelis wären ein ganz besonderes Volk. Sei mir nicht böse, du bist Jude, aber irgendwo hatte ich mir vorgestellt, dass es zum ersten Mal einem Volk möglich sein könnte, Gewaltlosigkeit zu leben." Ich unterbrach mich und schaute auf die Landschaft, die sich friedlich vor uns ausbreitete.

„Sie haben doch heute ihre Unabhängigkeit! Warum erobern sie Gebiete? Warum verfolgen sie Minderheiten und
sperren sie in Gettos? Die Flüchtlingslager sind doch nichts
anderes. Und wenn sie die Grenzen schließen, sperren sie
ein ganzes Volk ins Getto. Sie nehmen anderen jegliche
Würde. Genauso wie sie ihnen genommen wurde. Ich glaube, dass niemand Israel heute noch auslöschen kann. Zumindest möchte ich das annehmen. Haben sie diese
Eroberungspolitik wirklich nötig?"

Er ging erregt mit großen Schritten auf und ab, blieb dann
vor mir stehen und meinte: „Ich habe dir damals im Flugzeug gesagt, ich könnte in Israel nicht leben, weil es zu
intensiv sei. Doch das war nur die halbe Wahrheit. Genau
das, was du eben gesagt hast, stößt mich heute ab. Trotzdem habe ich versucht, dir diese Diskrepanz zu erklären.
Die Juden haben zu lange das Gefühl gehabt, macht- und
wehrlos zu sein. Ausgeliefert. Heute verschanzen sie sich
hinter Stacheldraht, Waffen, Panzern, Grenzen und Gewalt.
Und ich kann sie verstehen." Wieder einmal zauste er
heftig seinen Bart. „Dennoch gibt es etwas, das kann ich
nicht mehr begreifen. Sie schossen nicht auf die Kinder der
Intifada 1988. O nein, das hätte die Welt ja verurteilt! Dafür
prügelten sie sie rücksichtslos nieder. Die Krankenhäuser
waren in jenen Jahren von verstümmelten Kindern überfüllt. Als ich das zum ersten Mal sah, wollte ich es nicht
glauben. Es schien mir die gleiche Intoleranz wie damals in
Deutschland. Wiederholte sich also die Geschichte? Nein,
so kann man es einfach nicht sehen. Damals in Deutschland, die Juden – da war es ein wehrloses Volk, das nicht
im Krieg mit Deutschland war. Hier sind die Palästinenser
immerhin Gegner. Es stimmt, dass die arabischen Staaten

Israel eine unlösbare Aufgabe hinterlassen haben, deren Lösung sie selbst nicht wollen. Und es stimmt auch, dass jeder Ansatz einer Friedensbemühung durch Terror zunichte gemacht werden soll. Ich habe dir nicht erzählt, dass vor einigen Tagen ein palästinensisches Selbstmordkommando einen Bus hier in Jerusalem in die Luft sprengte. Und trotzdem – all das gibt Israel nicht das Recht, so vorzugehen. Ich fühle mich hin und her gerissen. Doch eines weiß ich ziemlich genau, es ist auch für mich nicht mehr das besondere Volk, das eine gewaltlose Mission erfüllen, das der Welt auf Grund des erlittenen und gestorbenen Leides im Holocaust zeigen könnte, es geht auch anders. Es ist ein Volk wie jedes andere. So sehr mich das auch schmerzt", setzte er noch leise hinzu.

„Aber trotzdem liebe ich Israel", begehrte ich auf.

Ich konnte seine Erregung so gut verstehen. Hatte er deshalb den kleinen Jid erdacht, den liebevollen und friedfertigen kleinen Juden?

Seine Stimme klang nun gepresst: „Du liebst doch auch Deutschland. Ich habe einmal zu dir gesagt, ich gehörte zum Volk der Opfer und das sei leichter zu ertragen. Das stimmt so nicht, das wird mir jetzt klar. Man kann schuldig werden, nur deshalb, weil man einem bestimmten Volk angehört. Sofern man es nicht verleugnet, sondern liebt. Und es gab ein Israel, das ich liebte, das Israel von vor 1967. Aber heute gibt es das Israel, das den Sechs-Tage-Krieg gewonnen hat und das seinen Staatschef selbst umbringt!", endete er mit einer hilflosen Gebärde.

Seine Verzweiflung tat mir körperlich weh. Und es war ja auch meine Situation.

Seit Jahrzehnten lebte ich im gleichen Zwiespalt, das

Deutschland, das ich liebte und das Deutschland, dem ich fassungslos gegenüber stehe.

Ich deutete auf einen der Mauersteine. „Ob ich den mitnehmen darf? Ich möchte für Yoshua einen Stein in die Höhle des Gedenkens in Yad Vashem legen"

„Ich weiß es nicht. Versuch es. Nie mehr Auschwitz, aber auch nie mehr Masada, willst du das mit diesem Stein ausdrücken?"

Ich legte den Stein, den ich schon aufgehoben hatte, behutsam wieder nieder. „Wenn du solche Werte dahinter siehst, nehme ich lieber irgendeinen Stein aus der Wüste. Nie mehr Auschwitz – ja, aber nie mehr Masada – nein, die Erinnerung an Yoshua soll keinen heldischen Hintergrund haben. Nur ein Stein statt eines Grabes, mehr nicht."

23

Es war zwei Nächte später. Ich konnte nicht schlafen und hatte mich vorsichtig leise auf die Fensterbank unseres Zimmers gesetzt, um Jonas nicht zu wecken. Lau war die Nacht. Die weißen, leicht im Wind schwankenden Gartenlampen waren längst gelöscht. Nur einige indirekt angestrahlte Sträucher leuchteten noch in durchsichtigem Grün. Eine friedliche Stille lag über dem in der Dunkelheit versinkenden Garten unter unserem Fenster. Nur von fern der verirrte Ruf eines Vogels.

Ich hatte die Knie fest an den Leib gezogen und starrte in die Nacht. Es blieben nur noch wenige Tage, dann kehrte ich nach Deutschland zurück.

Ich wusste nicht mehr, was mich dort erwartete. Meine Arbeit als Fotografin? Warten auf die seltenen Besuche der Kinder? Alleinsein oder gar Einsamkeit?

Mein Leben hatte sich am 24. Februar, als ich die Maschine nach Israel bestieg, völlig gewandelt. Und ich war eine andere geworden.

Ich sah mich einer Fotocollage von Vergangenheit und Gegenwart gegenüber und mittendrin ich selbst mit meinem eigenen Schicksal.

Ich hatte nicht nur die Spur zu meinem wirklichen Vater gefunden, auch meiner Mutter war ich neu begegnet. Sie hatte nicht den Mut gehabt, mit mir zu sprechen und dennoch durch ihren Brief eine neue Bindung zwischen uns geschaffen. Ich konnte versuchen, die Frau von damals zu verstehen. Ihren Weg ein Stück weit mit ihr zu gehen. Ihr

Entsetzen und ihre Verzweiflung ahnen. Ihre Liebe zu meinem Vater spüren.

Ich fühlte die zärtlich-kindliche Zuneigung zu ihr, die ich so sehr gesucht hatte und die mir zuvor unmöglich gewesen war. Dennoch mischte sich leises Bedauern in diese Zuneigung – hätte sie doch nur früher gesprochen. Es wäre so viel leichter gewesen, den toten Yoshua als Vater zu lieben. Vielleicht hätte ich dann schon vor vielen Jahren meine eigene Liebesfähigkeit entdeckt.

Und ich war Jonas begegnet. Ich lauschte seinen gleichmäßigen Atemzügen. Könnte ich mit ihm die Liebe leben, nach der ich mich mein ganzes Leben lang gesehnt habe? Warum dann diese bedrängenden Zweifel, wenn ich daran dachte, mit ihm zusammen zu bleiben?

Vor langer Zeit – sind seither nicht Jahre vergangen? – damals, am See Genezareth, hatte ich gewusst, dass ich über mein Verhältnis zu Jonas nachdenken, dass ich mich entscheiden musste. Aufbegehrend dachte ich jetzt im Dunkel des Zimmers: Ich wollte diese Gefühle doch erst einmal leben.

Voller Liebe dachte ich an Jonas. Unser Zusammensein hatte etwas in mir geweckt, das ich längst erloschen oder für nicht mehr wichtig gehalten hatte. Mein Leben war bis vor wenigen Wochen in vorausschaubaren Bahnen verlaufen. Ich wollte doch nur eine Reise nach Israel machen.

Langsam wanderte die schmale Sichel des Mondes über den nie völlig dunklen Himmel der Großstadt.

Wie konnte ich je wieder in meinem kleinen Dorf leben, wenn sich meine Träume nach den engen Straßen der Jerusalemer Altstadt sehnten? Die gepflegten Fachwerkhäuser, die perfekt angelegten Vorgärten! Eingegrenzte Landschaft gegen die Leere und Weite der Wüste. Gegen die Zeitlosigkeit und das Licht, die aus einem unendlichen Himmel zu fließen schienen.

Und in London leben? Es war mir völlig unvorstellbar, wie ich dort, in einer der vielen Straßen, in denen ein Haus dem andern so sehr glich, dass man im Nebel nicht einmal wusste, wo man wohnte, mit Jonas leben konnte. Und auch nicht irgendwo im Taunus. Sonntägliche Kirchenglocken gegen den geheimnisvollen Gesang des Muezzins. Würde auch ich von nun an nie mehr wissen, wohin ich gehörte?

Wie hatte Pater Dushara damals in Tiberias gesagt: „Suchen Sie Ihre Vergangenheit und wenn sie Generationen zurückliegt. Suchen Sie die Spuren Ihres Volkes. Lernen Sie Menschen kennen, erspüren Sie die Eigenart der Landschaft." Und ganz am Schluss hatte dieser israelisch-arabische Pfarrer in der kleinen Petruskirche zu mir gesagt: „Wehren Sie sich nicht gegen die Liebe, die Ihnen in Jonas begegnet ist."

Lieber Pater, ich habe Menschen kennengelernt. Habe die Landschaft wie ein Versprechen angenommen, das sich hinter meinen Augen eingebrannt hatte, als ich anfing, Israel kennenzulernen. Ich war in das Grauen der Vergangenheit hinabgestiegen und hatte versucht, den Tod als Teil des Lebens zu verstehen. Und ich wehrte mich nicht länger gegen die Liebe.

Aber kann Liebe ohne Abhängigkeit bestehen? Unsere gemeinsame Zeit war noch viel zu kurz, als dass sie meine Angst vor Abhängigkeit hätte besiegen können.

Unversehens fielen mir die schweigenden Mauern des St. Georg Klosters ein. Es ging eine seltsame Verführung von dieser Abgeschlossenheit aus. Und ich war mir nicht sicher, ob ich in Israel nicht auch darauf eine Antwort gesucht hatte. Geborgenheit in Gott. Doch gab es die nur in der Abgeschiedenheit? Wie weit war ich vom eigenen Gottesbild entfernt ... Gott wollte ich begreifen! Wer konnte das schon? Um IHN zu erfahren, hatte ich noch einen langen Weg vor mir.

Es war gar nicht das St. Georgs Kloster, das Sehnsucht weckte. Es war die Mystik der Wüste, die mir ein Leben außerhalb ihres Bannes unvorstellbar machte.

Sonnenaufgang über der Wüste. Einmal hatte ich ihn mit Jonas erlebt. Es war noch dunkel und bitterkalt gewesen, als wir in die judäische Wüste zurückkehrten. Wir hatten uns still auf den nackten Kalkboden gesetzt. Eingehüllt in eine Decke, die Jonas im Wagen liegen hatte. Erst war das Licht ein fahles Leuchten am Horizont. Die Schluchten und Täler, die windgegeißelten Steingebilde, die überall verstreut lagen, bekamen erste Konturen. Langsam war die Dunkelheit einem ganz hellen Himmel gewichen.

Ich hatte viele Sonnenaufgänge über dem Wald meines kleinen Dorfes gesehen. Aber nie hatte ich die Kraft des Lichtes mit einer solchen Überwältigung erlebt.

Dieses Strömen und Fließen, dieses Glühen, das sich in verschwenderischer Lichtpracht über die Wüste ergoss.

Und dann hatten wir uns geliebt, eins mit dem Leuchten, der Weite und dem Himmel über uns. Wie konnte ich je wieder Begrenzendes ertragen?

Was aber dachte Jonas, hatte er überhaupt Zukunftspläne? Manchmal schien es mir, dass diese Frage für ihn nicht wichtig war. Er war mit mir zusammen und wollte es bleiben, gerade so, als schöpfte er aus einem Zeitvorrat, der unvergänglich schien. Grenzenlosigkeit auch in ihm.

Er bewegte sich leicht im Schlaf. Seine Hand tastete nach

dem zweiten Kopfkissen. Er merkte nicht, dass ich aufgestanden war.

Männer! Ob sie wirklich so viel einfacher waren als Frauen? Vielleicht bildete ich mir das auch nur ein, und er hatte für sich selbst schon längst die Entscheidung getroffen. Ohne mit mir darüber zu sprechen?

Sollte ich mich dem Wunsch des Du unterordnen? Er war Israeli und Jude. Ich erinnere mich meines Entsetzens, als wir über die jüdischen Hochzeitsriten gesprochen hatten. Das waren sehr eigene Vorstellungen. Und wenn sie nun so tief in ihm verwurzelt wären, dass er danach leben wollte?

Warum sprachen wir nicht über unser Leben?

Weil der Abschied dann greifbar nahe rückt?

Ich versuchte, mir den Morgen meiner Abreise vorzustellen. Jonas würde mich zum Flughafen bringen. Es gäbe wieder die endlosen Kontrollen, die uns vom Abschiednehmen ablenkten. Wir hätten uns also schon vor dem Flughafengebäude verabschiedet.

Eine zögerliche Umarmung, weil wir plötzlich noch so viel sagen wollten! Ein flüchtiger Kuss vor Fremden. ‚Komm gut an!' ‚Schreib doch mal.'

Unmöglich! Ich drückte mein Gesicht gegen die Knie, um einen Aufschrei zu unterdrücken. Dachte an unsere Liebkosungen. Fühlte seinen Körper. Seinen Atem auf meiner Haut. Seine streichelnden Hände. Die gelachten Liebesworte. Unsere Sehnsucht. Die atemlose Lust.

All das konnte so nicht enden.

Morgen spreche ich mit ihm ... Oder vielleicht doch erst übermorgen? Uns blieb noch eine knappe Woche. Sollte sie von Trennung überschattet sein?

Ich spürte, wie die Müdigkeit hochkroch. Bald musste es

hell werden. Wusste ich jetzt eine Antwort? Jonas war für mich Israel und Israel war Jonas. Und beide zusammen waren zu meinem Traum geworden. Wie aber war es mit der Wirklichkeit?

24

„Sophie, wir haben nur noch sechs Tage und einer davon ist schon angebrochen!" Jonas Stimme weckte mich aus tiefem Morgenschlaf. Eine helle Freude erfüllte mich. Das Glück, verstanden zu sein. Es gab keine einsamen Entscheidungen. Wie hatte ich je daran zweifeln können?

„Ja, Liebster, ich weiß." Was sollte ich sonst antworten? Ich wusste es nicht. Am liebsten hätte ich mich an ihn geschmiegt, in seiner Gegenwart Trost gesucht und mir meine eigenen Fragen beantworten lassen.

‚Wir wollen zusammen bleiben.'

‚Gleichgültig wo.'

‚Lass uns sehr alt zusammen werden.'

‚Entscheide du.'

Doch genau das wollte ich ja nicht.

Ich zog seinen Kopf zu mir herunter. Bettete ihn in die Kuhle meines Halses. Spürte seinen Atem und war unglücklich glücklich.

Dumpf klang seine Stimme. Ich hörte sie über meine Haut und meine Knochen. „Lass uns zusammenleben. Es ist doch nicht zu früh für eine solche Entscheidung."

War es nicht genau das, was ich hören wollte? All die Gedanken von Einsamkeit, von Alleinleben, sich vom eigenen Ich freimachen! Welche Wichtigkeit hatten solche Gedanken, wenn man liebte?

Plötzlich versank das Zimmer. Die Gegenwart Jonas. Das Licht vor dem Fenster. Die Stimmen des erwachenden Morgens. Als gäbe es keinen Raum mehr um mich herum. Als hätte die Zeit aufgehört, die Ewigkeit begonnen. Ich war nur noch Atmen, ein seliges Sein. Behutsam bewegte ich mich in dieser Gegenstandslosigkeit. Erfuhr Farben neu. Schwingungen wurden sichtbar. Melodien, nicht gebunden an Noten. Worte ohne Buchstaben.

Was geschah mir? Empfand so der Mönch in der Wüste Judäa? Abgeschieden in seinem weißen Kloster mit den blauen Kuppeln. Morgens, wenn die Sonne aufging und das große Nichts aus der Wüste strömte? Wenn er das „Mode Ani", das Gebet nach dem Aufwachen betete als Dank dafür, dass die Seele in den Körper zurückgekehrt war? Oder abends, unter einem leuchtenden Sternenhimmel. Eine Woche hintereinander musste man zwölf Sterne am Himmel zählen können, das bedeutete Glück.

Welches Glück?

Ganz langsam kehrte ich in die Gegenwart zurück. Spürte die Nähe des Mannes neben mir. Durch das Fenster sah ich wieder den strahlenden Morgen. Und ich wusste die Antwort auf Jonas Fragen. Sanft schob ich ihn ein wenig auf die Seite, um aufstehen zu können.

„Ich möchte heute den Stein für Yoshua kaufen. Es soll ein schwarzer Basalt sein. Hilfst du mir?"

„Du willst mir nicht antworten?", fragte er ganz betroffen.

„Hab ein wenig Geduld, bitte, heute Abend sprechen wir. Ich möchte erst den Stein kaufen."

„Möchtest du unbedingt einen Basalt? Wir können in Richtung der judäischen Wüste fahren und dort einen Stein finden, den keiner vor dir berührt hat."

„Ich dachte an die Bedeutung des schwarzen Basalts. Aber vielleicht hast du recht."

Noch einmal fuhren wir in die Wüste. Diesmal in südlicher Richtung, wie Tage zuvor, als wir in Qumram waren. Wieder fühlte ich mich gefangen vom Licht und den Farben, die sonnengelb und schattenblau den Hängen und Kuppen folgten. Den Schwüngen der Berge. Der kargen Landschaft, eingehüllt in Stille und Endlosigkeit. Sollte ich wirklich in dieser Landschaft irgendwann schon einmal zu Hause gewesen sein?

Und wieder, wie in der letzten Nacht, wünschte ich mich von Deutschland fort, konnte ich mir vorstellen, in Israel zu wohnen.

Jonas hatte die Richtung nach Bethlehem eingeschlagen. Bog dann aber von der Hauptstraße ab und fuhr noch etwa zwölf Kilometer auf einer kleinen Nebenstraße ins Nahal Quidron.

Er hielt den Wagen an. Auf einem schmalen steinigen Steg gingen wir zu Fuß weiter. Trockenheit, Hitze und Wind hatten die Landschaft geformt. Bizarre Steingebilde säumten den Weg. Zerborsten. Aufgebrochen. Und in anderer Form wiedergeboren.

Plötzlich verhielt ich den Schritt. Mir stockte der Atem und verzaubert ergriff ich Jonas' Hand. Auf der gegenüberliegenden Seite, hinweg über die tiefe Schlucht des Kidrontales, breitete sich eine mächtige Klosteranlage aus. Eingeschlossen hinter einer hohen Festungsmauer lag Mar Saba, das größte Wüstenkloster Israels. Auf der Karte hatte ich es schon öfters gesehen, jetzt aber lag es vor mir und kein Bild, keine Fotografie hatten mich auf diesen Eindruck vorbereiten können.

Wir setzten uns auf einen verwitterten Felsbrocken. Mein Blick wanderte durch unwegsame Schluchten, über Geröllhalden und an den schimmernden Mauern des Klosters entlang.

Nach einem langen Schweigen erst fand ich meine Stimme wieder. „Es ist wie die Ahnung von etwas Nicht-Begreif-ba-ren, an das wir nie mit unserem Wissen rühren werden."

Wie eine wehmütige Sehnsucht spürte ich noch einmal die Verführung der Einsamkeit.

„Wie schade, dass Frauen nicht in solche Klöster dürfen".

Jonas hatte mich stumm beobachtet.

Jetzt brach er sein Schweigen: „Liebst du so sehr die Zu-rückgezogenheit?" Leicht legte er den Arm um mich, bat: „Sophie, bitte, lass uns sprechen. Ich weiß, dass ich dich lie-be. Ich habe den Gedanken an Trennung nur verdrängt. Ich wollte die Leichtigkeit unseres Zusammenseins festhalten. Ich hatte Angst, dass Pläne dich einengen könnten. Und ich wollte nicht zugeben, dass die Zeit verging. Kannst du das verstehen?"

Ich spürte Bangigkeit in seiner Frage und Traurigkeit. Lehnte mich leicht an ihn. „Du hast recht. Vielleicht ist das hier gerade der richtige Ort, um zu sprechen." Ich erzählte ihm von der Nacht und meinen Gedanken. Sprach ihm aber auch von der immer wieder auftauchenden Verschmelzung der beiden Männer, denen ich in Israel begegnet war, Yoshua und Jonas. Und dass es gerade diese Verschmel-zung war, die mich so erschreckte.

Bedachtsam, fast suchend, sprach ich weiter: „Ich war so lange abhängig, und erst seit kurzer Zeit spüre ich mein eigenes Ich. Ich habe Angst vor einer neuen Bindung und traue mir selbst einfach noch nicht. Ich bin mir nicht sicher, ob ich wieder in diese Abhängigkeit zurückfalle, weiß jedoch genau, dass sie das Ende unserer Beziehung wäre."

Ich schwieg und schaute über die trutzigen Mauern des Wüstenklosters. Ließ den Blick wandern über die blaue große Kuppel und den spitzen blauen Turm der Kirche. Ein winziger Eingang führte ins Klosterinnere. Gerade so, als wollten die Menschen, die sich dorthin zurückgezogen hatten, jedem Fremden den Eintritt so schwer wie möglich machen. Mir war zum Weinen zumute. Ich spürte genau, was ich Jonas erklären wollte. Hatte dennoch das Gefühl, als könnte ich mich nicht klar genug ausdrücken.

„Liebster, deshalb wollte ich heute zuerst den Stein für Yoshua haben. Er ist meine greifbare Bindung an dieses Land. Sie macht mich sicher, dass wir, du und ich, uns hier wiederfinden werden. Ich möchte keine kindlich-frauliche Beziehung zu dir. Aber manchmal habe ich das Gefühl, als suchte ich in dir auch den Vater. Ich möchte deine Frau sein. Mit dir alt werden."

Es strengte mich ungeheuer an, ein Wort ans andere zu reihen. Am liebsten hätte ich ihn umarmt und jeden Gedanken an Abschied weit von mir geschoben.

„Wir haben nicht mehr sehr lange Zeit, Sophie, wir sind nicht mehr jung genug für eine ferne Zukunft."

Er hatte sehr leise gesprochen. All seine Befürchtungen schienen sich zu bewahrheiten.

„Andererseits kann ich dich verstehen. Vielleicht ist es wirklich besser, jetzt ein wenig zu warten, als sich irgendwann endgültig zu verlieren."

Rasch stand er auf. Ich hatte das Gefühl, als traute er seiner eigenen Stärke nicht. „Komm, wir finden deinen Stein."

Sanft zog er mich vom Boden hoch, und nun suchte ich doch seine Umarmung. Wie eine Erlösung empfand ich sein Verständnis.

Aber da war auch dieser brennende Schmerz, der mich zerreißen wollte. Trennung war für mich immer noch mit unfassbarem Entsetzen verbunden.

Wir fanden einen Stein, rötlich, wie die Steine, mit denen Jerusalem erbaut worden war. Ich hielt ihn in beiden Händen. Spürte seine Furchen und Kanten. Zog mit den Fingern seine Linien nach. Füllte ihn mit meinem Pulsschlag. Und seine seit Urzeiten gespeicherte Sonnenwärme drang über meine Handflächen tief in meinen Körper.
Zurückgekehrt in die Stadt suchten wir einen Steinmetz, der den Namen Yoshuas in den Stein grub.

Am nächsten Tag gingen wir noch einmal nach Yad Vashem und zur Höhle des Gedenkens. Ich schritt von Stein zu Stein. Hätte so gern die Namen und Inschriften gelesen. Doch fast alle waren in hebräischer Schrift geschrieben.
Sprache als Heimat, erst nach dem Tode erreicht.
Behutsam berührte ich einige der fremden Namenszüge. Streichelte zart über roh gehauenen Marmor. Bückte mich und wischte von einer schwarzen Platte ein wenig Staub der Vergessenheit.
Dann nahm ich aus Jonas Händen den Stein für Yoshua entgegen und empfand dieses Nehmen und Geben als feierliche Zeremonie.
Ich kniete nieder und legte meinen Stein in eine kleine Nische zwischen zwei Felsbrocken. Trauer umhüllte mich wie ein weicher schwarzer Mantel, als ich mich vergeblich bemühte, ein lebendiges Bild meines Vaters heraufzubeschwören.
Es gab keine mir allein gehörende Erinnerung. Es gab nicht

den Schmerz, der dem Verlust folgte. Viel Heimweh war da. Und statt des Bildes klaffte ein leerer Platz.

Doch trotz der Trauer spürte ich gleichzeitig eine wundersame Ruhe. Die unergründliche Sehnsucht, die mich fast sechzig Jahre begleitet hatte, war stille geworden.

Jonas hatte den Arm um mich gelegt, und schweigend standen wir in der dunklen Wärme der Höhle mit ihren vielen Gedenkplatten. Es waren keine Gräber.

Die Toten lebten weiter in der Erinnerung, in der Liebe und weilten im großen Irgendwo.

Ich schmiegte mich in Jonas' Wärme. Irgendwann würde ich wiederkommen. Zu ihm, nach Israel und in das schimmernde Licht der Wüste.

ENDE

Die Autorin

Hilde Möller, geboren in den Wirren des dritten Reiches, lebte ab ihrem 21. Lebensjahr im Ausland – erst in Belgien, dann in Persien, der Türkei und 28 Jahre mit ihren sieben Kindern in Spanien. 1992 kehrte sie nach Deutschland zurück und hatte endlich Zeit, ihrer Liebe zum Schreiben und Fotografieren nachzugehen. Bisher sind fünf Bücher von ihr erschienen. Heute lebt Hilde Möller in Mainz.

Weitere Bücher:

Schatten umarmen

... und die Zeit stand still

Ohne mich geht gar nichts

Worauf noch warten

leben

QUELLENNACHWEIS

Merianheft, Beschreibung von Tel Aviv

Der Fiedler vom Getto

Alle Textstellen, die sich mit jüdischem Brauchtum, Religion und dem jüdischen Gesetz befassen habe ich aus folgenden Büchern:
Lea Fleischmann: Schabbat
Israel M. Lau: Wie Juden leben
Joyce Hannover: Gelebter Glaube

Zu Beschreibungen über Israel zog ich unter anderem hinzu:
Verschiedene Geohefte
Antiquarisch erhaltene Merianhefte vom Jahr 1968, 1973, 12/31
Du Mont: Kunst Reiseführer: Das Heilige Land
„Facts about Israel"vom Israel Information Center
Ralph Giordano: „Israel, um Gottes Willen Israel"
Teddy Kollek: „Jerusalem"
Fr. Godfrey O.F.M. Ein Pilger im Heiligen Land
Giovanna Magi: „Jerusalem"
HB Verlag: Bildatlas Special „Israel"

Erklärungen verschiedener Begriffe aus Meyers Enzyklopädisches Lexikon

Den Vers aus dem Buch Hiob entnahm ich der Schrift

Studium generale der Johannes Gutenberg Universität Mainz
„Hiob" Texte und Gregorianische Gesänge Leitung Godehard Joppich

Hilfe habe ich bekommen
vom Israelischen Reisebüro in Köln
von der Botschaft des Staates Israel, die mir Schriften über Yad Vashem zur Verfügung stellte

Informationen entnahm ich ebenso der Zeitschrift:
„Informationen zur politischen Bildung 247 - Israel"
„Jüdische Theologie und der Holocaust" von Albert H. Friedlander

Wörtliche Wiedergabe eines Briefes vom 13. August 1942 von Karl Wolff, Chef des Persönlichen Stabes von Heinrich Himmler an den stellvertretenden Generaldirektor der Deutschen Reichsbahn, Dr. Albert Ganzenmüller

Im Zuge der „völkischen Flurbereinigung" Einsatzgruppe C, Ereignismeldung Nr. 150, 2. Januar 1942:
„Vom 16. November bis zum 15. Dezember 1941 einschließlich wurden 17 645 Juden, 2504 Krimtschaken, 824 Zigeuner und 212 Kommunisten erschossen. Simferopol, Jewpatoria, Kertsch und Feodosia wurden judenfrei gemacht"

Diese geschichtlichen Dokumente entnahm ich dem Buch von Ralph Giordano: „Die Zweite Schuld"